Ministrose

Thomas GAYET

Ministrose

Avertissement

Les personnages de ce roman sont fictifs et issus de l'imagination de l'auteur. Toute ressemblance avec des personnages réels n'est imputable qu'au réalisme du récit. La présence aux abords de personnalités connues ne sert qu'à renforcer ce réalisme.

LUNDI

« Enchanté. » Il avait dit ça par principe. Il savait se montrer guindé.

— On s'installe, vous permettez ?

Les contrôles à l'entrée l'avaient mis mal à l'aise. Papiers, vérifications diverses, portillons électriques : des manières d'inquisiteur, la politesse en plus. Malgré le luxe évident, malgré les sols briqués, les tentures plus rouges qu'une couperose endurante, les fenêtres donnant sur un jardin savamment entretenu, les tapis tout ébouriffés de propreté vivante, le lieu sentait la naphtaline, il était parcouru par des bourrasques d'air stagnant, le souffle du révolu. Une vieille irrégularité qui se maintenait, là, entre la Concorde et les Invalides, avec ses colonnades, ses drapeaux et sa légitimité goguenarde. Dans les couloirs, les salles, partout, des assistants trottinaient derrière leur député d'employeur, fiches à la main, zézaiement et mèches blondes, le tac tac tac des talons sur le parquet verni, le pas lourd des vieux de la vieille qui ont tout connu sauf la prison, les voix qui s'entre-choquent sur les murs bien trop éloignés les uns des autres, les journalistes à l'affût. Lui aussi était blond, mais dépourvu de mèches, il était journa-liste, mais c'était par erreur, le pas alourdi par l'absorption d'une entrecôte ; du moins il était là, ça c'était indéniable. Il déplia son trépied, y fixa la caméra HD récemment acquise par l'agence qui l'employait, installa deux mandarines, les recou-vrit de calques pour adoucir leur lumière explo-sive, les déplaça, les remit à leur place, n'en conserva finalement qu'une. Le patron de l'agence se tenait à côté, commentant dans sa barbe ses moindres faits et gestes. Un vrai moniteur d'auto-école. Il parlait dans le vide pour occuper l'espace, tandis que le ministre encastré dans un fauteuil Empire en velours vert acquiesçait sans compren-dre. Patron ou pas, il n'était qu'un figurant dans la cour républicaine, on ne le connaissait pas, ou peu, ou trop : ses avis résonnaient comme des échos sans suite.

Au moment d'accrocher l'émetteur au veston du ministre, dans cette intimité subie de part et d'autre, le journaliste sentit une légère émotion lui parcourir le corps, un mouvement de recul, l'odeur d'une sueur trop propre ou d'un adoucis-sant teinté d'Aqua Velva qui lui froissa les nerfs ; et puis il se reprit.

— Ahah, le jeune homme est penaud devant la République, dites donc ! ?

— J'ai eu peur de vous pincer.

Elliott Perez avait trente ans. Un âge où, d'habitude, on en a fini avec les « *jeune homme* » et autres « *petit gars* ». « *Vous pouvez me dire quelque chose, que je teste les niveaux ?* » « *Tu sais, petit gars, avec l'âge, tu prendras de la bouteille.* » Les niveaux étaient bons, on pouvait envoyer, d'ailleurs, on envoya ; ah, non pardon : restait à régler la balance des blancs. Le ministre en profita pour s'extirper tant bien que mal de son siège impérial et répondre à un coup de téléphone personnel. Ils surent que c'était personnel parce que avant de s'isoler, le ministre avait déclaré : « *Vous m'excusez une minute, c'est personnel.* »

Des deux côtés de la pièce, des huissiers à moustache imitaient de droiture les portes en acajou et ne les quittaient pas pour mieux faire valoir la ressemblance. L'attaché-case coincé entre ses bras inoccupés, la dircom s'apprêtait perpétuellement à partir. Une main sur l'oreille, l'autre devant la bouche, le ministre distillait des mots de gravité face aux fenêtres translucides où il parvenait tout de même à se voir important.

« *Tu attaques tout de suite sur les mutuelles qu'on évacue le sujet* », lui glissa le patron. Ils avaient dû mentir pour obtenir cette interview. Trop heureux de savoir qu'une agence de presse, fût-elle de troisième zone, s'intéressait au grand projet défendu par le ministère du Travail, le cabinet avait remué ciel, terre et agenda pour leur dégoter un créneau de libre lors d'un débat à l'Assemblée. Et tant pis si le sujet réel c'était : *Ces Stéphanois qui réussissent*, que la production avait vendu après avoir revu par deux fois son devis au rabais à quelque télévision locale en mal de programmation. D'après le séquencier, le ministre du Travail apparaîtrait dans le reportage entre Dominique Rocheteau et Bernard Lavilliers. Du moins attendait-on une réponse « *imminente* » (quoique toujours reportée) de leurs agents respectifs. « *Bien sûr que ça va marcher !* » répétait le patron. Il y avait dans son optimisme un je-ne-sais-quoi de désespérant.

La conversation téléphonique du ministre s'éternisait sans qu'un seul mot de son contenu filtre. Elliott Perez essaya de s'imaginer ce qu'un ministre pouvait bien avoir de personnel à dire, mais rien ne lui vint à l'esprit. Il ne s'intéressait pas à la politique, encore moins à ceux qui en vivent. Sa présence en haut lieu était le fruit d'une anomalie anecdotique, une clandestinité consentie, il se voulait transfuge. Dans sa poche arrière, il avait glissé une petite feuille contenant une flopée de questions plus ou moins vagues – le fil rouge de l'entretien. Mais la petite feuille devait désormais probablement reposer dans un des petits caissons en plastique qu'on distribuait à l'accueil pour y placer ses petites clés, sa petite ceinture ou son Luger ; toujours est-il qu'elle lui faisait défaut. Elliott Perez chercha à se remémorer le parcours sinueux, fait d'associations d'idées et de rebonds courts sur pattes, qui devait assurer une transition en douceur entre la passionnante aventure des mutuelles généralisées et le dynamisme exemplaire de Saint-Étienne – mais la charnière centrale de son questionnaire s'entêtait dans l'oubli. Bon. Bah. On aviserait.

Il faisait chaud sous la mandarine.

Tout sourire, épongeant ses mains moites sur les pans de sa veste, le ministre regagna sa place. « *Je peux vous accorder…* » Jetant un œil à sa Breitling : « *… Un quart d'heure, à peine plus*. » Comme embarrassé par sa propre personne, Elliott Perez se déplaça pour entrer dans le champ, écarta les bras de part et d'autre du visage ministériel, les joignit d'un coup sec pour signifier le clap. Puis il retourna à sa place dans un silence total, ajusta le viseur et posa ses questions entre deux balbutiements, cherchant ses mots et prétendant connaître son sujet. Rompu à l'exercice, Marc Rouault ne relevait pas même toutes les hésitations du journaliste, se contentant de répondre en fixant le patron qui poussait parfois quelques râles de lassitude.

Trente minutes plus tard, dans la Fiat Doblo jaune vomi striée d'inscriptions Docuprod qui ronronnait vers Bagnolet, la radio bloquée sur RMC, le traditionnel manège d'après-tournage commença.

— Tu comprends, **moi**, **je** vous fais confiance, **je** dirige une entreprise et je dois pouvoir compter sur vous. Par les temps qui courent, ce n'est pas facile. À un moment donné, tes documents de tournage, c'est ta responsabilité, tu ne les perds pas. Tu sais, quand on dirige une entreprise, et **je** dirige une entreprise, on n'attend pas de ses équipes qu'elles se comportent comme des salariés, on veut de l'engagement, on veut de la passion. À un moment donné, il faut que le déclic se fasse, Elliott, moi, **je** ne peux pas intervenir continuellement pour sauver l'entretien du naufrage parce que tu ne maîtrises pas tes sujets et que tu ne sais pas mettre l'interlocuteur en confiance, c'est pas pro. Le sujet c'est Saint-Étienne. Toi, tu lui laisses le temps de s'étendre sur les mutuelles dont on se fout éperdument. Le chef, c'est l'intervieweur. Là, tu n'étais pas du tout le chef. Nous, on s'investit pour vous former, on veut aussi du répondant, un retour. **Moi**, **je** dirige une entreprise, mon objectif c'est que vous dégagiez de la valeur ajoutée. À un moment donné...

À un moment donné, il lui foutrait sur la gueule. Mais pour l'instant, Elliott Perez absorbait les remarques avec la pleine conscience de leur vacuité nombriliste. Figée, la ville défilait. Paris repoussait jour après jour les frontières du bling-bling. Tout d'abord le VIIIe : un non-arrondissement, un trompe-l'œil pour touristes à multiples points de fuite où des flics à froufrous gardent tous les trottoirs, où des sous-marques anglaises, japonaises, italiennes, suédoises, made in France se répandent en splendeur usurpée sur des mètres de pierres blanches émaillées d'inscriptions plaquées or, où des momies privées de bandelettes s'hystérisent de bijoux, où l'ennui nonchalant d'hommes d'affaires arrivés se disperse en blazers, en Barbour, en mocassins à glands, en cravates vert pomme, en chemises à cols clipsables, en cartes Visa Black, en culte du bon sens, en calvitie précoce. On tourna à la Madeleine d'où Georges Duroy continuait de sortir pour gagner l'Opéra, les boulevards indistincts des Capucines et des Italiens dont la solennité vieillotte céda peu à peu le pas à la frénésie surjouée des Grands

Boulevards qui entretenaient leur mémoire en honorant Thierry Lhermitte – Pax Bistro Romana – pour débouler sur la République, étincelante dans ses habits très chers. Et alors on monta sûrement au Père-Lachaise. Le XIe était mûr : 100 % des jeunes qui s'y montraient – car ils s'y montraient – avaient l'air vieux, dans une soif du paraître que les discours humanistes rendaient plus accablante. Boutiques, bistros, lunettes, symptômes cyclothymiques : une norme alternative dont on ne peut s'extraire.

— Quand on rencontre des personnes de ce niveau-là, surtout en cette période où elles sont très prises, on ne peut pas se permettre d'être hésitant. Il faut y aller, montrer qui tient la barque. Tu engages l'image de Docuprod, Elliott. Moi, quand j'avais ton âge, je bossais pour France 3. À l'époque, d'ailleurs, c'était encore FR 3...

Et Gambetta, bourgeoise comme un deuxième XVe, puis enfin les Lilas, Bagnolet, ses maisons d'artistes à ce point déjantés qu'ils ne créent rien : c'était loin, c'était cher, il n'y avait rien à en dire. Et depuis l'Assemblée jusqu'aux banlieues branchées, les mêmes conversations : PEL, argent, crise, et puis crise politique, et ils vont voir ce qu'ils vont voir aux élections, ça va faire mal, très mal. Elles étaient prévues pour le dimanche 14. Elliott Perez s'imagina le jour où la France deviendrait une Pologne touristique, un endroit auquel on ne pense jamais sauf dans les cours d'histoire. Cette pensée le réjouit.

— J'étais doué, **moi**, très doué, c'est pour ça que **je** suis monté assez vite et que +pu réaliser mes propres documentaires. Mais le talent, ce n'est pas tout ; pour y arriver il faut aussi savoir se prendre en main.

La Doblo rentrée au garage, Elliott sacrifia au rituel du rangement de matériel, extirpa les cassettes, se servit un café. La faune était changeante. Le management familial catalysait le turnover, on entrait ici plein d'entrain, on en ressortait épuisé, inutile, le cerveau concentré sur des pays lointains, le compte à moitié vide. Les stagiaires arrivaient par grappes, on agrégeait les solitudes. Le salaire à la sarbacane concentrait toutes les frustrations, entretenues par des promesses de lendemains chantants. Ils étaient tous fliqués, des caméras partout dont le patron visionnait en direct les bandes, confrontés les uns aux autres, comparés, jugés, sous couvert d'efforts, de projet englobant, de « *on se serre les coudes* ». On les choisissait jeunes, ça évitait les rappels à la convention collective. Leur savoir-faire n'était jamais reconnu. L'ambiguïté du discours les rendait fous : il n'y avait pas de prise sur ce mensonge-là, par trop volatil. Les locaux en bois brut, les baies vitrées, les fauteuils en cuir rouge : de l'esbroufe pour clients. Quels clients ?

Elliott était entré chez Docuprod par chômage. Il n'était pas journaliste, seulement cadreur. L'information n'affectait pas sa vie, il suivait l'actualité comme on suit des yeux une fille un peu vulgaire – y a-t-il seulement mieux à faire ? Un BTS en poche et des expériences répétées derrière des comptoirs ne suffisaient pas à éviter qu'on lui parle de carrière et d'argent, d'argent et de carrière, d'insertion. Pour parer aux discours responsabilisants, il s'était décidé à chercher un emploi. Son CV trafiqué avait fait grosse impression. « *En voilà un vrai journaliste !* » Pendant l'entretien, le patron s'était chargé des questions et des réponses. On l'avait retenu, posé là, oublié. Depuis deux ans, il attendait.

Elliott Perez choisit une salle de montage isolée pour procéder au dérushage. Il lança l'encodage qui prendrait plusieurs minutes et changea son IP pour accéder librement à Internet. 16 heures. Les salariés – les collaborateurs – s'étaient engagés dans un concours d'à qui part le plus tard, qui est le plus dévoué, qui est le plus mignon. Pour ne pas se bouffer deux heures supplémentaires de monologue managérial, Elliott jugea bon de ne pas quitter la salle avant 19 heures, quitte à s'accorder entre-temps une sieste d'une demi-heure. Les salles de montage n'étaient pas encore équipées de caméras.

Docuprod disposait de si peu d'argent qu'un seul numéro de série avait été attribué à la dizaine de logiciels de montage installés sur tout le parc informatique. Pour faire tourner le logiciel, il fallait impérativement déconnecter l'ordinateur d'Internet, sous peine que la supercherie ne soit repérée par le fabricant. Elliott soupçonnait là une excuse innovante pour maximiser la productivité des salariés tout en s'en dédouanant. En tout état de cause, il se faisait un plaisir de ne jamais appliquer la procédure martelée à grand renfort de post-it sur tous les postes de l'agence. Sur l'écran, il fit défiler les images jusqu'à trouver le clap, synchronisa les bandes et créa un dossier pour accueillir les chutes.

« — Monsieur le ministre, pouvez-vous nous éclairer sur les effets concrets de la réforme portée par le gouvernement ?

— Tout d'abord, il s'agit de corriger une injustice qui privilégie souvent les salariés des très grandes entreprises au détriment de ceux des PME. Pensez qu'aujourd'hui 30 % des Français renoncent à se soigner pour des raisons économiques. Ensuite, il s'agit d'assainir les finances de la Sécurité sociale en créant des dispositifs complémentaires de remboursement généralisés. En généralisant l'accès aux mutuelles d'entreprise, notre objectif est donc de jeter les bases d'un progrès social en renforçant le rôle social des entreprises. Et cela concerne toutes les entreprises, à commencer, par exemple, par la vôtre.

— N'y a-t-il pas un risque que cela se répercute sur l'économie ?

— Sur l'économie ?

— Euh, sur les impôts, enfin, sur la fiscalité. Enfin, celle des entreprises ?

— La loi est prévue de telle façon qu'une indexation compensatoire soit prise en charge pour les TPE et TPI.

— Vous êtes vous-même président du conseil général de la Loire et maire de Saint-Étienne, une région sinistrée, enfin, un peu disons, atteinte, pas tout à fait épargnée, disons, par la crise. Quels effets immédiats pour les entreprises saint-étiennienn... iennes, on dit ? On dit comment d'ailleurs ?

— Stéphanoises. En termes d'impacts, je dirais un progrès social et un accroissement du pouvoir d'achat pour les salariés.

— Est-ce que, précisément, dans le cas d'une ville en perte de vitesse sur le plan industriel comme Saint-Étienne, il n'y aurait pas, d'une certaine manière, si vous voulez, un risque de charger la barque qui ferait qu'au bout du compte on serait, comment dire, d'un point de vue de l'industrie...

— Ce que mon collègue veut dire, c'est : Pensez-vous que cette réforme est à même de renforcer la qualité de vie d'une grande ville comme Saint-Étienne ?

— Saint-Étienne est un cas particulier, mais oui, je pense que, comme partout, cette réforme permettra d'améliorer la vie des Stéphanois. L'histoire de Saint-Étienne est très particulière : c'est une ville qui a mal géré la transition entre une économie industrielle et une économie de services et qui, aujourd'hui, cherche un nouveau souffle à travers le design et la création culturelle. Dans tous les cas, je crois que cette réforme facilitera grandement l'accès à la santé de mes administrés. »

STOP. Novlangue et désinformation. Quel ennui ! Se voir ainsi complice d'un tel ramassis de technicité absconse lui donnait le tournis. Il isola la phrase « *L'histoire de Saint-Étienne est très particulière : c'est une ville qui a mal géré la transition entre une économie industrielle et une économie de services et qui aujourd'hui cherche un nouveau souffle à travers le design et la création culturelle* » ainsi que la réponse « *Oui, tout à fait* » qu'il pourrait recaser ailleurs. Il enfouit tout le reste dans le chutier. De tout l'entretien, il ne disposait que d'une minute exploitable. Il chercha des manières de la recombiner, profita de son isolement pour allumer une cigarette. Il achetait les moins chères, jonglait entre les marques. La nicotine le plongea dans un flottement diffus, sa concentration s'éparpillait tout en se vivifiant dans une presque omniscience qui n'accrochait à rien. Il ne pouvait pas décemment envoyer en l'état son travail au patron sans risquer d'être viré. Il reprit le chutier, fit défiler le clip jusqu'à trouver le clap, augmenta le volume, le casque greffé aux oreilles pour ne rien omettre du tout, ouvrit un document pour retranscrire les propos du ministre, puis ses yeux d'abord mi-clos se fermèrent. Il s'endormit. Comme souvent quand il sombrait dans un demi-sommeil, ses pensées l'emmenèrent vers une fausse Argentine où il vécut l'oisiveté dans des scènes apposées à la continuité absente, jolies filles et bonne viande, cigarettes brunes, l'espace. Il économisait depuis un an pour s'installer à Buenos Aires, Buenos Aires ou ailleurs, ailleurs dans tous les cas. Quand il refit surface, la timeline défilait sur un écran noir à une heure quarante-cinq, ce qui nous emmenait autour de 19 heures. Il appuya sur la barre espace puis sur le bouton d'extinction, attrapa son caban et s'en alla. Il faisait encore jour.

Dix minutes de marche – Mairie des Lilas ligne 11, dix minutes de trajet – Belleville, cinq de changement – ligne 2, cinq de trajet – La Chapelle, sept de changement – Gare du Nord, quarante-cinq de train – Saint-Leu-la-Forêt, douze à nouveau de marche et voilà le travail. À 20 h 23, Elliott Perez franchit le portail de la maison de famille d'où il n'avait toujours pas pu s'enfuir. Au-dessus du garage, une dépendance aménagée préservait son autonomie de la bonhomie de son père et des questions de sa mère, lesquels s'inquiétaient beaucoup pour le petit dernier. Il avait éclos tard. Ses études par à-coups lui avaient pris huit ans – son père en conséquence s'amusait à l'appeler « le médecin ». « Tiens, voilà le médecin ! » : tous les jours, tous les jours, tous les jours. Lui savait peu de choses sinon que la perspective de devenir commerçant comme son père et comme à peu près tout le monde lui donnait des nausées et qu'il finirait fatalement par le devenir. Il n'était pas assez bon musicien pour espérer en vivre, pas assez responsable pour une vie à la marge, pas assez irresponsable pour se laisser aller.

Jeune, il s'était rêvé hippie : le temps passait très vite sous emprise de la drogue et les angoisses avaient la courtoisie de s'absenter. Désormais, à Saint-Leu, il rasait les murs pour ne plus recroiser les déchets qui avaient été ses amis, ces trucs à forme humaine posés un peu partout dont l'horizon n'excédait pas l'épicerie du quartier, un univers virtualisé à coups d'écran et de weed où le sexe se pratiquait par webcam interposée avec des filles à cheveux gras mexicaines ou sri-lankaises rencontrées sur quelques forums de jeux vidéo. Et quand les amants se voyaient, une fois tous les deux ans au prix de dettes et de privations, c'était dans une maison en kit ou dans un mobile-home excentré de toute vie, perdus dans la banlieue lointaine d'une capitale où ils ne s'aventuraient jamais. Les photos de vacances : la chambre, les chiottes et la cuisine. Et là, tu vois, c'est sa mère.

Il fit un saut chez ses parents. « *Tiens, voilà le médecin !* » La télé s'embourbait sur une chaîne d'infos en continu où il n'était question que de sondages, d'analyse de sondages, de projections contraires. Brice Teinturier, Dominique Reynié, Jacques Attali : que du beau monde. « *Les élections locales ont comme souvent des allures de scrutin national. À mi-mandat, c'est un test pour le gouvernement qui risque bien de recevoir une sanction des Français, faute de résultats probants sur le plan économique. Le gouvernement a pour lui* l'énergie et le dynamisme mais il a depuis longtemps un problème de sincérité dans l'opinion. *La crise a exacerbé ce sentiment à son égard.* » « *Vous pensez qu'il faut s'attendre à un prochain remaniement ?* » « *Le remaniement interviendra après le scrutin, mais oui, et il est très probable que nous ayons, dans quinze jours, un nouveau Premier ministre.* » « *Vous pensez à quelqu'un en particulier ?* » « *À mon sens, cela se jouera entre le ministre du Travail et le ministre de l'Intérieur qui représentent chacun un style différent et une tendance divergente au sein du Parti socialiste. Le choix sera probablement arrêté selon la nature et l'étendue du désastre annoncé.* » À cette cacophonie d'évidences s'ajoutait la radio qui, depuis la cuisine où s'affairait sa mère, diffusait Christophe Willem. Elliott Perez repensa à l'interview. Peut-être devrait-il visionner les rushs avec plus de rigueur. La caméra avait fatalement dû capter des bribes de la discussion imposée par son patron au ministre juste avant l'enregistrement. Qui sait s'il n'y avait pas de la matière à en tirer ?

Elliott mangea avec appétit ses endives au jambon en mesurant à chaque bouchée la distance qui le séparait de toute forme d'aventure.

Lundi, tard.

Ministère du Travail

Paris, le 1er mars

Monsieur le président de la République, *cher ami*,

Depuis deux ans, je sers notre pays avec fierté et bonheur, à la tête du ministère du Travail. C'est un honneur. C'est une responsabilité.

Je me suis efforcé d'y répondre en veillant, dans mes fonctions comme dans mon comportement personnel, à toujours respecter les exigences, non seulement de la légalité, mais aussi de la dignité, de la moralité et de la loyauté.

Or, selon mes informations, je m'apprête dès aujourd'hui à devenir la cible d'attaques politiques et médiatiques véhiculant, pour créer la suspicion, contre-vérités et amalgames.

Je n'ai pas, je n'ai plus, le courage de me battre pour rétablir la vérité face à cette cabale. Au-delà de ma propre personne, c'est ma famille qu'on va salir, c'est ma famille qui subira de la part de certains médias un véritable harcèlement dans sa vie privée, pour tenter d'y chercher de quoi m'affaiblir.

J'ai trop de considération pour les hommes et les femmes du ministère du Travail pour accepter que leur action puisse être affectée par cette manipulation. J'ai une trop haute idée de la politique au service de la France pour accepter d'être utilisé comme prétexte à une telle opération. J'ai une trop grande loyauté et amitié à votre égard pour accepter que votre action puisse, en quoi que ce soit, en souffrir.

Décidé à prouver mon innocence, je veux également dire aux personnes impliquées de près ou de loin dans cette chasse à l'homme qu'elles auraient à souffrir de leur trop grande férocité ; me condamner d'avance, comme cela s'apprête à être fait, serait trahir les fondements de la République, le droit à une Justice impartiale, la solidité d'un homme. Et que les plus bavards n'oublient pas leurs secrets.

Bien qu'ayant le sentiment de n'avoir commis aucun manquement, j'ai donc décidé de quitter mes fonctions de ministre du Travail, en prévision de la polémique. Dès lors, je me considère comme un homme libre.

En conséquence, je vous demande donc de bien vouloir accepter ma démission.

Je vous prie de croire, Monsieur le président de la République, à l'assurance de ma haute considération.

Avec ma fidèle amitié.

Marc Rouault.

L'affaire allait être exhumée par un site d'investigation : « *Manufactures stéphanoises : les étranges accointances de Rouault avec hommes d'affaires et promoteurs.* » Ses origines remonteraient à 1981. Alors adjoint au maire en charge de l'urbanisme, Marc Rouault aurait, contre le versement d'importants pots-de-vin, encouragé le projet d'un repreneur qui prévoyait pourtant de liquider le bastion industriel emblématique de Saint-Étienne. Par la suite, élu maire à la fin des années 1980 puis député, Rouault aurait directement traité avec un promoteur véreux pour lui faire hériter du chantier des manufactures. Il aurait alors empoché au passage une commission estimée à 20 millions de francs (soit 3 millions d'euros) directement issus de la dépense publique. Pour preuve, le site diffusait le témoignage de l'homme de confiance du maire Rouault, ainsi que les relevés bancaires d'un compte ouvert à Jersey par Rouault en 1989 sous une anagramme à consonance italienne : Carlo Muruta. 700 000 euros d'actifs en 2013. Rouault aurait donc depuis 1980 savamment préparé son coup pour tirer le maximum de la reconversion des manufactures : d'abord en assurant la fermeture du site, puis en se réappropriant le terrain au travers d'un projet d'urbanisme par ailleurs vivement critiqué par les riverains.

Politiquement, Marc Rouault était un homme mort.

Il n'avait pas attendu la parution de l'enquête pour empaqueter ses affaires. Marc Rouault avait récupéré quelques objets aux valeurs contrastées, sentimentales ou monétaires : entassés pêle-mêle dans un attaché-case, cinq ou six chemises, deux cravates. Escorté par un chauffeur taciturne, il avait quitté la rue de Grenelle à la tombée du jour en saluant le plus naturellement du monde la dizaine de fonctionnaires qui planchaient encore sur des détails techniques. Le chauffeur l'abandonna au 83, rue de la Convention, devant un immeuble simili-haussmannien taillé pour les médecins, assurant l'angle avec la rue de Lourmel. À quelques mètres, des policiers du Service de protection des hautes personnalités en faction sous les platanes montaient la garde – un dispositif de surveillance mis en place sur directive du ministère de l'Intérieur en dépit des réserves de Rouault. Il n'aimait pas se sentir surveillé, protégé encore moins. Dans le hall, des appliques tournées vers le plafond éclairaient les moulures de leur éclat très jaune au détriment du sol. Ce jeu de clair-obscur un rien expressionniste faisait ressortir le crâne luisant du ministre et l'ambiance interlope de l'entrée désertée ; la porte cochère claqua, les semelles en cuir de Rouault couinèrent sur le dallage jusqu'à se réfugier sur un tapis tout en long et divisé en deux, une part s'envolant aux étages, l'autre, plus réduite, achevant sa course au seuil d'une cour interne. Il composa trop vite le second digicode, s'y reprit, y parvint.

Depuis longtemps déjà Marc Rouault n'assurait plus lui-même ses devoirs de copropriétaire : il fut surpris de découvrir un ascenseur moderne en lieu et place de l'antiquité qui servait jusqu'alors à tracter vers chez eux les vieux machins résidant dans l'immeuble. Il pénétra dans la cabine quand celle-ci le saluait d'une voix impersonnelle. Au cinquième, il sortit, hésita un moment jusqu'à trouver les clés dont il avait besoin et se dirigea vers la porte de gauche, l'ouvrit difficilement. Dans sa poche intérieure, son portable vibra en réponse au silence. Lui ne répondit pas. Pour ne pas se faire brocarder, il avait aménagé l'appartement de façon rustique. Des vieux meubles de famille, une moquette anthracite, du bois brut, un lit inconfortable, quelques livres triés sur le volet, des reproductions de maîtres. Chaque recoin du F4 hurlait : « *Je suis un homme comme vous* » mais sans qu'on puisse y croire. À sa prise de fonctions, il avait exhibé fièrement devant la presse cet intérieur prétendument modeste, des pantoufles artificiellement salies disposées çà et là, un tee-shirt près du lavabo, trois vestes aux abords du lit. Pure opération de communication : qu'on l'avale ou la vomisse, elle ravissait tout le monde, un titre pour la presse et une conscience pour lui. On l'attendait au tournant : les promesses de campagne prenaient le chômage en étau, à charge pour lui de fabriquer l'étau. Lui s'en pensait capable. Mais ne rigolons pas : l'enjeu était ailleurs. Depuis trente ans, il avait arboré une fidélité non dénuée d'intérêt aux mêmes institutions, aux mêmes écoles de pensée, aux mêmes personnes. Alors, enfin il pouvait exister pour lui-même, gérer sa propre image, demeurer collégial en jouant les francs-tireurs, on lui donnait sa carte. C'était un trois de carreau.

Il franchit le séjour dont les rideaux fermés cachaient une petite terrasse et entra dans sa chambre. Il s'assit sur le bord du lit double, alluma la radio dont il déplaça le curseur sur une station musicale, s'essaya au regard circulaire de l'air du

« et maintenant ? », s'emmerda aussitôt. Marc Rouault n'aimait rien sinon la compagnie. Dès le lendemain, sa vie ne serait que tumulte ; mais il se trouvait incapable de profiter de ces instants de calme. On allait l'achever, lentement, d'abord dans les médias puis par voie judiciaire, ça durerait des mois, il faudrait justifier de tout, arguer, expliquer, jouer, perdre. L'affaire était trop simple pour qu'on passe à côté – Rouault nourrirait les discussions de part et d'autre de la rive gauche, on s'en démarquerait, l'opposition jouerait aux angelots tombés des nues ; quant au gouvernement, sous couvert de présomption d'innocence, il aurait les mots les plus durs. Une intense lassitude l'envahit, bien plus intense en tout cas que celle ressentie à réception des chiffres actualisés du chômage.

Il se déplaça jusqu'à l'armoire coloniale dont il chercha des doigts le double fond. Abattant le levier situé dans un tiroir, il fit sauter le panneau arrière et retira de l'arête centrale un vieux revolver. La sécurité était enclenchée ; un coup d'œil lui suffit à voir que l'arme était chargée. Il l'enroula dans une écharpe vert forêt en cachemire et fourra le tout dans son attaché-case. Marc Rouault s'en fut ensuite dans la cuisine pour s'y préparer une omelette aux oignons qu'il accompagna d'un verre de saumur. À 22 heures, il appela un service de taxis prioritaires et indiqua à l'opérateur l'adresse de l'entrée rue de Lourmel. Par deux fois il dut épeler le nom de la rue ; l'employé se trouvait probablement au Maroc ou en Inde. À la fin de la conversation, il nota sur un carnet quelques numéros importants, retira la batterie de son téléphone et la fourra dans sa poche, puis abandonna l'appareil sur la table à manger. Marc Rouault se changea, prit son attaché-case, descendit les escaliers sans allumer la minuterie et traversa la cour pour rejoindre l'autre sortie. Les policiers ne le remarquèrent pas. Il indiqua au chauffeur une adresse située près de la gare du Nord. Là, il gagna le métro direction Austerlitz et sauta dans le premier train de nuit.

MARDI

9 heures.

Levé à 6 heures, Elliott Perez refit en sens inverse le trajet que nous connaissons désormais pour achever sa course monotone dans la salle de montage sur les coups de 9 heures. Il s'efforçait d'arriver avant les autres pour ne pas avoir à les saluer. Peu avant d'entrer au bureau, certain déjà d'y pointer le premier, il s'était arrêté au bistrot tenu à l'angle par des Serbes pour y avaler un café. Il aimait cette atmosphère de paix avant la guerre, les sourires imparables par manque de vocabulaire, la tranquillité du petit matin. Il savait les patrons possiblement racistes, peut-être étaient-ils même d'anciens soutiens de Milošević, mais il leur souriait car ils ne parlaient pas, ne posaient pas de question et payaient parfois leur tournée. Chacun voit midi à sa porte. Un instant, il hésita à accompagner le marc d'une liqueur quelconque – puis il se ravisa. Pour quoi d'autre, sinon la pose, aurait-il succombé ? Perez était ainsi : il rêvait d'alcoolisme

31

pour se donner un genre, sans jamais parvenir à sombrer totalement dans le mépris de lui-même. Il paya et partit.

Elliott retrouva en l'état son espace de travail, un petit mot en plus de la main patronale : « *On visionne en fin de matinée ?* » Cette fausse complicité l'exaspéra. En fait de visionnage, c'était un pugilat chaque fois reconduit, l'occasion pour le chef de jouer au chefaillon, celle pour l'employé de fermer sa gueule. Il ouvrit les fichiers importés sur le logiciel et les réécouta.

Il est deux phénomènes couramment observés dans l'audiovisuel. Le premier consiste pour les journalistes à enregistrer par erreur la préparation d'un tournage – ce qui est dommageable pour l'autonomie des caméras. Le second revient pour les personnes interviewées à oublier la présence du micro HF pendant leurs moments d'intimité – ce qui est dommageable pour d'évidentes raisons de courtoisie. Ces deux phénomènes se combinent trop rarement, d'autant moins en présence de professionnels aguerris. Ils s'étaient combinés.

Ainsi, depuis son poste de montage, Elliott Perez surprit en différé la conversation personnelle du ministre du Travail. À l'écran, la scène dégageait une certaine épaisseur, la caméra braquée sur un fauteuil prémonitoirement vide quand la voix de Rouault, vibrato dans les graves, parlait hors champ des circonstances de son mutisme prochain. Elliott n'y comprenait rien. « *Je pars* », qu'il disait : « *J'en ai marre, ça me mine. Je quitte Paris ce soir. Chez Sifran, je pense. Tu gardes ça pour toi.*

Mieux vaut laisser cette petite pute de Camille remuer son cul, j'ai beaucoup trop de métier pour m'abaisser à ça. Ah non, je ne veux pas aller supplier. Pauvre merde. Vraiment. Et faut voir avec qui ! Cette espèce de nul qui refuse nos propositions. Ils se barrent ensemble ? Tu te rends compte ? Je voulais négocier, moi. Maintenant c'est son problème : je l'ai prévenue que j'allais les faire chier, et bien plus sévèrement qu'ils ne l'imaginent. Je vais pas les lâcher et tout le monde les lâchera. Oui, lui aussi, et le premier d'ailleurs. Franchement, tu le ferais, ça ? C'est du cocufiage en règle. D'ailleurs, si tu le vois puisque apparemment à toi aussi c'est ton grand copain, tu peux lui dire d'aller se faire joyeusement enculer en attendant que quelqu'un d'autre ne lui fasse un coup du même genre. Parce que ça arrivera, ça arrive toujours ces choses-là. La fidélité, mon cul. Dis-lui aussi que je le joindrai en temps voulu pour qu'on discute tranquillement de son petit cul de merde. » Et, la communication coupée : « *Excusez-moi. Je peux vous accorder…* »

Elliott Perez retira son casque. Rien sur Saint-Étienne. Il hésita à sortir se servir un café mais, d'après les bruits qui transperçaient la porte, Docuprod subissait un violent arrivage de précaires en tout genre. Il s'amusait davantage en compagnie des techniciens ; mais ces derniers espaçaient au maximum leurs visites au bureau. Pour s'exempter de socialisation, il reprit depuis le départ l'écoute de la bande jusqu'à identifier des propos traitant de son sujet et les isoler à leur tour. Puis, par plaisir coupable, par instinct aussi, il revint au coup de fil qu'il avait occulté et le rejoua d'une traite.

« *Salut, Philippe. Oh, tout doux, tout doux. Je vais d'engueulade en engueulade. Camille. Oui, bah Camille fait chier. C'est passager, il faut qu'on prenne le temps de discuter, mais en ce moment ce n'est pas facile avec les élections qui approchent, on est tous très occupés par nos boulots respectifs. On a chacun nos... Plus grave ? Comment ça, plus grave ? Tu sais ça depuis quand ? Avec lui ? Bah explique-toi.* (Long silence.) *Comment ça : "C'est comme ça" ? Ah je vois. L'incarnation de la loyauté. Qui se comporte comme ça, je te le demande ? Il aimerait, lui, que je tourne autour de son adjointe ? Bien sûr, toi, tu te ranges du côté des vainqueurs. Ah mais putain c'est pas sérieux, ça ! Ça va te revenir dans la gueule, à toi aussi. C'est le plus drôle, ça. Ah non, certainement pas. Pas moi. Moi je ne compte plus, moi, ça y est, c'est fini : au revoir, Rouault, salut, j'ai compris, je pars tant qu'il est temps. J'en ai marre, ça me mine. Je quitte Paris ce soir.* » La suite, on la connaît.

Camille.

« *Le jeune homme est penaud devant la République* » et le ministre se chie littéralement dessus devant sa maîtresse, oui ! Partie avec un autre la Camille, elle rejoue « Vieille canaille ». Elliott eut soudain l'idée de vendre la bande à *Voici*. Il s'imagina les titres placardés sur les kiosques : « *Marc Rouault : y a pas que le travail dans la vie* »,

« *Remue-ménage au ministère* ». Clin d'œil, clin d'œil. Ça allait à l'encontre des clauses de son contrat mais peu lui importait s'il pouvait y gagner quelque chose. Pas sûr, cependant, que la vie amoureuse d'un sexagénaire dopé au Viagra et à l'exercice de l'État fasse rêver les ménages. Il lui en aurait fallu davantage, un détail croustillant, une allusion coquine. Une phrase le faisait tiquer : « *refuser nos propositions* » : pourquoi « *nos propositions* » ? Pourquoi pas « *mes propositions* » ? Il se résolut à percer le mystère plus tard, le temps de monter la séquence d'interview. Il ne parlerait pas au patron de sa trouvaille – pour une fois, c'était son truc à lui. « *Nos propositions.* »

Il goupilla la séquence comme il put et se mit aussitôt à l'écriture du commentaire. Docuprod était connue dans le métier pour l'indigence de son style. Une réputation subie puis entretenue. Quel que soit le sujet, mieux valait ne rien avoir à en dire. « *Écrivez comme si vous vous adressiez à un enfant de 12 ans* », insistait-on en haut lieu. Elliott savait y faire en matière d'indigence. Mais il ne parvenait pas à s'affranchir tout à fait de cet instant volé dont la violence, amusante au premier abord, dégageait des relents nauséeux. La transition soudaine de ce déferlement haineux à la rondeur du discours, pour révélatrice qu'elle fût de la maîtrise d'un homme, semblait surnaturelle. Et Camille, invisible, dont les actions projetées ne tombaient jamais juste, qui pouvait-elle bien être ? Sur le document texte, il se mit à écrire : « *Saint-Étienne, terre fertile où l'on revient toujours. Enfant*

des crassiers engagé par et pour une ville qui obser-
vait, prostrée, son propre deuil économique, Marc
Rouault a donné pendant vingt années de manda-
ture une belle impulsion à la ville de son cœur. Ce
succès a forgé son aura politique. Quand il ne lutte
pas contre le chômage au sein du gouvernement
Pauillac, le ministre du Travail menace sa petite
amie de mort. »

Quelque chose n'allait pas.

11 heures.

— « *Quand il ne lutte pas contre le chômage au*
sein du gouvernement Pauillac, le ministre du Tra-
vail aime revenir chez lui, à Saint-Étienne. La ville
ne quitte pas ses pensées. Et quand il parle d'elle,
la belle semble indissociable de son histoire
industrielle... »

Le patron avait tout écouté, l'air ailleurs, prêt
déjà à débiter le discours préparé qui servait de
débriefing au visionnage. Verdict (roulement
de tambour) : Trois ! Deux ! Un : « *Ça ne va pas du*
tout. »

— Ça ne va pas du tout. Tu nous fais une entrée
lyrique alors que le décor, c'est « les arcanes de la
République ». On a des gros plans sur ses yeux, ses
mains, on s'attend à des révélations, il faut un peu
muscler l'entrée, on est dans un polar là, c'est ça
l'ambiance, c'est « Faites entrer l'accusé » et
« Zone interdite » qui se mélangent. Tiens, repars
du début, je vais te montrer.

Elliott s'exécuta.

— « *Saint-Étienne et ses mystères. L'un d'eux s'appelle Marc Rouault. En 1989, ce jeune entrepreneur a su imposer son style et sa marque de fabrique à la politique stéphanoise en s'emparant de la mairie au nez et la barbe de la majorité sortante. Depuis, il est l'un des ministres les plus en vue du gouvernement Pauillac. Quels liens l'unissent encore à Saint-Étienne ? Quel secret cache sa formidable ascension ?* » Tu comprends la différence ?

— Mais ça n'a pas de rapport avec notre contenu.

— La télé, c'est de la magie, rien d'autre. Tu le réécris un peu polar et je repasse dans une heure pour valider.

De la magie en ruine. Il travaillait pour Rome au temps du christianisme. Tout allait s'effondrer en quelques années, un système de valeurs complètement hors du coup, des présupposés datés, des ouvrages référents se bornant à décrire l'emploi du temps de la ménagère pour ne jamais changer, un mépris général pour tout sauf pour l'argent, des fausses innovations, la certitude de soi. Rome face à la barbarie du Net, face à ces hordes d'indépendants à plus-value, parfois, qui menaçaient les patriciens de leur voler leur jouet. « *C'est pas juste !* », crie l'empereur : « *Si c'est comme ça, on accentue encore la vulgarité.* » Une heure, pour écrire un tel ramassis de bêtises, c'était amplement trop. « *Nos propositions* », leitmotiv alternatif qui refaisait surface comme une balle de jokari atterrit dans la tronche de celui qui la lance. Il fit un tour sur Internet, entra « *Marc*

Rouault + maîtresse » dans Google. Décidément, il ne comprenait rien.

⁂

Certains observateurs allaient décrire un véritable « *branle-bas de combat* », filant la métaphore du navire qui s'échoue, d'autres insisteraient sur la « *panique* » qui gagnait l'Élysée, d'autres encore parleraient de « *coup de tonnerre* », de « *coup de semonce* », de « *tremblement de terre* » ; tous péroreraient sur cet « *exécutif dans la tourmente* » au long de pages et de pages semblablement nuancées.

Pour l'heure, à l'Élysée, on buvait du café. Le Président, coincé à Bogotá pour le sommet Union européenne-Amérique latine – des vacances responsables en compagnie de décideurs européens de seconde zone qui ne décidaient jamais rien – venait d'être informé entre deux réunions de la démission de son ministre. On attendait la marche à suivre. Rouault, bien sûr, était injoignable. L'Élysée présentait l'avantage indéniable d'offrir du bon café, tendance arabica, à ceux qui en buvaient, ce qui n'était pas le cas de Philippe Bresson depuis qu'il souffrait occasionnellement de tachycardie, soit depuis qu'il était devenu directeur de la communication du Président. Dans tous les ministères, les déplacements s'ajournaient les uns après les autres dans une désorganisation qui nourrissait les protestations indignées des cheminots, infirmiers, retraités, représentants des laboratoires pharmaceutiques ou du corps patronal, délégations franco-yéménites, mal-logés, chômeurs, maires en danger, amis de trente ans. Bresson se chargeait du service après-vente, transmettait des langages aux sous-fifres disparates qui le relançaient par tous les canaux possibles pour avoir son avis. On brassait beaucoup d'air. Dans l'expectative désœuvrée, pour se donner de la contenance, cigarette ou café sur de grandes enjambées, le ballet des attachés les entraînait de salles en salles, de coups de fil en coups de fil, un pied sur la brèche, l'autre qui démangeait, ordres incompréhensibles balancés en coup de vent pour ceux qui en donnaient, fausse incompréhension des receveurs. On prétendait à la cellule de crise comme des figurants prétendent s'amuser à la fête derrière les personnages. Mille travailleurs : une grosse PME. Parmi les ignorants : les agents d'entretien ou bien les militaires qui passaient en silence avec de bonnes raisons, regardés de travers par les pontes, lesquels entrevoyaient chez eux la fibre du recel d'informations ou l'envie de savoir. Dans tous les cas une menace.

Il y avait pourtant un calendrier à gérer. Et pour Bresson, cela se résumait à un choix simple : valait-il mieux laisser la démission filtrer avant la publication du scandale ou au contraire se servir de celui-ci pour témoigner de la fermeté du Président à l'encontre de ses ministres et resscrrer les rangs ? Dans le premier cas, cela revenait à faire de Marc Rouault un fuyard solitaire, s'en désolidariser en amont pour éviter les éclaboussures : un storytelling séduisant quoique peu compatible avec l'amitié médiatique qui liait Rouault au Président. Dans le second, l'Élysée réactive aurait fait le boulot en indiquant la porte à sa brebis galeuse ; mais comment s'assurer que les équilibres internes n'auraient pas à souffrir des répercussions éventuelles de l'affaire, se préserver des soupçons de complicité, garder les ministres sous contrôle à quinze jours d'élections que les sondages quotidiens annonçaient apocalyptiques pour certains d'entre eux ?

Bresson préférait le café à son nouveau métier. Venu d'une gauche plus dure, il avait accepté la mission pour servir l'intérêt collectif et se voyait réduit à des calculs infimes, des comptes d'apothicaire. Pariant sur ses propres analyses pour déjouer l'adversaire, perpétuant traditions perverses, idées arrêtées, vérités enrobées et mensonges à demi, il se trouvait à présent au cœur de la machine, partisan obligé des méthodes que, sa vie durant, enveloppé de principes, il avait dénoncées. Bref, un peu ridicule dans ses contradictions balayées d'un revers devant la compagnie pour mieux se les asséner à lui-même dans un jeu masochiste où les deux parties se jugeaient infantiles, hors des réalités, étouffées dans une loyauté de façade. Avec quel enthousiasme, avec quelle reconnaissance, quelle satisfaction, il avait pris le poste, ignorant délibérément ce qu'il savait déjà : qu'il n'était qu'un prétexte pour séduire l'aile gauche, qu'il ne servait à rien, qu'il agirait pour d'autres. Dans son costume gris perle plus cher qu'auparavant, il avait voyagé, rencontré toutes sortes de gens, il s'était illustré, il s'était senti fier, on l'avait invité, récompensé, choisi, tapoté dans le dos, remercié à bas mots, recommandé ailleurs et on l'avait payé. L'intérêt collectif demeurait un mystère.

Concernant son affaire, sa décision finale importait peu : elle ne consisterait qu'en un arrangement sournois entre sa vérité, celle du Président, celle qu'on voulait entendre et l'objectivité. Son action serait aussi transparente qu'un miroir embué. Il décrocha son téléphone, hésita un moment entre plusieurs contacts du répertoire et appela Thomas Denouillard, le directeur d'un quotidien légitimiste. Ils s'étaient côtoyés à l'ENS, à Lyon.

— Salut, Thomas. Tout va bien ? J'imagine que tu es au courant.

— Oui, le papier est à la relecture.

— Ne publie pas tout de suite. J'ai quelque chose pour toi. Enfin si tu le veux, hein ? Une exclusivité, qui va un peu booster ton audience. Nous, ça nous donne du temps pour joindre le PR, vous, ça vous fait patienter. C'est la lettre de démission de Rouault. Je peux te l'envoyer. Par contre, j'ai besoin d'être sûr qu'on est raccord sur l'idée : Rouault, le franc-tireur qui, pris au piège, s'isole, démissionne, fuit peut-être (on n'arrive pas à le joindre, mais ça c'est du *off*). Il a déconné seul, il l'écrit d'ailleurs. Qu'est-ce que tu en dis ?

— J'en dis marché conclu. Ça vient de vous ?

— Ça vient d'une source au ministère du Travail si tu veux bien. L'Élysée n'est pas impliqué directement.

— D'accord.

— Bon c'est réglé alors. Je t'envoie ça, salut. Je te fais confiance.

— Salut.

Bresson se rendit au premier étage. On lui avait affecté la salle de bains Eugénie, toute bordée de dorures pensées pour la migraine et d'une décoration digne d'un pavillon de banlieue espagnole, roses de couleur idoine rafraîchies tous les deux jours, des anges en porcelaine encombrés de leurs corps en des postures terribles pour le dos, un bureau impraticable en sus. C'est de ce bureau qu'il envoya un mail comportant une pièce jointe au rédacteur en chef du journal, lequel l'ouvrit aussitôt depuis son open space avec vue sur lui-même.

Midi.

Démission de Rouault : une fuite en forme d'aveux

Mis en cause dans une affaire remontant à plus de vingt ans, le ministre du Travail, Marc Rouault, a démissionné ce matin de ses fonctions. En exclusivité, nous vous divulguons le contenu de sa lettre de démission.

(Voir aussi : Marc Rouault, l'ascension progressive d'un notable stéphanois.)

42

Cabale

La lettre que nous reproduisons revient sur « la responsabilité » *de la mission confiée au ministre et invoque sa* « loyauté » *envers le Président et le gouvernement. Évoquant* « une cabale (...) visant à salir sa famille », *Marc Rouault reconnaît implicitement les faits qui lui sont reprochés dans une phrase ambiguë et qui devrait faire couler beaucoup d'encre :* « Je prends acte des manquements qui me sont reprochés, de leur gravité irrémédiable : mais je n'ai pas, je n'ai plus la force de me battre pour faire valoir la vérité face à cette cabale. »

Contacté au sujet de cette démission surprise, l'Élysée n'a pas souhaité faire de commentaires. Le Président devrait toutefois écourter son séjour sud-américain pour gérer la crise depuis l'Élysée.

Coup dur

À deux semaines des élections et alors que l'action du gouvernement est très critiquée par l'opinion publique, cette démission sur fond de scandale est un nouveau coup dur pour l'exécutif dont Marc Rouault est un poids lourd. Faisant partie, avec le ministre de l'Intérieur Sylvain Auvenanian, des seuls ministres populaires du gouvernement Pauillac, Marc Rouault était pressenti pour succéder à Jean-Jacques Pauillac à Matignon. Cet entrepreneur stéphanois qui avait pris tout le monde de court à la fin des années 1980 en empochant à la fois la mairie et la députation avait depuis occupé plusieurs fonctions importantes à la direction du Parti socialiste avant d'être nommé ministre du Travail du gouvernement Pauillac. Marc Rouault refuse pour l'instant de parler à la presse.

Live
Nous vous proposons un live toute la journée pour suivre l'évolution de la crise. Vous pourrez poser vos questions à nos experts Henri Laguerre et Jean-Marc Stevenin à partir de 14 heures.

La lettre de démission de Marc Rouault

Monsieur le président de la République, cher ami,

Depuis deux ans, je sers notre pays avec fierté et bonheur, à la tête du ministère du Travail. C'est un honneur. C'est une responsabilité.

Je me suis efforcé d'y répondre en veillant, dans mes fonctions comme dans mon comportement personnel, à toujours respecter les exigences, non seulement de la légalité, mais aussi de la dignité, de la moralité et de la loyauté.

Or, selon mes informations, je m'apprête dès aujourd'hui à devenir la cible d'attaques politiques et médiatiques véhiculant, pour créer la suspicion, contre-vérités et amalgames.

Je prends acte des manquements qui me sont reprochés, de leur gravité irrémédiable : mais je n'ai pas, je n'ai plus, le courage de me battre pour faire valoir la vérité face à cette cabale. Au-delà de ma propre personne, c'est ma famille qu'on va salir, c'est ma famille qui subira de la part de certains médias un véritable harcèlement dans sa vie privée, pour tenter d'y chercher de quoi m'affaiblir.

J'ai trop de considération pour les hommes et les femmes du ministère du Travail pour accepter que leur action puisse être affectée par cette manipulation. J'ai une trop haute idée de la politique au service de la France pour accepter d'être utilisé comme prétexte à une telle opération. J'ai une trop grande loyauté et amitié à votre égard pour accepter que votre action puisse, en quoi que ce soit, en souffrir.

J'ai donc décidé de quitter mes fonctions de ministre du Travail, en prévision de la polémique. Dès lors, je me considère comme un homme libre.

En conséquence, je vous demande donc de bien vouloir accepter ma démission.

Je vous prie de croire, Monsieur le président de la République, à l'assurance de ma haute considération.

Avec ma fidèle amitié.

Marc Rouault.

L'article s'afficha en une, puis aussitôt dans l'encart « Les plus vus » et « Les plus partagés ». En amendant la lettre, Bresson avait noyé le poisson. Il ne regrettait pas, tout sursis était bon à prendre.

La lettre fut reprise sur les réseaux sociaux. Patrice Farinot, le journaliste qui avait rassemblé les pièces du dossier pour le site d'investigation, fut obligé de réagir. Il accéléra la publication des révélations. Sa source était un haut fonctionnaire stéphanois proche de Rouault : Camille Stern.

**

Perez referma l'onglet du navigateur.

Camille.

Il finissait par comprendre. Le patron était revenu. Elliott referma le chutier. Il n'avait rien écrit du tout.

— Tu as vu ce bordel avec Rouault ? On ne peut pas mettre ce mec dans le reportage, c'est pas possible, TL7 va nous cracher à la gueule ! Putain de merde, Elliott, c'est pas possible ça, je sais pas comment on va financer ton poste si tout ce que tu touches se transforme en merde. On a besoin de te budgéter et là, je sais pas comment on va faire. À un moment donné, moi, je dirige une entreprise, je dois penser en termes de rationalité économique. Si encore tu étais capable de rédiger de bons séquenciers, mais là franchement, je ne sais pas sur quoi te mettre sans que ça foire. En plus, tu es en CDI… Bordel de merde ! Je ne peux même pas lancer une procédure de licenciement économique, c'est trop cher. Tu me coûtes cher, Elliott, trop cher ; tu comprends ? Tiens, tu pourrais faire comme Rouault, démissionner, ça te dit pas ça, hein ? Ou une rupture conventionnelle mais on va devoir trouver un arrangement financier, t'as combien d'ancienneté ?

Mine de rien, Elliott se liquéfia. Il connaissait le truc : on te garde parce qu'on est sympa, on te garde parce que ça nous coûte trop cher de te dégager, on te garde parce que ta capacité à supporter le harcèlement sort du lot, on te garde parce que au fond, personne n'est assez con pour venir prendre ta place. Mais, si le patron avait jamais eu l'air sincère depuis qu'il travaillait pour l'agence, c'était là, en cet instant précis où, discutant pour lui-même de la meilleure manière de le foutre à la porte, il s'entraînait vers les terrains fertiles de la malversation et du paralégal, échafaudait des scenarii visant à ne rien payer du tout, s'excitait en intuitions immorales qui – cela lui semblait bien naturel – épaissiraient son savoir-faire de self-made-manager. La seule fois où, l'espace d'une minute, il l'avait vu jouer aussi juste, c'était quelques secondes avant de rédiger un licenciement pour faute grave. Si l'inactivité n'effrayait pas Elliott, si l'oisiveté n'était pour lui que l'état supérieur auquel chacun se trouvait en droit d'aspirer, la double perspective de donner au patron entière satisfaction et celle, plus lointaine, de croiser ses parents en caleçon à midi lui flanqua le bourdon. Il renonça à tout et, d'un ton assuré qui trahissait sa peur :

— Quitte à faire du polar, faisons-en pour de vrai.

Il ouvrit le chutier.

— Ça, personne ne l'a sauf nous. C'est l'affaire du moment et personne n'est mieux placé que nous pour la couvrir. Sur la seule base de ces propos volés, on fait le buzz : tu montres ça à n'importe quel service de l'information et ils te le financent, ton reportage d'investigation. Avec du vrai argent, pas des bouts de ficelle qui dépendent de ce que ne t'alloue jamais le CNC. Maintenant, moi, j'ai fait des copies de l'enregistrement. Je peux le sortir, même gratuitement pour vous faire chier, en moins d'une heure. Je gagne rien, vous pouvez me poursuivre mais vous ne le ferez pas, sinon c'est l'escalade avec les prud'hommes en parallèle. Alors ce que je te propose, c'est plutôt qu'on se mette d'accord sur mon nouveau salaire et sur la manière dont je pilote le projet. Et je parle aussi des droits SCAM. Je sais que tu as l'habitude de considérer que les droits perçus pour les réalisations de tes employés font partie de ton salaire, mais là on va s'organiser un peu différemment. En signant des contrats, par exemple. Du genre que l'on respecte.

Le patron reçut d'un seul coup un monceau d'informations contradictoires à gérer. D'une part, il se trouvait pour la toute première fois face à un argumentaire à même de l'ébranler dans son bon droit, chose qu'il eût refoulée en toute autre circonstance ; d'autre part, on lui offrait l'occasion de briller, d'entrer de plain-pied dans le gratin journalistique, de faire valoir ses droits aux honneurs du métier. Pour épater les confrères, que n'aurait-il pas fait ? Ignoré par ses pairs, boudé par les critiques, il avait une telle foi en ses choix de carrière, une telle dévotion envers ses propres exigences, qu'il s'imaginait faire face à des jaloux. C'était là l'occasion de se le prouver une fois pour toutes en propulsant Docuprod vers le haut du panier. Le prestige. Au moins équivalent à celui des cuvées « prestige », des gâteaux « prestige » ou du papier-toilette « prestige ». Il se gratta le nez.

— Tu n'as pas le niveau pour un travail de cette ampleur.

— OK. OK.

Puis, décidant pour une fois de faire front, comme un enfant s'oppose aux décisions parentales en évoquant des conséquences qu'il se sait incapable de provoquer :

— Bon, dans ce cas, je vais chez Capa et on verra s'ils sont d'accord avec toi.

— Deux secondes, attends un peu, on négocie. Je te mets dessus, mais tu pars avec Andrea.

Contrairement à ce que son prénom laisse entendre, Andrea incarnait l'ignominie terrestre, un mélange de bêtise, de séduction ratée, de « *oui, chef, merci, chef* », une matérialisation des défauts de l'époque les plus communs, les plus vulgaires, les pires, soixante kilos entiers de vilenie et d'arrivisme tournés vers le néant et dépourvus de moyens pour se satisfaire ; le parquet se rayait au passage d'Andrea, il fallait équiper les portes de coussins pour qu'elle puisse les franchir, Andrea tendait la patte pour stopper les voleurs, respectait les croyances surtout des plus gradés, pensait comme tout le monde, riait comme tout le monde, votait comme tout le monde, échouait le plus souvent à obtenir ne serait-ce qu'un minable triomphe. Elle se plaisait à tirer une singularité de sa médiocrité, érigeant ses échecs scolaires ou professionnels en exemples successifs et intarissables d'un tempérament alternatif, d'un génie méconnu. Elle avait tout lu, elle avait tout vu, elle coupait la parole. Vingt-sept ans de mensonges, de petites trahisons, girouette intellectuelle et vraie pense-petit.

Rien chez Andrea ne rappelait la vie.

N'attendez donc pas d'histoire d'amour à visée rédemptrice, de final carnaval aux chandelles d'un campanile ou même de conversation agréable au cours de laquelle les deux parties apprennent à se connaître : il n'y en aura pas.

— C'est d'accord.

Allez savoir pourquoi il avait accepté.

13 heures.

Au 83, rue de la Convention, sous les regards inquiets des membres du Service de protection des hautes personnalités qui attendaient un ordre de redéploiement, quelques journalistes mal informés faisaient le pied de grue. L'espace s'obstruait de directs inaudibles depuis le trottoir même où, par manque de matière, on resituait la scène. « *Je me trouve donc juste devant l'immeuble où habite Marc Rouault, dans le d'ordinaire très tranquille XVe arrondissement de Paris et où nous attendons car, comme vous pouvez le voir, de nombreux journalistes ont fait le déplacement, un signe de l'ex-ministre. Alors on sait, les informations qui filtrent sont claires là-dessus, que Marc Rouault refuse pour le moment de parler à la presse. On sait aussi que l'Élysée prépare un communiqué qui devrait nous être transmis en milieu d'après-midi.*

C'est un moment de très forte tension ici, plusieurs badauds se pressent dans l'espoir d'apercevoir le ministre. Je parlais à mes confrères du Monde *tout à l'heure qui affirment que Marc Rouault se trouve à Paris, donc il y a toutes les raisons de penser qu'il va apparaître d'un moment à l'autre… »*

Et, dix minutes plus tard, en direct du trottoir d'en face : « *Toujours beaucoup de monde ici, en face du 83, rue de la Convention. On a vu une première voiture du SPHP quitter les lieux, la tension monte d'un cran, nous attendons toujours des nouvelles de l'ex-ministre du Travail, qui, rappelons-le, a présenté ce matin sa démission au président de la République peu avant la parution sur un site d'investigation d'un dossier le mettant en cause directement dans une affaire de détournement de fonds qui aurait eu lieu dans les années 1980 à Saint-Étienne, ville dont il est maire.* » En arrière-plan, des journalistes accrochés à leur téléphone avalaient des sandwiches pour ne pas perdre une miette de cette frénésie dénuée de toute forme d'information.

Marc Rouault aussi déjeuna d'un sandwich. Il était arrivé à 7 heures du matin en gare de Toulon. Ne souhaitant pas prévenir Claude Sifran de son arrivée de peur qu'un comité d'accueil lui soit organisé, il se résolut à attendre le début d'après-midi pour gagner le Bau Rouge, au sud-ouest de la ville, où son ami possédait une villégiature avec vue sur la mer. Claude jouait les écrivains. Il avait hérité de cette maison et d'autres situées un peu partout, cela lui permettait de vivre la vie d'artiste et celle de rentier. De mémoire de ministre, Claude n'avait jamais travaillé, ce qui ne l'empêchait pas d'avoir sur la vie et les choses la certitude du regard juste, une vision englobante qui n'englobait que lui ; enfin il savait vivre.

Marc Rouault s'était refusé à acheter les journaux. Il couperait pour de bon. Sa fuite n'était pas motivée, il n'y avait pas d'après, de parcours logique, mais la quiétude soudaine du soleil méditerranéen aux abords de la gare et quelques personnes à contacter en cas de nécessité. Il avait bu cinq ou six cafés, rempli dans la brasserie de la gare trois grilles de sudoku. Voilà voilà. Pour tuer le temps avant d'aller rejoindre Claude, il se promena en ville. Toulon, la laide. Même les quartiers préservés puent le contreplaqué, c'est un charme patchwork qui préside à l'architecture, on se perd sur ses places où, pour une église d'époque, on trouve trois immeubles imitation Provence en béton couleur chair et un palmier d'importation. Les antennes de police émaillent le littoral en carrés transparents, la chaleur compresse les envies dans une nuit éternelle où il fait toujours jour, rien à faire sauf aller à la banque. Disposant dans son portefeuille d'un mois de salaire moyen, Marc Rouault n'y songea pas. En une heure, il avait fait le tour de la ville. C'était toujours la même, les gens avaient vieilli. Lui aussi avait vieilli. Il était né ici, on ne sait pas trop comment, on ne sait pas trop pourquoi, ses parents avaient rejoint la Loire en 1954. Ingénieur dans le textile du côté de son père, mère au foyer spécialisée dans le gratin de pâtes, le schéma idéal d'une famille qui s'emmerde. Saint-Étienne : choc thermique puis l'oubli. Il revenait parfois à Toulon pour savoir ce qu'il avait perdu au change. Il n'aurait pas pu faire carrière ici.

Il héla un taxi qui fit beaucoup d'histoires pour l'emmener à Carqueiranne puis beaucoup moins quand il reçut d'avance le billet de 200. Il restait huit journées de championnat, Marseille s'était presque assuré la deuxième place, c'est la Ligue des Champions, c'est bien, ça. Vous, vous êtes de Paris ? Alors le PSG, vous en dites quoi vous de jouer pour le Qatar ? Enfin, c'est bien pour l'image du foot français. Cela dura tout le temps du trajet, vingt-trois minutes en lisière de maquis puis au bord de la mer, et puis on se quitta devant le portail grand ouvert de la maison. Un chemin traversait le jardin malmené par le soleil et débouchait au mas principal, entre deux dépendances qui servaient de celliers. Maison typique à trois étages, la lumière s'égarait en frappes chirurgicales le long des tuiles orangées, une nouvelle baie vitrée permettait de profiter du temps sans se vider de son eau ; plus loin, une série de marches taillées à même la pierre menait vers le rivage où des éboulements de schistes rouges tranchaient avec le bleu marin. L'isolement et la mer. Un air de plein soleil.

Un bel endroit pour mourir.

Claude Sifran était installé sur sa terrasse entre un ordinateur portable et un verre de vin blanc. Il jouait au Rubik's cube.

— Marc Rouault ! Si je m'attendais !

— Qui t'a prévenu ?

— Philippe Bresson. Je pensais que tu arriverais plus tôt.

— Eh bien me voilà. Je peux rester chez toi quelques jours ?

— C'est vraiment la merde, hein. Vraiment la merde. Tu restes, mais je ne peux pas te garder dix jours. Les journalistes vont finir par arriver et je ne veux pas être mêlé à ça.

— Tu n'es mêlé à rien. J'ai compris, je repars demain.

— Tu as déjeuné ?

— Oui, mais c'était dégueulasse.

— Tu vas me raconter. Tu sais ce que tu vas faire ?

15 heures.

« — *Écoutez, nous avons manifestement affaire à une situation extrêmement préoccupante pour le gouvernement et pour les Français. La situation de Marc Rouault n'était probablement plus tenable au sein de ce gouvernement qui décidément n'a plus direction ni boussole. Il a pris ses responsabilités en démissionnant. Je crois que c'était la meilleure solution.*

"Sur le fond de l'affaire, je ne me prononcerai pas, là où en d'autres temps, pour des faits qui n'étaient

pas avérés, sans qu'il y ait parfois eu la moindre enquête judiciaire, la gauche s'était livrée à des attaques de personnes scandaleuses et d'une extrême violence. Pour ma part, je crois à la justice de mon pays et ne doute pas qu'une information judiciaire sera ouverte dans les heures qui viennent pour faire toute la lumière sur cette affaire.

"Si, cependant, les allégations de ce site venaient à être confirmées, si Marc Rouault s'était rendu coupable de détournement de fonds, cela marquerait une rupture terrible entre le gouvernement et les Français, une rupture que je ne peux pas accepter. Ce genre d'accusation est très dangereux pour la démocratie et jette l'opprobre sur toute la classe politique à l'heure précisément où nous avons besoin d'un cap, d'une direction, pour surmonter la crise. Ce cap, nous croyons pouvoir l'incarner, d'abord au niveau local, et les élections à venir concentrent toute notre énergie.

— Monsieur Copé, que pensez-vous du contre-pouvoir que sont en passe de représenter certains sites d'investigation, dont le travail rythme désormais la vie démocratique ?

— Je n'ai pas d'autre commentaire, merci. »

S'ils savaient... pensa Perez. Il se voyait mieux informé que les élites démocratiques : c'était quelque chose, quelque chose dont il savourait l'ironie. Avec Andrea, ils s'étaient mis à pied d'œuvre ; mais derrière l'entraide perçait déjà l'odeur rancie de la compétition. Elle s'attachait à minimiser chacune de ses découvertes.

— Bon, j'ai fait mes recherches, je crois avoir découvert qui est le Sifran de la bande. Claude Sifran. Un écrivain, le même âge que Rouault, il a signé la préface d'un bouquin consacré à Saint-Étienne, ça fait sens.

— Ah bah tu aurais dû me demander, je vois très bien qui c'est, il a écrit...

— Bref. J'ai appelé Albin Michel qui publie ses livres, je me suis fait passer pour le service de presse d'une revue espagnole, ils doivent me recontacter pour me donner son adresse, mais j'ai peur que Sifran se méfie. J'ai aussi regardé dans les Pages blanches, il y a en tout et pour tout seize Sifran en France, dont la moitié sont des femmes, deux se trouvent aux Antilles et deux près de Paris, ce qui les élimine. En recoupant, ça nous laisse quatre Sifran basés : l'un à Marseille, l'autre à Toulon, un troisième à Saint-Étienne et un dernier dans le Nord, vers Valenciennes. Aucun n'a stipulé de prénom : j'ai comme dans l'idée que ça pourrait être le même, et dans ce cas, il aurait aussi un appartement à Paris. J'ai fait des demandes aux cadastres par mail, mais je n'y crois pas une seule seconde. Alors je me suis dit, pour savoir où il se trouve, qu'on pourrait toujours aller faire un tour chez lui dans le XVIIe et toquer à la porte.

Le patron déboula :

— J'ai eu LCP, la chaîne est évidemment très intéressée. Sur le principe, c'est oui. Donc je vous mobilise. Vous emportez deux unités de tournage, et vous prenez la Fiat. Et vous me tenez au courant régulièrement de ce que vous faites.

— LCP ? Mais c'est super, Manu ! C'est vraiment une chaîne sérieuse, des contenus de qualité. Trop top.

Andrea s'entêtait à appeler le patron par des diminutifs. Plus elle raccourcissait son nom, plus son salaire augmentait.

Ils se mirent en route, récupérant le matériel en pressant au passage un stagiaire non payé censé le préparer à leur place.

**

Le soleil s'entêtait du côté de Toulon à ne pas s'afficher trop ouvertement.

— Comprends-moi, Marc. Je ne peux pas garder chez moi un mec qui ne tardera pas à être recherché par la justice et dont tout le monde connaît le visage. Ce n'est pas tenable. Tu ferais mieux de rentrer à Paris, de faire une déclaration, d'en chier un peu et de laisser les interminables procédures se dérouler tout en exerçant tes mandats locaux. Pourquoi essayer de fuir à tout prix ?

— Je fuis parce que cette affaire en cache une autre. Je pense que certaines personnes impliquées directement dans ces révélations ont tout intérêt à favoriser l'accélération de la procédure pour me foutre à l'écart. Et ce sont des personnes qui ne rigolent pas.

— Ça ne change rien au problème. Tu restes aujourd'hui, mais demain, tu trouves un autre point de chute.

— Je peux utiliser ton téléphone ?

— Je n'aimerais mieux pas. On ne sait jamais. Mais tu peux aller au bar-tabac à quatre kilomètres. À cette heure-ci, il n'y a personne et ils ont un téléphone. Tu peux prendre la voiture si tu veux.

Marc Rouault sortit la Volkswagen de la propriété et roula dix minutes en direction de Marseille. Pas un chat à l'horizon. Il arriva sur la place poussiéreuse d'un hameau où le bar-tabac faisait face à une boulangerie. Il entra dans le débit, demanda un jeton à la patronne car le téléphone fonctionnait encore avec des jetons. La tenancière le regarda d'un œil drôle, mais il comprit très vite que c'était son accent et non pas son visage qui lui posait problème. La cabine se trouvait à côté des toilettes, ouverte à tous les vents, elle n'offrait pas la moindre privacité. Sortant de sa poche la page arrachée contenant ses numéros utiles, il composa d'abord celui de son avocat, qui lui conseilla aussitôt de rentrer. Il appela ensuite son adjoint, Vellard, un quarantenaire dynamique dont toute la carrière politique reposait sur Rouault. Il était menacé et inquiet. « *Tu devrais rentrer. C'est intenable, tu sais bien.* »

Pour mieux comprendre en cet instant précis la situation de Marc Rouault, penchons-nous un instant sur son CV. Entrepreneur au début des années 1970, il avait senti le vent tourner et revendu sa boîte de services au textile peu avant le grand krach. De cette époque, outre un compte à l'étranger, il avait gardé des amitiés viriles, tout un tas de gens pleins d'entregent qui lui avaient fait bénéficier de leur carnet d'adresses pour sécuriser son entrée cn politique. Jamais ils ne l'aideraient. Élu à la mairie, il avait côtoyé des patrons d'entreprise, des promoteurs, des cadres, quelques hauts fonctionnaires, de plus rares artistes, tous bien trop en vue pour lui tendre la main. Plus tard, appelé à des fonctions nationales, son entourage s'était composé exclusivement de journalistes, de membres du bureau, et d'autres hautes figures des secteurs public ou privé. Des individus suffisamment persuadés de leur importance pour se croire surveillés. Fier de n'avoir vécu que dans la marge haute, Marc Rouault s'y était enfermé. Pendant tout ce temps-là, il avait fait subir à sa femme les défaites et les victoires à grands coups de sape et de mépris diffus, de rabaissement en rabaissement, de menaces en aigreurs infantiles, jusqu'au point de rupture – des méthodes éprouvées auprès de son entourage qui en faisait de même. Si, bien évidemment, il se donnait le beau rôle, il savait qu'il était inutile de compter sur elle. En désespoir de cause, il appela Philippe Bresson.

— Allô, Philippe ? Comment ça où je suis ? Tu le sais très bien, c'est toi qui as prévenu Claude. Je suis un peu emmerdé. Je ne peux pas rentrer à Paris, je sais que ça a l'air stupide, mais c'est comme ça.

— Marc, on va tous te lâcher. Tu vas te retrouver tout seul si tu t'entêtcs à ne pas assumer la situation.

— Je m'en fous, je le sais, ça. Tu n'as pas un endroit où je pourrais aller me mettre au vert quelques jours ?

— Personne ne voudra s'afficher avec toi. Même moi. Ton appel me met mal à l'aise : je ne peux dire à personne que j'ai été en contact avec toi, surtout pas au PR. Reviens à Paris et les choses se dérouleront selon une procédure normale.

— C'est hors de question. Je vais me démerder. Je connais plein de gens.

— Je les connais aussi, ils ne t'aideront jamais tant que tu n'auras pas parlé à la presse. Je te laisse, j'ai un communiqué à finaliser.

— Ça me concerne ?

— Oui. Salut, Marc.

Bresson relut une dernière fois le communiqué et appela le Président pour obtenir sa validation ; son avion décollait du tarmac colombien. Il n'était pas fâché de disposer d'un prétexte pour quitter cette assemblée disparate qui ne s'était rien dit. Dernière roue du carrosse de la politique internationale française, l'Amérique du Sud impliquait qui plus est l'observation d'un protocole épuisant qui motivait de la part de son chef de continuelles explications. La coexistence avec le ministre régalien n'arrangeait rien.

— Putain, ici il fait un temps de merde, c'est infernal. C'est bon ? C'est rédigé ?

— Je vous le lis, vous me dites ce qu'il faut amender et j'envoie : « *Paris, gna gna gna. Le président de la République a pris ce matin acte de la démission de son ministre du Travail Marc Rouault. Les accusations dont il est la cible sont*

60

graves. Marc Rouault a jugé incompatible la pour-
suite de ses fonctions avec l'initiation probable
d'une information judiciaire à son encontre. C'est
un choix responsable, respectable à tout point de
vue, et qui permettra à la justice de mener son
enquête en toute indépendance.

« Le choix du remplaçant de Marc Rouault au
ministère du Travail sera arrêté demain, lors du pro-
chain Conseil des ministres. Alors que la crise est
toujours aussi forte, que la lutte contre le chômage
mobilise toute l'énergie du gouvernement, il est de
toute première instance que ce choix puisse s'opérer
dans la confiance et l'apaisement. Le président de la
République y veillera et en appelle pour l'heure à
l'exemplarité des responsables politiques afin de ne
pas entretenir un climat de défiance. »

— Ta dernière phrase est un peu agressive, je ne
sais même pas ce que l'UMP a dit.

— Rien de spécial, mais ça ne va pas tarder à
tirer de partout.

— Bon, un truc un peu plus rond alors, ne parle
pas de défiance mais du refus d'instrumentaliser
l'affaire.

— Alors je reprends : « *Le président de la Répu-*
blique y veillera et en appelle pour l'heure à l'exem-
plarité des responsables politiques afin de ne pas
instrumentaliser une affaire qui relève entièrement
du domaine judiciaire. »

— Très bien. On se voit demain matin. Dis-moi,
tu es intéressé par le ministère ?

— Pardon ?

— On se voit demain matin.

16 heures.

« *Eh oui, Olivier, toujours en direct du 83, rue de la Convention où la foule s'amenuise cependant. Des policiers sont arrivés sur place pour nous inviter à quitter la rue, sans pour autant parvenir à faire céder les journalistes. Alors toujours pas de signe pour l'heure de Marc Rouault que nous attendons ici, à son domicile parisien, mais, bien aidé par un locataire, j'ai pu pénétrer dans l'immeuble, et c'est une exclusivité BFMTV, je suis donc juste en face de la porte derrière laquelle se trouve l'appartement de Marc Rouault, ministre démissionnaire du gouvernement Pauillac, après la parution ce matin d'une enquête le mettant directement en cause dans une affaire de détournement de fonds.* »

Elliott Perez réfléchit aux discours du patron sur l'engagement, la valeur ajoutée, la mission d'informer, les marges et la carrière en quittant la salle de détente et sa télévision branchée sur BFM.

17 heures.

La façade extérieure de l'hôtel Mercedes empruntait aux films noirs américains : pierre lisse d'un rose bonbon tendance Californie, lettrage vert en typo Art déco, petit perron – on eût dit un studio d'un autre âge. De quoi faire rêver les pauvres : on ne pouvait imaginer à sa porte que des ventripotents en costume pêche et mangue, panama sur le crâne, la tête à des contrats jamais finalisés, pavanant du popotin sur une musique des années 1960. Un ventripotent en costume gris et attaché-case en jaillit, la tête basse. Comme RFM passait Goldman, on ne rêvait plus du tout. D'un angle de la place à l'autre, s'érigeait le 1, rue Alphonse-de-Neuville, où, avec un peu de chance, résidait Claude Sifran. Ils se garèrent en double file.

— Tu attends dans la voiture au cas où les flics arrivent. Moi, je vais voir.

— Hors de question, je suis plus expérimentée que toi, on y va ensemble, Manu a été très clair. On est une équipe, *remember* ?

Ils s'y rendirent ensemble. Ils attendirent l'arrivée d'une locataire pour entrer derrière elle. La boîte aux lettres indiquait : Claude Sifran, 3e étage droite. Elliott s'identifiait à Ventura dans *Dernier domicile connu*. Sa coéquipière, en Marlène Jobert de braderie, actionna l'interphone.

— Bonjour, je suis Andrea Areggiani, j'ai rendez-vous avec M. Safran.

— M. Sifran, vous voulez dire ? Mais il n'est pas ici !

— Comment ça, pas ici ? Mais il m'a pourtant donné rendez-vous directement chez lui dans le mail que nous avons échangé…

— Chez lui ? Quel chez-lui ?

— Tout semblait indiquer qu'il s'agit d'ici.

— Je vous ouvre, attendez.

Ils furent accueillis dans l'appartement par une femme de ménage antillaise. C'était un de ces appartements vacants que dénoncent les

associations pour le droit au logement, une gar-
çonnière pour enfant libidineux, bibliothèques
remplies de livres jamais lus où se disséminaient
quelques titres érotiques, une lampe à ampoule
rouge, des meubles capiteux et le plein de
moquette.

— Vous avez eu de la chance de tomber sur
quelqu'un, je ne viens que toutes les deux semaines.
M. Sifran passe la moitié de l'année dans le Sud,
près de Toulon, c'est meilleur pour l'inspiration
selon lui. C'est vrai que Paris, c'est pollué et
bruyant. Mais que voulez-vous, on va là où il y a du
travail ! Vous voulez l'appeler pour fixer avec lui un
autre rendez-vous ?

— Non écoutez, merci pour votre aide, nous
l'appellerons en chemin.

Ils regagnèrent leur voiture. En sortant, ils passèrent devant l'école Ampère sur laquelle s'affichaient, semblables, les visages confiants des
candidats aux prochaines élections : des chauves,
des hommes, des Blancs, des laids sur des fonds
azurés où se détachaient des slogans dont chaque
lettre, soupesée, calibrée par des communicants,
incitait au suicide. Les enfants du quartier sortirent en un bloc de l'école : ils ressemblaient à leurs
aînés. Elliott Perez et Andrea Areggiani montèrent
dans la Fiat.

— Toulon, alors. J'ai noté l'adresse.

— Oui, mais il faut prévenir Manu.

Elle s'empressa de joindre le geste à la parole.

Elliott éteignit la radio après avoir entendu
Toutankhamon lui vanter les mérites d'une

enseigne de bricolage. Ils passèrent chez l'un et l'autre pour récupérer des affaires. D'abord boulevard Voltaire où Andrea insista pour qu'Elliott monte avec elle au cinquième dans le but insidieux de lui en mettre plein la vue. Sa familiarité, inconsciente ou indifférente à l'hostilité manifeste que Perez lui témoignait, accentuait son antipathie naturelle. Son appartement, tout en rougeurs et matériaux recyclés, empli de signes de supériorité culturelle jamais compris mais affichés, était fidèle aux prédictions. Des affiches d'expos, de mauvais DVD, la culture pour les nuls.

Ils gagnèrent ensuite Saint-Leu-la-Forêt en bravant les bouchons. Elliott parvint, en usant de mensonges impliquant une très longue maladie, à empêcher sa collègue de saluer ses parents. Elle resta dans la voiture, cherchant, à travers les vitres, à deviner l'intérieur kitsch, rideaux rouges et papier peint, dans lequel évoluait son collègue. « *Tiens voilà le médecin.* » Perez récupéra trois caleçons encore humides ainsi qu'un tee-shirt de rechange et quitta la maison sans fournir d'explication. Ils reprirent les embouteillages en direction du Sud.

Elliott appréciait ce départ impromptu, pressé de quitter la succession de portes donnant sur des ensembles de buildings seventies pour gagner l'autoroute. Il l'eût d'autant plus apprécié seul. Comme Andrea passait son temps à critiquer sa conduite, excédé, il coupa le contact en plein milieu du péage de Fleury-en-Bière pour lui passer le volant. Extrayant de son sac une paire d'écouteurs, il les brancha à son portable, se trompa de sens oreille gauche oreille droite, lança des airs caribéens sur mode aléatoire, fit de son pull une boule accolée à la vitre et, son visage écrasé dessus, ferma les yeux. Il se serait voulu ténébreux, sûr de lui, manières tirant vers le mystère. Autruche et bouderies, il se comportait comme un enfant. « *Sympa la solidarité !* » Elliott prit inconsciemment plaisir à ne pas entendre cette dernière phrase, noyée dans les échos d'une chanson brésilienne qui collait à sa mélancolie.

21 heures.

Philippe Bresson était emmerdé. Il se tenait debout dans son bureau, la télé en bruit de fond où l'on analysait le communiqué présidentiel au prisme des échéances électorales. Des interviews éclairs de Pascal Farinot, le journaliste à l'origine de l'affaire, rythmaient la diffusion. Il rappelait que son journal n'avait pas vocation à lyncher un ennemi mais bien à informer, preuves à l'appui, à faire œuvre civique en dénonçant les errances de la démocratie. Les réactions politiques se compilaient, prudentes pour la plupart, violentes aux deux extrêmes, tous ces gens-là tremblaient à l'idée de faire à leur tour les frais de la grande lessive, comptes en Suisse ou à Singapour, mines clandestines, investissements véreux. Des indignés de façade qui avaient chaud aux fesses. Plus moyen de distinguer les surpris authentiques des vrais opportunistes, on appelait ça « la communication politique » et c'était le métier de Bresson. Emmerdé, c'est le mot.

Il était emmerdé, aussi, parce qu'il pensait à Rouault, en pleine fuite à Varennes, qui n'avait pas une chance. S'il l'avait appelé, lui, c'est qu'il n'avait personne d'autre. Fait comme un rat, Rouault. La mécanique était graisseuse : et maintenant, c'est à lui qu'on proposait le poste afin de le neutraliser, s'assurer de sa totale partialité à l'égard de Rouault. On voulait un fusible, dernier arrivé premier parti : mettre un communicant à la tête d'un ministère aussi en vue revenait à resserrer les équipes, éviter les dérapages avant les élections pour préparer l'après-débâcle dans la sérénité. Le petit jeune fait oublier le premier ministrable. Sûr qu'il accepterait. Son téléphone sonna.

— Bresson ? Auvenanian à l'appareil. Le calme après la tempête ?

— Salut, Sylvain. On va voir comment tout ça se déroule.

— J'ai appris que tu allais rejoindre la cour des grands ? C'est très bien ça.

— Je n'ai pas encore accepté.

— Bon, il faut qu'on en parle pour préparer la communication à propos de tout ça. Tu sais que je joue gros là. J'ai besoin d'être sûr qu'on est à l'unisson sur cette histoire. Demain matin à mon bureau ?

— Je dois voir le Président demain matin.

— Bon, bah, je viens à l'Élysée alors. Tu nous arranges ça. Sinon, t'as des nouvelles de Rouault ? Ça m'emmerde cette disparition.

— Aucune. Je pense que je suis la dernière personne qu'il appellera.

— Bon, Philippe, je te cache pas qu'à l'Intérieur on sait des choses. Et par exemple, ce genre de mensonges, ça fait partie des éventuels problèmes dont on devra discuter demain en vue de ta nomination. Il faut vraiment qu'on coopère en toute transparence.

— On en parle demain.

— 9 heures, j'ai un déplacement à la con à Vitry après le conseil.

Culpabilisé, Bresson composa le numéro de Claude Sifran qui ne répondit pas. Il n'était pas le premier à tenter de joindre l'écrivain. « *C'est bon, c'est bon, je pars demain matin* », répétait Rouault à qui Claude ne disait rien. Ils ouvrirent une première bouteille de bourgogne comme on sourit à l'enterrement, le poulet était froid comme l'ambiance, le téléphone sonnait pour mieux mettre en valeur la pesanteur des lieux. La sacoche de Rouault traînait près de la porte, prête, déjà, à partir. On dîna sans plaisir.

— Tu dois vraiment parler à la presse, tu sais, tu nous fous tous dans une situation de merde, là.

— Je crois que... Je crois que je suis fatigué.

On en but une deuxième et, pour insuffler un semblant de chaleur à ces maigres trahisons, on parla de souvenirs autour d'un digestif.

— Tu te souviens de la mort de ton père ? Je t'avais accompagné à la banque avec des chèques au porteur falsifiés pour récupérer l'oseille. Tu n'osais pas y aller, j'avais dû me faire passer pour toi en échange d'une commission. Tu me la dois toujours d'ailleurs la commission, non ? Quand tu vois le chemin parcouru depuis ces histoires-là… Mais attends, ils sont capables de les sortir, hein, pour dresser ton portrait d'incorrigible voyou, imagine un peu la une du *Point* : « *Le fraudeur* » avec ta gueule qui tire la gueule justement et les habituelles mentions : « *Ses réseaux, ses arnaques, le jour où il a volé des bonbons*. » Tu vas pas te marrer tu sais.

— Ce qui me fout les boules, c'est Auvenanian : il va tout récupérer. Là, il dit rien, il a raison d'ailleurs, c'est la bonne stratégie. Mais attends un peu que l'affaire se tasse, on ne verra que lui : déjà, je te parie que c'est un de ses mecs qui va prendre le ministère ; le Président ne peut plus gouverner sans son sourire de candidat républicain qui plaît aux vieilles. Je suis sûr qu'il baise des grands-mères ce mec. Le pire, c'est que j'ai rien sur lui, il tient tous les réseaux, je peux même pas le faire un peu chier. Franchement, ça me débecte de pas pouvoir l'éclabousser avec un peu de merde. Parce que dans le genre bourré d'oseille, lui, tu fais pas pire. Tu peux être certain que c'est lui qui a convaincu Camille d'aller cafter. Dans deux ans, ce petit merdeux se fait nommer à la Culture à New York avec un salaire pas possible et moi je suis en plein dans des procédures pour faire appel. Voilà comment ça va finir.

— Je te verrai demain ?

— Non, je compte partir tôt. T'as un numéro de taxis ?

— Sur le frigo. Bon ça me fout le bourdon tout ça. Bon courage, et retourne à Paris. Allez bonne nuit.

Marc Rouault alluma le poste sur Radio Classique et s'astreignit à finir la bouteille d'armagnac. Il ne tarderait pas à regarder les horaires des trains pour Paris.

Au même instant, Elliott Perez profita d'un arrêt sur l'aire de Beaune-Tailly pour reprendre le volant et un deuxième sandwich aux ingrédients encore congelés. Andrea s'endormit assez vite et il roula en conséquence à cent soixante, les lampadaires défilant à un rythme stroboscopique dans une lumière choisie, des arbres un peu absents surgissant sans prévenir, les panneaux éclairés à la lumière des phares – enfin la route, la nuit. L'imminence repoussée de l'aventure prochaine, ce romantisme qui sent l'essence, des vies qui défilent côte à côte et dont on ne sait rien sinon le niveau social corrélé au modèle de bagnole, un nulle part qui emmène partout ; Elliott se sentait bien dans cette prison ouverte, fatigue absente, envies d'ailleurs comblées, téléphone en sourdine. Et puisque la militante antitout dormait, il s'alluma une cigarette.

À se voir en héros d'un film passé de mode, il oublia que les vrais héros ont le romantisme en horreur.

23 heures.

Bresson sortit de l'Élysée par les jardins. Dans peu de temps, il ne pourrait plus s'offrir ce genre de liberté. Anonyme dans la foule hétéroclite des Champs, il rejoignit à l'Alma un dîner où plus personne ne l'attendait. Des journalistes et des communicants à l'affût de l'info à sortir pour crâner çà et là le pressèrent de questions. Des types autrefois brillants réduits à se montrer pour exister un peu – il s'incluait dedans. On parlait politique, on parlait cinéma ou bien littérature, les tendances à venir, tel ami entré au Siècle. Pas d'Arabe, peu de femmes, ou alors acceptées, on bouffait bien dans une fausse frivolité érigée en principe au Bifidus actif et c'était tout un art que d'avoir sur les choses des avis arrêtés. Le genre de réunions qui berçaient d'illusions le patron de Docuprod dont on savait pourtant qu'elles se montraient fermées aux primo-accédants. On faisait des paris sur le futur politique de telle ou telle figure en mendiant son avis au spécialiste Bresson, encore plus introduit qu'ils ne l'étaient tous. Lui ne pariait sur rien. Chacun sur l'affaire du moment avait son analyse, ses infos exclusives, connues depuis des lustres et jamais révélées par professionnalisme.

On crachait sur la presse d'investigation : « *C'est de la dictature sous couvert démocratique, c'est pas ça le journalisme. À un moment, il faut prendre parti parce que tout ça fait le jeu des extrêmes.* » « *C'est surtout l'UMP qui va se remplumer s'ils parviennent à capitaliser là-dessus. En tous les cas,*

71

les élections, ça va être un carnage. Le timing est parfait pour la droite. J'ai eu le trésorier de l'UMP au téléphone tout à l'heure, ils vont attaquer dur. » Des avis partagés par tous les bords possibles – les bords républicains, cela va sans dire. Tous ces gens réunis se haïssaient un peu parce qu'ils se retrouvaient parfaitement les uns dans les autres, des logiques similaires motivaient leurs actions. La tête de Bresson tournait. Il hésita un temps à descendre à Toulon, mais il avait tout à perdre dans le voyage.

Alors il resta là, entouré de ses amis, de ses si chers amis qui, comme ceux de Rouault, lui tourneraient le dos au premier coup de grisou et, reprenant du vin, il s'égaya un peu parce que après tout, il faut bien vivre avec les autres, Philippe Bresson allait devenir ministre et ce n'était pas rien, c'était même quelque chose, et, peut-être – qui sait ? – ferait-il un excellent ministre aux idées innovantes, dénicheur de talents, à l'aise sur ses dossiers, pertinent dans l'échange, il bousculerait les choses et le vin était bon.

Au quatrième top, il sera 1 heure.

Les élans pleins d'allant se dissipèrent au profit d'une lassitude nerveuse. Ils passèrent une première fois devant la villa de Claude Sifran puis firent machine arrière pour se garer à quelques mètres de la maison dans un renfoncement relativement discret. Fatigués, ils sortirent en silence le matériel de tournage, installèrent les générateurs sur batterie et y branchèrent deux mandarines et une blonde. Les pieds de caméra dépliés dans la nuit, on éclaira les bulles de niveau avec un téléphone. Du chemin silencieux, on voyait le portail entrouvert et l'aile droite du mas dépasser des rangées de haies. Le patron leur avait appris à créer des effets de perspectives en jouant sur les échelles de plan, procédé tartignole pour normaliser les images avec sa conscience d'artiste : « *Tu prends la petite feuille comme accroche pour mettre ton objet en valeur au second plan.* »

Sur l'insistance d'Andrea, ils observèrent le protocole. Même les cigales s'étaient tues et, par-delà le grésillement du générateur, on entendait de la mer un ressac inquiétant. Les images éloignées n'apportaient pas grand-chose, on s'avança d'un poil et puis on entra carrément dans la propriété. Là, on filma encore une dizaine de minutes le décor parfaitement statique en prévoyant les phrases toutes faites qui viendraient se calquer sur l'entrée de séquence. Un genre de gros hibou se posa sur une branche. Andrea, dans l'urgence, voulut capter la scène pour restituer l'ambiance ; mais comme la branche craquait, l'oiseau se drapa d'un coup d'aile dans sa dignité bafouée.

Elliott Perez s'en fut sonner. Qu'avaient-ils à y perdre ? Un type retranché n'appellerait pas les flics. Andrea s'y opposa en restant bien droite dans ses bottes : on ne débarque pas chez les gens en pleine nuit sans prévenir. Il est des choses qui ne se font pas. Mais si c'était pour satisfaire Manu, là, c'était différent. « *Tu prends tes responsabilités, Elliott.* » Personne ne répondit aux appels insistants du vieux carillon. Laissant le matériel et sa coéquipière en plan dans le jardin, il tira la porte puisqu'elle était ouverte et entra dans une grande pièce à vivre où les restes du repas attendaient l'homme de ménage. Il poussa plus loin. Sur la table du salon, qu'une baie vitrée éclairait à la lueur de la lune, un ordinateur portable faisait défiler des photos de vacances, une bouteille d'armagnac à moitié vide se trouvait accolée à un verre à moitié plein, tout ça n'était qu'à moitié satisfaisant. Il chercha des yeux une lumière plus vive et augmenta la jauge du variateur, appela un coup : « *Bonsoir !* » sans obtenir de réponse.

À côté de l'ordinateur, une feuille se parait d'horaires SNCF compilés dans le désordre. Près du papier plié, un type s'étendait de tout son poids par terre, revolver à portée et balle dans la tête et c'était Marc Rouault.

Il était un peu tard pour se comporter bien : appelant Andrea, Elliott Perez filma la découverte du corps avant toute autre chose, cacha les bandes, puis, courant aux étages, réveilla Claude Sifran qui ne savait quoi faire pour se sortir de là. Manu serait content de ce travail bien fait. Il fallut ensuite appeler la police. On prépara du café qu'Elliott alla vomir discrètement dans le parc. Andrea jubilait, du scoop et du vomi.

Au Bourget, l'A330 présidentiel se posa sur la piste sans difficulté. Dix minutes plus tard, le Président en berline se dirigeait vers Paris sous bonne escorte. Cette nuit, il dormirait à l'Élysée, ce serait aussi simple. De manière générale, son humeur était bonne.

MERCREDI

— Et voilà comment, à partir de l'enregistrement, nous avons retrouvé sa trace.

À s'écouter raconter l'histoire depuis le début,
Elliott Perez se fit l'effet d'un Tintin de province.
La plupart des gendarmes dépêchés sur les lieux
savaient déjà qu'ils ne tarderaient pas à être
dessaisis de l'affaire au profit de la police. Ils travaillaient tout doux. Ils avaient des accents, ils
avaient des moustaches, des vrais, des durs, des
gendarmes. Les données étaient simples : mis à
part Perez, qui n'avait pas songé à altérer la scène,
personne ne s'était risqué aux abords du cadavre
et tout laissait penser qu'il s'agissait d'un suicide.
Sifran qui, la veille, maintenait avec Rouault des
distances marathoniennes, prit le parti de jouer les
compagnes éplorées.

— Un ami de trente ans, qu'est-ce que je dis,
quarante ! Si c'est pas malheureux.

Il s'en fallait d'un rien qu'il ne paraisse suspect. Sa
condescendance amicale de baronnet progressiste

foutait tout le monde mal à l'aise. Lui espérait surtout échapper aux journalistes.

Autour, les flics fliquaient ; et, regardant Perez :
— Vous avez votre carte de presse qu'on vérifie ?
Andrea s'engouffra dans la brèche.
— Il n'est pas journaliste.
— Bien sûr que je suis…
— Il est journaliste mais il n'a pas sa carte de presse si vous préférez. Tenez, voilà la mienne.
Pour se mettre en avant, elle était disposée à s'exposer d'elle-même aux questions insistantes – tant mieux.
— Que faisiez-vous dans une propriété privée à 1 heure du matin et sans y être invités ? La déontologie, ça vous dit quelque chose ?
— Je ne suis rentrée que lorsqu'il m'a appelée. C'est à lui qu'il faut parler de déontologie. Jamais je ne me serais permis de…
— Vous n'allez pas me faire croire que vous n'avez rien filmé de la scène ?
— Rien de rien. Vous imaginez le choc un peu ? Bien sûr, vous, vous êtes habitué.
— Bon celle-là, on la laisse à peu près libre de ses mouvements une fois qu'on a pris ses empreintes et fait les prélèvements pour la poudre. Lui, on l'interroge à la gendarmerie avec M. Sifran.
— Merci, mon colonel.
Et autres minauderies.

L'officier de police judiciaire, un lieutenant-colonel au moral d'acier, comptait en référer au parquet après ouverture d'une enquête de flagrance. Si le suicide semblait probable, plusieurs choses le chagrinaient, à commencer bien sûr par le relevé des horaires ferroviaires. La démarche, fastidieuse, cadrait mal avec l'ambition que l'on porte généralement à ses derniers instants terrestres. Et puis, il faudrait effectuer tout un tas de vérifications : provenance de l'arme, analyse balistique, examen des prélèvements, recoupement des empreintes, interrogatoires des proches, reconstitution des emplois du temps, rapports médicolégaux ; et bien sûr, sous huitaine. Mais l'officier de police judiciaire n'aimait rien d'autre que les piscines de procédure. Il plaça sans excès de manières Elliott Perez et Claude Sifran dans une C6 bleu nuit barrée de stries républicaines et, gyrophare en berne, démarra vers Hyères.

Bresson reçut le coup de fil à 5 heures du matin. Sorti libre de la brigade, Sifran n'avait pas attendu une minute. Les deux hommes se connaissaient à peine ; plusieurs fois, ils s'étaient salués dans des dîners mondains. Claude Sifran cherchait une protection morale ; Philippe Bresson, une aspirine.

— Bon, tu te doutes que c'est grave si je te dérange à une heure pareille, mais voilà : c'est Marc, il s'est suicidé. Il s'est suicidé chez moi.

— Oh merde.

— Oui, je ne te raconte pas le merdier. Il y avait deux journalistes dans la maison, ce sont eux qui ont découvert le corps, je ne pouvais pas t'appeler, évidemment. Ah le merdier ! Le merdier !

— Attends. Attends. Tu peux m'expliquer ce que deux journalistes foutaient chez toi ? L'idée, c'était que tu convainques gentiment Marc de rentrer à Paris, pas de lui foutre deux paparazzis au cul pour le persuader de se foutre en l'air.

— Mais je les ai pas invités les journalistes, moi, j'ai rien demandé, je dormais peinard !

— Rassure-moi : on est sûr du suicide ?

— Bah il y a une enquête, mais ça m'en a tout l'air.

— Il ne s'est pas pendu au moins ?

— Non non, balle dans la tête. Enfin, si tu crois que c'est mieux... Je n'ai rien entendu, moi, j'avais mes boules Quiès et puis, je me fais vieux, quoi.

— Qui s'occupe de l'enquête ?

— Un lieutenant-colonel de la gendarmerie nationale. Un mec énergique.

— J'ai environ trente mille coups de fil à passer. Je te rappelle en fin de matinée. Ce serait pas mal que tu montes à Paris.

— Je ne sais pas s'ils vont me laisser quitter Toulon, là. Tu comprends un peu le problème.

— Je te rappelle.

De tous les sentiments, migraine comprise, l'excitation l'emporta. C'est à ça qu'on reconnaît les vrais hommes de pouvoir : toute occasion est bonne de prouver leur valeur. Bresson devait impérativement alerter trois personnes. Dès lors, seul l'ordre des appels importait. S'il décidait de ne pas prévenir Auvenanian le premier, il dégusterait en retour. Mais à bien y réfléchir, l'affaire relevait avant tout de la Justice et, pour intervenir, il devait obtenir l'aide d'Élisabeth « Cruella » Crussol, la garde des Sceaux. Elle ne le tenait pas en haute estime – quoique toujours plus haute qu'Auvenanian lui-même. Elle ne tenait pas grand monde en haute estime d'ailleurs, d'où le surnom qui circulait. Et puis Darmon, de la Défense, qui pourrait lui fournir des informations fiables sur l'officier de police judiciaire, à moins qu'il ne s'amuse à parler dans le vague pour emmerder Auvenanian. La fusion des polices sous tutelle de l'Intérieur créait toutes sortes de problèmes que la personnalité des ministres accentuait. Bresson les laisserait de toute façon s'entre-déchirer pour prévenir le Président.

Sans plus tergiverser, Bresson se rendit à l'évidence : Auvenanian avait déjà été prévenu. Cet homme savait tout, tout de suite. Autant l'appeler lui.

— Pour un menteur qui ne sait pas où est Rouault, tu apprends les nouvelles vite, toi. Dans tous les cas, on sait où il se trouve, maintenant : à la morgue.

— Crussol est au courant ?

— J'allais l'appeler, mais si tu veux le faire, je t'en prie.

— Et le Président ?

— Le Président, c'est moi qui m'en occupe.

— La réunion : on l'avance à 8 heures. Et il faut y convier Crussol et Darmon pour décider ensemble de ce que l'on raconte. Annule d'ores et déjà Vitry.

— C'est déjà fait. J'appelle Darmon. Par contre, je ne veux pas du Premier ministre à la réunion, mais ça, je verrai avec le Président. Tu peux déjà commencer à écrire le communiqué : « *Grand homme d'État gna gna gna.* » Et si tu peux m'en rédiger un par la même occasion, ça m'évitera de réveiller le mec des langages. Un truc assez rentre-dedans ; enfin, tu connais mon style.

— Et les journalistes ?

— Les journalistes ?

— Les journalistes sur place. Tu n'es pas au courant ? Ça va fuiter, il faut inonder très vite.

— J'ai bien l'impression que ça, pour le moment, c'est encore ton boulot.

Il raccrocha.

Bresson dérogea à la règle et se prépara un ristretto sur une machine sophistiquée. Un coup d'œil sur la pendule et il se rassura un peu : les quotidiens étaient bouclés, il disposait de trois bonnes heures avant l'arrivée des premiers journalistes web dans leurs bureaux en verre poli. Il but son café d'un trait à la table de la cuisine et appela Crussol qui connaissait « *fort bien* » le procureur de la République de Toulon et ne « *tarderait pas* » à obtenir auprès de lui les renseignements nécessaires. Bresson conclut de l'échange qu'elle n'avait aucune idée de la tactique à adopter. Il rédigea ses communiqués et se mit en route pour l'Élysée. Un normalien de l'équipe lui transmit par SMS les résultats des sondages IPSOS pour i>TELE qui donnaient la droite largement gagnante. Toulouse, Lyon, Paris, Bordeaux, Nantes et Rouen penchaient à droite. Les projections s'aggravaient de jour en jour. Cinq ministres risquaient de perdre leur siège. Il fit un court détour jusqu'au kiosque du faubourg Saint-Honoré dont le propriétaire se les gelait depuis 4 h 30, pour y acheter *Charlie Hebdo*, *Le Canard* et *L'Express*. Soit, respectivement : « *Chômage, enfin un ministre solidaire* » (« *Je vous ai compris !* », disait Rouault avec un paquet de chips et une bière) ; « *On nous Rouault dans la farine* » ; « *Rouault, l'affaire qui menace le pouvoir.* »

À l'Élysée, il se dirigea directement vers l'appartement présidentiel. Il y trouva le Président au téléphone et en caleçon. Battant en retraite devant cette vision dérangeante, Philippe Bresson patienta dix minutes dans le bureau. Le Président y pénétra par la porte latérale, cette fois-ci en costume. Il adoptait pour la galerie un air inquiet.

— Avec l'information en continu, tout s'accélère ; même l'affaire Bérégovoy.

Toujours le mot pour rire.

— Tu as le communiqué ?

— Oui, le voilà.

— Je lirai plus tard. Auvenanian, Crussol et Darmon sont en route. On dispose d'une demi-heure. Tu vas prendre la tête du ministère aujourd'hui après le Conseil des ministres. De manière officielle. Mais il va falloir que tu supervises la communication sur cette affaire. Donc « *le temps de prendre tes marques et d'être à jour sur tes dossiers* », c'est ce que tu expliqueras à la presse et aux partenaires sociaux, tu suspends l'agenda.

— C'est compris.

— Raconte-moi tout ce que tu sais, très précisément. Avec tous les détails.

**

Libéré, Elliott Perez repensa aux horaires listés par Marc Rouault avant sa mort en avançant vers la gare. Il aimait bien les trains. Il sentait émerger comme une forme de complicité à l'égard de ces structures disparates et ferraillées toujours un peu ringardes, dont l'existence se voyait artificiellement prolongée au moyen d'innovations faites de bric et de broc. Bien sûr, le lieu de vie avait été annihilé au profit du profit – également appelé « restructurations rationnelles ». Les espaces s'amenuisaient, bouffés par le commerce, par la promiscuité, et la chaleur surprise des foules qui s'agaçaient d'un retard ne se heurtait plus désormais qu'au grésillement insipide de voix robotiques. Mais enfin ; Elliott savait déceler dans les errances de ces voyages modernisés le charme intemporel des choses qui ne changent pas.

Il regarda sa montre : Andrea devait approcher de Paris. Avec les embouteillages, il avait une chance de la prendre de court – à condition que le TGV parte à l'heure. On ne lui avait pas retiré les cassettes, conservées dans des paquets de cigarettes vides. Une fouille rondement menée. Il acheta un billet de première aux frais de Docuprod et s'endormit paisiblement malgré les jérémiades d'un enfant boursouflé. Arrivé à Paris trois heures et quarante-sept minutes plus tard, c'est par le métro qu'il retrouva l'agence où le patron l'attendait les bras croisés sur un pull orange. Andrea sans batterie, il n'avait plus reçu la moindre information depuis la veille au soir. Un comble. Et tandis que Bresson transmettait au chef de l'État ses infos parcellaires, pour la deuxième fois en moins de vingt-quatre heures, Elliott Perez dut raconter le fil des événements. Pour seule réaction, le patron tapota du doigt un objet invisible sur la table en s'écriant :

— Il faut capitaliser là-dessus. On appelle les rédactions des principaux journaux et télés et on file à la sortie du Conseil des ministres.

Aussitôt dit, aussitôt fait.

**

En bon ministre de l'Intérieur, Sylvain Auvenanian contrôlait. Son état habituel ; comme les sportifs s'épanouissent dans leur zone de confort ; Auvenanian comptait sur la fatigue et son ego pour lui faire accéder à la presque omniscience. On disait de lui diverses choses : hypermnésique, migraineux, endurant, voire insomniaque. Des défauts qu'on avance en entretien d'embauche : tout était faux, bien sûr, mais on parlait de lui. C'était bien l'essentiel. Son ascension reposait sur un socle de connexions ; politiques et journalistes, publicitaires surtout. Des amis de toujours. Depuis son intronisation, il s'était contenté d'appliquer à la lettre la politique de son prédécesseur en commentant publiquement chacune de ses actions ; de fait, on l'aimait bien, d'après les statistiques et les quelques bains de foule qu'il s'accordait parfois. Rouault out et Pauillac en dis-grâce, Matignon lui tendait les bras.

L'Élysée dans la mire, on le laissa passer. Dans la cour, il aperçut les voitures d'Élisabeth Crussol et de Michel Darmon ; Auvenanian maudit son chauffeur qui respectait trop le Code de la route. « *Les limitations, c'est fait pour les cons, pas pour les ministres.* » L'employé, qui connaissait Auvenanian dans toute sa perversion, répondit, laconique : « *Il vaut mieux arriver en retard que d'être épinglé par la presse.* » Un sourire pour lui-même dans le rétroviseur, un autre plus détendu, et le ministre ouvrit la portière de la DS8. Il gravit, énergique, les marches du perron en saluant les huissiers d'un hochement de tête bien senti. Puis, en possession des lieux, le voilà dandinant jusqu'au bureau du Président. Il était attendu.

— Assieds-toi, Sylvain. Élisabeth nous parlait du procureur.

— C'est un magistrat extrêmement, comment dire, qualifié. Quant à l'OPJ qui s'occupe du dossier, il s'agit d'un honnête fonctionnaire, consciencieux et sans histoire ; l'affaire devrait être classée dans la semaine. Il s'apprête à convo-quer l'ex-femme et les enfants de Rouault pour, qu'est-ce à dire, prendre leur déposition, les vérifi-cations d'usage en somme. En d'autres termes, la justice suit son cours, n'est-ce pas ?

De toutes ces considérations, Sylvain Auvenanian n'avait, *comment dire ?* Il n'en avait rien à foutre. Il fit mine de rebondir et avança ses pions.

— Bon, on va se dire les choses. Je veux que la police reprenne le dossier au terme des huit jours, tu m'excuseras, Michel, mais j'ai quand même plus confiance en la police pour mener à bien une enquête criminelle.

Michel Darmon l'avait mauvaise.

— Je ne comprends pas le problème puisque tu contrôles aussi la gendarmerie.

— Je vais diligenter une enquête parallèle des Renseignements à la fois sur le suicide et sur Saint-Étienne. On fait les choses bien, je ne veux pas de nouveau scandale. Et question coopération, c'est mieux si c'est la police qui enquête.

— Dis surtout que tu ne veux pas m'avoir dans les pattes puisqu'on se dit les choses.

— Élisabeth, tu peux demander au procureur de réaffecter l'enquête ?

— Je peux, bien sûr, mais ce serait inadmissible dans ma position d'interférer…

— Fais-le, Élisabeth, et qu'on n'en parle plus.

Ah ! La parole présidentielle.

— C'est proprement scandaleux. Tu vas te foutre tout le corps militaire à dos.

— Un militaire, ça vote pour le pouvoir et ça ne se syndique pas. Autrement dit, je m'en fous.

— C'est acté, Michel, on n'en parle plus. D'accord ?

Parole présidentielle, acte deux.

— Bon ! Au sujet des journalistes on a fait des recherches ? On les connaît ? On peut les joindre, Élisabeth ? tempéra Bresson, jusqu'alors en retrait.

— Deux jeunes JRI inconnus de nos services de communication. J'ai pu obtenir une copie de leur déposition. Ils travaillent, semble-t-il, pour une agence située à Bagnolet avec laquelle nous n'avons pour ainsi dire noué aucun contact. L'un des deux ne possède même pas de carte de presse. Ce sont, comment dire, des seconds couteaux qui ont eu de la chance.

Cruella, tout sourire, se décoinçait un peu.

— On les contacte. Philippe, tu t'en occupes ? Il ne faut pas qu'ils sortent l'information avant nous. C'est primordial. Tu te démerdes, promets-leur une interview exclusive, n'importe quoi, des scoops sur la vie de Rouault, je m'en fous, mais ils ne bougent pas sans ton accord.

Auvenanian commandait. Le Président, monocorde, chercha comme il le pouvait à reprendre le contrôle de l'ordre du jour.

— L'affaire est entendue. Qu'est-ce qu'on raconte ? Philippe ?

— Dans les communiqués, j'ai insisté sur l'homme d'État, l'ami, le militant, l'homme acculé, la présomption d'innocence bafouée par la presse et l'opposition, le peu de considération accordée à la justice. Le baratin habituel.

— Ça nous fait nos éléments de langage. On devra également parler à la télévision, vous n'acceptez rien sans me consulter.

— Et la campagne ?

— On suspend pour la journée. La République est en deuil. Par contre, il faut qu'on évoque le volet financier. Ça va taper très dur.

Tous baissèrent les yeux. Pour coller à sa réputation de serviteur cynique, Auvenanian se prit à rigoler.

— Pour le coup, ce suicide est une aubaine. Ça devrait diluer un peu le fond de l'affaire.

Le Président, lui, ne riait pas.

— Ce n'est pas ma question. Qui était au courant ?

Mis à part Darmon, qui glissa à Auvenanian un ironique « *puisqu'on se dit les choses* », tout le monde leva la main.

— Alors il nous faut un fusible. Ensuite, on légifère en poussant des cris d'orfraie. Un volontaire ?

À cet instant précis, le Premier ministre Jean-Jacques Pauillac déboula dans la pièce.

— Qu'est-ce que complote toute ma putain d'équipe ministérielle dans le bureau du Président sans que je sois prévenu ? Je peux savoir ?

Le fusible était tout trouvé.

※

Philippe Bresson décida avant tout de prévenir la direction du parti qui était capable de raconter n'importe quoi pour exister un peu. Il écrivit un mail au secrétaire général, plaça les présidents des deux groupes socialistes à l'Assemblée et au Sénat en copie et y joignit les éléments de langage. Une bonne chose de faite. Le portable de la journaliste se trouvait en dérangement. « *Bonjour, vous êtes bien sur le répondeur d'Andrea Areggiani, journaliste réactive, n'hésitez pas à me laisser un message et je vous rappellerai illico presto !* » Dès la deuxième tentative, Philippe Bresson visualisa l'annonce d'accueil gravée en police Tahoma rose sur tous les murs de la salle de bains Eugénie. Il rappellerait plus tard et essaya de joindre le deuxième journaliste. Même résultat.

Si le téléphone de Perez sonnait dans le vide, c'est qu'Elliott se trouvait occupé à lutter pour sa survie au milieu d'une foule compacte dotée d'instruments tranchants qui, devant l'Élysée, attendait la sortie du Conseil des ministres. Docuprod avait répandu la nouvelle du suicide, se heurtant fatalement au scepticisme des rédactions qui « *procéderaient naturellement aux vérifications nécessaires* ». Finalement Perez, pour mettre tout le monde d'accord, avait enclenché sur YouTube le chargement des images tournées dans la villa puis, pressé par le temps, s'était embarqué vers l'Élysée en laissant à la connexion aléatoire de Docuprod le soin d'achever le travail. Mots-clés indicatifs : « *Marc Rouault* », « *suicide* », « *mort* », « *ministre Travail* », « *mutuelles d'entreprise* », « *scandale Rouault* », « *Bérégovoy* ». Elliott Perez détestait de plus en plus la politique. Peut-être, puisque vous le mentionnez, y avait-il dans tout cela une part de cynisme.

Quelques mètres plus loin, dans le salon Murat, ils étaient deux fois treize à table, ce qui n'augure jamais rien de bon. On se pelait les miches et on crevait de soif dans ce sacré salon. Sous la croûte de Vernet quasi prémonitoire des événements nocturnes (une maison vue au loin, des fourrés, un attelage), on sauta la partie A, dévolue aux projets de lois, pour se consacrer d'abord à la nomination de Bresson au Travail. Il y eut des commentaires, des injonctions, des mises en garde, des textos échangés : le Président s'essuya avec et annonça, très solennel, le suicide de Rouault. Le ministre des Affaires étrangères, doyen de l'assemblée, parut ne pas comprendre tout à fait les enjeux puisqu'il se leva assez naturellement dans le but d'ânonner son traditionnel rapport sur la situation diplomatique. Le Premier ministre, tout juste mis au courant, l'invita à se rasseoir. Il n'était d'ordinaire jamais question de politique au Conseil des ministres. On s'échangeait des vannes et parfois des reproches via des petits papiers détruits ensuite par les huissiers, on manifestait un intérêt de façade pour les affaires courantes des autres ministères, on cherchait à se placer auprès du Président ou l'on n'écoutait rien ; mais c'était bien le dernier endroit où discuter de choses sérieuses. Le Président créait un précédent pénible.

— La presse n'est pas encore informée. Donc pas un mot au sortir du Conseil. En revanche, le Premier ministre va vous distribuer les éléments de langage qu'il faudra scrupuleusement observer une fois le décès rendu public. J'insiste là-dessus parce que vous jouez vos fiefs en ce moment et je vous assure qu'on va en prendre plein la gueule.

« *Rien ne filtre mais Rouault s'est suicidé* », indiquait le SMS que l'Outre-mer venait d'envoyer au directeur politique du *Monde* qui le transmit aussitôt au journaliste mandaté sur place. Partisans et francs-tireurs.

Le chargement de la vidéo, cependant, approchait des 90 %.

L'information circula comme une maladie vénérienne. Les rédactions, alertées par d'estimés confrères, se prirent à appeler tout ce que Paris comptait d'hommes et de femmes politiques pour obtenir leur réaction, leur commentaire et, de manière implicite, leur confirmation. Se dessina alors dans la cour de l'Élysée un étrange ballet téléphonique, une véritable ola de sonneries fantaisie, chaque reporter extirpant de sa poche l'immanquable Smartphone en tempo linéaire : tout était éventé. Le patron, coincé derrière Perez, se préparait à poser aux ministres des questions qui font boum. Il se tenait, gaillard, comme un futur papa ignorant que sa femme est en train d'avorter. Alors, enfin, les ministres sortirent de l'Élysée, tout sourire et cravates, à bonne distance des barrières derrière lesquelles s'entassaient les journalistes. Ils éprouvèrent la plus grande difficulté du monde à garder leur contenance face au flot de questions portant exclusivement sur la mort de Rouault. Panique à bord : « *Le communicant ! Où est le communicant ?* » hurlaient en sourdine leurs voix intérieures. Seul Auvenanian, dont les tout premiers mots prononcés sur cette terre étaient déjà pensés pour épater les foules, se risqua à rompre un silence désormais vain.

— Nous avons appris à l'instant cette affreuse nouvelle et croyez bien que les équipes du ministère que je dirige sont mobilisées pour faire toute la lumière sur le décès de Marc Rouault. Mes pensées vont d'abord à sa femme et à ses enfants qui vivent en ce moment des heures terribles. Nous vous tiendrons bien sûr informés en temps réel des avancées de l'enquête, mais tout porte à croire qu'il s'agit d'un suicide, le suicide d'un homme poussé à bout.

— Cela change-t-il la donne pour les élections ?

— Est-on certain qu'il s'agit d'un suicide ?

— Monsieur le ministre, pouvez-vous expliquer les raisons ayant poussé Marc Rouault à quitter précipitamment Paris à la suite de sa démission ?

La question du patron se perdit dans l'agitation générale. Comme on le bousculait, comme on le méprisait, comme on l'écoutait pareil à un enfant, Elliott eut pour lui un court instant de compassion. Moyen en tout, vaguement réactionnaire, nostalgique d'une époque qui jamais n'exista, pas très grand, pas très beau, pas très malin non plus, enveloppé de principes qui ne servaient à rien, Elliott prit tout de même une décision brillante. Sur son portable, il chargea l'air de rien la vidéo du mort et, tapotant sur l'épaule de son voisin, se mit à la montrer à qui voulait la voir. À nouveau le ballet : les journalistes se détournèrent un à un des ministres qui filaient à la républicaine pour regarder de près le saint téléphone, notant sur des papiers l'URL à rallonge de ce scoop authentique. Un type avait tout vu qui pouvait témoigner : c'était trop beau pour être vrai. D'un seul coup

Docuprod s'attira une cour de valets obsédés par l'information.

**

Le ton monta d'un cran. Bresson, effaré, empaquetait ses cartons sans quitter un instant des yeux l'écran télévisé. L'UMP utilisait la rhétorique de la défiance, se gardant d'accuser tout en jetant l'opprobre : « *S'il s'avère* », « *Si l'enquête conclut qu'il ne s'agit pas d'un suicide* », « *Version invraisemblable que celle du gouvernement* ». Plus roublarde, Marine Le Pen évoqua directement « *la suspicion d'un meurtre d'État qui rappelle les pratiques des années 1930 ou l'affaire Robert Boulin* ». Inversion des rhétoriques : les années 1930. Le FN, jusqu'alors, était crédité de 18 % des intentions de vote. Dès le lendemain, il frôlerait les 25 %. Le dimanche suivant, un grand rassemblement des Patriotes en colère se tiendrait à Paris. On mesurerait l'étendue du désastre à l'aune de la fréquentation. Et ça n'arrêtait pas, sur les chaînes, les radios : des commentaires en vrac, des experts de l'expertise se relayant non-stop pour livrer les mêmes analyses. Les communiqués étaient déjà partis, repris çà et là ; mais le papier, ce n'était pas un support suffisamment vivant. Il fallait que le Président sorte du bois. Qu'il parle. Restait à calculer le timing pour ne pas arriver les mains vides à la télévision.

La nomination de Bresson au ministère passait pour l'heure inaperçue dans le déluge de commentaires contradictoires. Il attendait d'un moment à l'autre l'appel du Président qui allait l'engueuler pour n'avoir pas su endiguer la sortie de l'info.

⁂

« — *Une petite revue de presse pour commencer l'après-midi, Sylviane ?*

— *Allez, une petite revue de presse, Brice. Alors, évidemment, la presse revient beaucoup sur ce que Lefigaro.fr nomme déjà* "l'affaire Rouault". *Je rappelle à nos auditeurs la nouvelle du jour : le décès de l'ancien ministre du Travail, survenu dans des circonstances suspectes, du moins étranges. Pour Samuel Laurent, du Monde.fr,* "les affaires reviennent aux affaires". *Selon lui,* "le Président aura le plus grand mal à regagner la confiance des Français, lui qui avait bâti sa campagne victorieuse sur la transparence et le refus de l'impunité en politique". *Alain Duhamel, dans* Libération, *parle de* "coup de tonnerre dont la portée n'est pas encore mesurable".

"La Voix du Nord *évoque quant à elle* 'le Mystère Rouault' *et voit dans* 'ce suicide qui arrange tout le monde' *une* 'étonnante réminiscence de l'État RPR'. *Et puis Éric le Boucher sur Slate, qui s'indigne* : 'Une affaire vieille de plus de trente ans, une presse affamée et un mort. Quand donc arrêterons-nous de générer des écrans de fumée pour occulter l'incapacité des politiques à aborder les vraies questions ?' *Le site d'investigation à l'origine de l'affaire a publié un communiqué mettant en garde politiques et journalistes contre* 'l'amalgame trop évident qui consisterait à accuser des journalistes d'investigation de la mort d'un homme'.

— *Et bien sûr, on évoque aussi la polémique autour de ces images du cadavre de l'ex-ministre que des journalistes indépendants auraient diffusées sur YouTube...*

— *Eh oui, Brice, pour* La Croix, "l'indécence de la démarche cache la dérive d'une société de la transparence où le journalisme politique est devenu une entreprise voyeuriste". *Autre son de cloche du côté de* Marianne *dont l'édition sort demain. Sur le site Internet de l'hebdomadaire, Frédéric Ploquin se félicite du* "professionnalisme de certains journalistes qui ne se contentent pas d'appeler leurs amis ministres pour respecter leur devoir d'informer". *Le débat n'est pas près de s'achever, si vous voulez mon avis.*

— *Merci. Beaucoup. Sylviane. Une réaction à ce que l'on vient d'entendre, Clémentine Célarié ?* »

On s'en passera.

**

Dans quel but insidieux le patron laissait-il les informations courir sans discontinuer sur l'écran LCD ? Elliott éteignit le poste en signe de bravoure. Il était regonflé par son petit coup d'éclat, se croyait homme du jour, s'imaginant à tort que les regards sur lui s'épaissiraient un peu. Il espérait profiter du scoop pour pavaner. Il songea ainsi à recontacter Mathilde pour rejouer l'Italien puisqu'il l'avait quittée comme on fait dans les films : « *Je reviens.* » Il n'était pas revenu. Elliott se figura un retour impromptu dans ce petit deux-pièces des hauteurs parisiennes, arrivé à rien, arrivé pourtant, dans ce confort sans fin qui en est une en soi. Il s'imagina, racontant ses histoires, parlant du bon vieux temps, envisageant des choses en jouant sur les silences ; et puis tout retomba : il n'aurait rien de plus à raconter qu'avant. Sa sortie aventureuse n'avait pas abouti et il était toujours sous-fifre à Docuprod et il perdait ses cheveux et il avait grossi et elle se moquerait bien. Il ne connaissait toujours pas Buenos Aires. Toujours rien d'accompli et les années qui défilent sans surprise.

Le téléphone de Docuprod sonnait à présent sans discontinuer. Le patron se frottait les mains : « *Je t'avais dit que ça valait la peine d'appeler tout le monde.* » Bercé d'illusions, il attendait les propositions commerciales qui, naturellement, devaient suivre. Andrea était revenue. Elle s'efforçait de dissimuler son agacement à force de « *Manu* » qui était le plus fort, le plus grand, le plus beau. Manu, lui, voulait assurer son coup. Il fallait structurer le fond de la narration. Comme il ne savait rien faire, il confia la mission à Andrea et Elliott de rédiger le séquencier, le document directeur indiquant à la fois la progression narrative et le ton du documentaire en fabrication. À lui la charge des relations publiques. Il travaillait sa voix pour lui donner du cachet : « *Docuprod, bonjour…* »

Il s'agissait bien évidemment pour Elliott d'une mission empoisonnée. Travailler avec Andrea revenait toujours à occuper un rôle d'exécutant, de commis d'une cuisine qui n'appâte personne.

Elliott voulait se baser sur le suicide pour resituer l'affaire financière, à partir d'archives, d'interviews, de photos, en jouant sur les flash-back et l'ambiance policière. Un schéma très classique. Andrea insistait pour mettre leur travail en scène, incarner le documentaire sur le modèle La Villardière, à grand renfort de voix off parce que c'était dans le vent. « *Putain, on fait pas une biographie de merde sur Marilyn Monroe, quoi, il faut insuffler du punch* » – le punch, son grand truc. Ils accouchèrent d'un texte hybride et assez mal ficelé qui, une fois n'est pas coutume, plut beaucoup au patron. Allez savoir pourquoi. Il émit toutefois une réserve sur l'aspect purement politique de la trame proposée ; où était l'émotion ? Il fallait la toucher, la spectatrice lambda – le nom moderne affublé à la ménagère qui se teint les cheveux. « *Vous avez pensé aux enfants ?* » Voilà comment Elliott Perez et Andrea Areggiani se mirent à la recherche de la famille Rouault.

Sylvain Auvenanian renvoya son équipe en fin d'après-midi. Seul désormais dans son bureau, il retira ses chaussures pour mieux profiter du beau tapis persan qui ornait le sol. Il relisait une énième fois les fiches incomplètes établies aux noms d'Elliott Perez et d'Andrea Areggiani. Petites frappes, seconds couteaux, faire-valoir, que sais-je encore ? Le premier, trente ans, n'avait jamais rien publié ; sa fiche se consumait en deux procès-verbaux pour détention d'herbe. Auvenanian méprisait la drogue et ses adeptes, tout cet assistanat pour ne pas s'assumer, des preuves de faiblesse. Il reposa le dossier. La seconde, vingt-sept ans, d'origine italienne, avait été repérée pour son militantisme dans des courants centristes. Mais plus rien depuis cinq ou six ans. En raison des délais, les enquêteurs d'Auvenanian n'avaient pu lui livrer leurs habituelles synthèses analytiques – un condensé de faits soumis à libre appréciation. Naissance, opinions, positionnement social. Rien de très alarmant. Le ministre se mit à réfléchir. Plouf, plouf, ce sera toi le plus dangereux des deux au bout de trois… Égalité parfaite. Il convoqua à titre officieux deux commissaires de la DCRI autrefois rattachés à la sous-direction de l'analyse. Au premier, il demanda de suivre attentivement l'enquête sur le suicide de Marc Rouault et d'en vérifier toutes les conclusions ; au second, il donna carte blanche pour surveiller et empêcher de nuire aux intérêts du gouvernement les journalistes Elliott Perez et Andrea Areggiani, sans recourir à la violence.

Dans un lit à baldaquin aux coussins abondants, Brigitte Rouault couchait avec son avocat lorsque les gendarmes lui apprirent la nouvelle. Cadre dans l'industrie du luxe, il lui était apparu sur le tard que les avocats d'affaires affichaient sur leurs CV des centres d'intérêt convergents aux siens. La liaison était connue, la procédure de divorce en cours – Louis se montrait d'excellent conseil en la matière. Les enfants, suffisamment grands, intégraient des écoles de commerce sans se préoccuper de la situation de leurs parents. Tout allait pour le mieux. C'est Louis qui avait décroché le téléphone, à 8 heures du matin. Un temps, Brigitte avait hésité à affecter une tête de circonstance avant de se résoudre à l'évidence : cette mort accélérait la procédure de divorce et, sur le plan affectif, elle ne bousculait rien. Ni soulagement, ni haine, un parfum de revanche. Louis se sentait de trop dans une ambiance qu'il imaginait propice au recueillement.

— J'appelle le bureau pour toi, si tu veux, je leur explique.

— Qu'est-ce que tu veux leur expliquer ? En revanche, il faut que j'appelle le juge aux affaires familiales.

Elle le fit. Son dossier de divorce fut reclassé et transféré aux juges des successions. C'était moins une.

Sa journée de travail fut longue et identique à toutes les autres. Brigitte Rouault filtrait les appels des rares journalistes qui retrouvaient sa trace. La police l'entendrait dès le lendemain. Prendre une journée de congé ne faisait pas ses affaires. Elle se renseigna sur les procédures de déposition délocalisée. L'enquêteur la rappela. Il était jeune ; elle lui répondait comme on répond à un subalterne peu performant. D'autorité, elle parvint à le convaincre de recueillir son témoignage à Paris. Elle rattraperait les quelques heures perdues le soir même. Brigitte ignorait que l'enquêteur en question n'était autre qu'Elliott Perez.

Elliott quitta Docuprod à 17 heures pour se rendre à la banque avant la fermeture. Désormais, le conseiller l'appelait en numéro caché pour augmenter ses chances d'obtenir une réponse. Par désobéissance ou par goût des problèmes, Elliott ne payait pas ses factures et affectionnait les chèques impayés. Tous les trois à six mois, il se rendait à l'agence où le ton sirupeux de son agent dédié dissimulait mal le manque à gagner. Une agence comme une autre qui jouait sa différence : dépliants à blonds et à chiens sur fond de jardins aux couleurs saturées vantant les mérites des assurances-vie ou des solutions épargnes, moquette grise, faux plafonds, raies impeccables, nœuds Windsor, cravates laides et costumes tristes. On lui ouvrit la porte après un coup d'œil hésitant vers la pendule centrale. Il grimpa l'escalier pour rejoindre un espace d'accueil où des fauteuils en cuir usé s'achalandaient autour d'un distributeur de mauvais café.

Sur la table basse du purgatoire, on trouvait pêle-mêle d'autres journaux et prospectus qui parlaient tantôt d'investissement, tantôt d'épargne, parfois d'une assurance spécifique aux voiliers. Ceux qui gagnaient beaucoup d'argent pouvaient collectionner des points et ainsi accumuler des instruments électroménagers – de quoi subvenir aux étrennes de la bonne. Tout autour, des bureaux vitreux éclairés au néon laissaient voler les mouches. Le conseiller clientèle s'en vint chercher Elliott et l'accompagna jusqu'à son bureau.

Assis, il s'exclama : « *Alors, reprenons tout et déjà votre dossier.* » Elliott lui fit le coup de l'entrée à venir, de l'augmentation en cours, des promesses qui, cette fois, seraient bien sûr tenues. C'était son truc à lui pour ne pas paniquer. Cela ne prenait pas et les chèques impayés commandaient un fichage qui valait restrictions. Découvert ? Plus de découvert. Poursuites ? On se quitta en laissant la question en suspens ; Perez gardait sous le coude un billet de 10 euros. C'était toujours ça que les huissiers n'auraient pas.

En sortant du système, le trajet habituel lui parut inconcevable. Il ne rentrerait pas. Porté par sa fatigue, il marcha jusqu'au centre à l'heure où l'éternelle pluie parisienne s'abattait sur la ville. Elliott cherchait dans sa promenade inutile une diversion cinématographique à la vacuité de toute cette histoire. Sur son lecteur, il choisit une bande originale à la hauteur du paysage, cuivres en mineur et les lumières tragiques d'un film qui se termine – l'acteur porte une moumoute mais on fait abstraction. Avec pour horizon la vie sans horizon, il rêvait de trench-coat, de rouge à lèvres carmin, de mensonges agréables dans des hôtels dont les néons éblouissants appelaient au mystère. Pour peu qu'on se donne la peine d'y être attentif, Paris recelait de charmes un peu désuets, la tristesse à chaque coin de rue, ce n'était pas si mal. Il ne savait plus bien ce qui l'avait poussé à rompre avec ses amitiés. Il y a quelques années, il aurait pu compter sur d'autres désorientés pour rejoindre sa croisade contre la solitude – il ne les voyait plus, par mépris pour l'image qu'ils lui renvoyaient de sa propre personne.

Il avait tout quitté en même temps : copine, amis, pied-à-terre parisiens. Ils n'étaient pourtant pas liés et rien ne l'y avait poussé. Il avait tout bazardé par goût de l'apitoiement, sans doute, par orgueil également ; on ne peut pas tout à fait se prétendre isolé quand on l'est à plusieurs. Les concours de bêtise sous empire alcoolique, les farces, les promenades nocturnes dans la chaleur conjointe de souvenirs à faire, tout ça n'existait plus. « *Qu'est-ce que vous ne vendez plus ?* » demandait au serveur Elliott les jours de fête, c'est-à-dire tous les jours – n'y avait-il donc plus rien à fêter ? Il s'en voulut un peu d'avoir tout bazardé, il se sentit minable, puis grandiose, suivit une fille sur le pont d'Arcole qui portait une robe moins couvrante que les cheveux d'un chauve. Elle tourna sur les quais et il ne la vit plus – il redevint minable.

« *Qu'est-ce que vous ne vendez plus ?* » Sans public, les facéties avaient moins de saveur. Dans un bistrot quelconque, il commanda une liqueur que le barman exfiltra d'une bouteille inviolée depuis 1974. Il régla l'addition : c'en était fini des anciens francs. Puis il sortit bientôt en espérant croiser des amis sur la route. Boire seul, cela ne lui ressemblait pas : il n'était pas homme de postures. Seulement, il n'avait plus d'amis.

**

Dans le sud-est de la France, des directives préfectorales poussaient les enquêteurs à effectuer des heures supplémentaires. On traitait l'affaire Rouault en procédure accélérée. Le médecin légiste, une femme consciencieuse, travaillait en écoutant du jazz pour couvrir les bruits poisseux des lésions qu'elle pratiquait. Dans cet univers de pureté mécanique – un paradis stérilisé – elle enregistrait ses observations sur radio-cassettes, faute de financements suffisants. « *Le corps a été retrouvé dans un environnement sec, à l'air calme. La température ambiante relevée sur le lieu de la découverte était de 22 degrés. La victime était allongée sur le sol, vêtue d'un costume gris. Cause apparente du décès : blessure létale causée par la pénétration d'une balle qui a fracturé la boîte crânienne et endommagé le lobe pariétal gauche. Angle de pénétration : 178° environ. Pas de traces de lutte. Toutefois, la victime présente des traînées bleues aux niveaux des adducteurs et de l'abdomen dont l'origine reste indéterminée. Seul indice prélevé sur le corps : une balle de calibre 224 (scellé numéro 1). Pas de prélèvement pertinent sous les ongles ou dans le sang. Heure estimée du décès : minuit et demi.* » Un suicide, on vous dit.

Bresson rejoignit le Président pour dîner à la Cigale Récamier. Cela coûte assez cher de bien manger, même aux frais de la collectivité. Dans un décor feutré où les gens chuchotaient, la présence du chef de l'État n'interpellait personne. Se faire sermonner à bas bruit – un luxe en soi. Philippe Bresson ne l'apprécia que modérément. À la table du fond, un chroniqueur en vue ne faisait pas même mine de pêcher des informations. On était en lieu sûr, entre gens du sérail. Et Bresson s'était mal démerdé avec les journalistes ; tout devait désormais rentrer dans l'ordre, le plus vite le mieux.

— Si on veut griller Jean-Jacques, il faut maîtriser la situation. Or, là, on ne la maîtrise pas du tout. On n'a aucune visibilité sur ce qui va sortir, qui va être impliqué, comment y répondre. Ton travail manque cruellement de réactivité. La vidéo, tu aurais tout de même pu anticiper le coup. Tu as des moyens pour ça. Maintenant, ça ne sert à rien d'additionner les reproches, Sylvain m'a dit qu'il s'en occuperait personnellement ; désormais il faut capitaliser sur ce que l'on a. Et pour ça, j'ai besoin de toi.

— D'après Auvenanian, le rapport du légiste devrait conclure au suicide. Ça nous enlève quand même un poids. Oui, merci, un peu.

Le serveur les resservait de pomerol en silence.

— Par ailleurs, il serait de bon ton de se débarrasser rapidement du volet financier. On divulgue un chapitre explicite de l'enquête interne sur Rouault à la presse en se dédouanant de complicité puis on fait sauter Pauillac en dealant avec Camille Stern pour qu'il le mette en cause. Ensuite, on s'expose à une crise immense mais, rassembleur, vous apparaissez à la télévision avec une série de mesures phares censées moraliser la vie publique : Pauillac dégage, Auvenanian le remplace et on reprend les réformes en équipe resserrée.

— C'est aussi ce que préconisent les conseillers d'Havas Worldwide.

— Quels conseillers ?

— Il faut bien que je te remplace puisque tu pars au Travail. Sylvain m'a redirigé vers une équipe de bonne tenue. Vous travaillerez ensemble, ça évitera les couacs. Donc : tu m'arranges une intervention sans contradicteur sur France 2 en début de semaine prochaine et on se voit tous ensemble pour définir ce qu'on y annonce dès vendredi. Arrivez avec des propositions suffisamment vagues pour qu'elles puissent absorber les avancées de l'enquête d'ici là.

— Je vous déconseille formellement de faire appel à Euro RSCG. Souvenez-vous de DSK ou de Cahuzac. Ce n'est pas parce qu'ils ont changé de nom qu'ils ont changé tout court. Et j'ajouterais, si vous le permettez, qu'il serait plus avantageux pour vous d'accepter le débat, y compris avec des journalistes acquis à votre cause. Ils ne moufteront pas, vous passerez pour un chef d'État qui descend dans l'arène, les gens aiment la confrontation. En préférant l'allocution, vous allez à l'encontre de votre image du Président qui rechigne à la communication politique. L'impact dans l'opinion sera dévastateur.

— Un président ça agit, ça n'a pas le temps de débattre. Quand j'interviens, c'est pour faire de la pédagogie pas de la rhétorique.

— C'est du suicide politique. Il faut... Hmm ! Il est excellent ce petit soufflé au chocolat. Vous en voulez un peu ? Non ? Vous avez tort.

**

Dans un autre restaurant d'obédience plus discrète, Auvenanian offrait à une escort girl une rose de Pakistanais. Il n'avait pas le temps de songer aux femmes. Il n'en avait pas non plus très envie. Auvenanian préférait la crainte et l'admiration qu'il suscitait aux instants intimistes où il n'apparaissait de fait que comme un type normal. Il prenait un plaisir enfantin à entraîner en ville des putes de luxe dont il ne demandait jamais le nom, à les voir essayer de soutenir une quelconque conversation selon les conseils qu'on leur avait prodigués à l'agence. À leur opposer un silence méprisant, une déconsidération totale. Elles étaient ses partenaires dans un jeu qu'elles subiraient. Leur horizon se bornait au sexuel et, s'il leur permettait de partager sa table, c'était à la manière d'un fauve qui laisserait une antilope galoper sur son territoire pour le simple plaisir de pouvoir la manger quand l'envie lui viendrait. Ce qu'Auvenanian préférait, c'était de les voir reproduire leurs regards séducteurs dans cette attitude faussement à l'aise de femmes du monde qu'elles n'étaient pas. Il jouissait de ces scènes comme on jouit d'une mauvaise pièce, riant à contretemps des inflexions du jeu.

**

Elliott Perez, fin saoul, acheva son parcours dans un bar à touristes au pied de Notre-Dame. Il avait atterri là en suivant la musique : un pianiste alcoolique faisait vibrer les putes qui tournaient au champagne. Un monde parallèle. L'haleine chargée, il tenta d'aborder une brune et puis une blonde et puis une Brésilienne venue de quartiers riches vers d'autres quartiers riches. De table en table, un tango brinquebalant et répétitif. Il disparaissait au premier « *Tu m'offres un verre ?* » D'autres plus attristés dépensaient leur argent contre un peu d'attention : un écrivain romain qui n'avait rien écrit, deux ou trois journalistes de la télévision venus montrer les muscles en faisant le spectacle. Un haut fonctionnaire nourri à toutes formes de liquides illégaux lui offrit une cigarette. On échangea des amabilités sur la vie et les femmes jusque tard dans la nuit. L'homme allongeait les verres. Il savait des histoires. On a les amis qu'on mérite ! De toute façon, Elliott ne méritait plus rien. Il réclamait au pianiste des chansons inaudibles aux saveurs argentines, ne les écoutait pas. Son dieu à lui s'appelait whisky, un dieu qui donne des airs. Comme on fermait, justement, l'homme lui proposa de partager un Chivas quinze ans d'âge. Il n'habitait pas loin. Ils se rendirent chez lui clopin-clopant, ouvrirent la bouteille. Deux minutes plus tard, Elliott dormait.

Le lendemain matin, réveillé en sursaut sur un canapé en cuir rouge à deux pas de la tour Eiffel, fixe absent, mobile volé, porte capitonnée fermée à double tour, il était pris au piège. Le ministre de l'Intérieur appela personnellement l'inspecteur de la DCRI pour le féliciter de ce travail bien fait.

Et un problème de moins.

JEUDI

Sur demande insistante de la garde des Sceaux, elle-même pressée par Sylvain Auvenanian, le procureur dessaisit les gendarmes de l'enquête sur le suicide de Marc Rouault. À la suite de cette décision et après avoir avalé un café soluble, il ouvrit une enquête préliminaire qu'il confia à la police judiciaire de Toulon. L'annonce eut pour effet de créer une vague de mécontentement à la caserne. Le lieutenant-colonel lui-même, pourtant distingué pour sa capacité d'obéissance hors du commun, se prit à grommeler. Il venait à l'instant de recevoir le rapport du médecin légiste. La poursuite de l'enquête eût semblé presque vaine au regard de ses conclusions ; mais le transfert de compétences attisait les soupçons. Pourquoi les dessaisir s'il s'agissait d'un suicide ? Et si le pouvoir nourrissait des réserves sur cette thèse, pourquoi ne pas confier les investigations à un juge d'instruction ? On traitait cette histoire suivant des procédures inhabituelles ; le colonel n'aimait pas ça. Il conserva, discret, plusieurs copies des éléments constitutifs de l'affaire. De leur côté, pour signifier leur désapprobation, les gendarmes prétextèrent des dysfonctionnements de fax : c'est au compte-gouttes qu'ils firent parvenir à la PJ les informations dont ils disposaient. Et comment qu'ils allaient faire les super flics sans un dossier complet ? Ce genre de boutades agitait la caserne.

**

Rouault ne tomberait pas seul. Au niveau local, l'affaire Rouault devenait explosive. Sa mort entraînait le remodelage de la liste que, ministre, il devait emmener à la victoire. Cité plusieurs fois par Camille Stern dans ses révélations, Étienne Vellard, son premier adjoint, avait le plus grand mal à faire prévaloir son statut de successeur désigné au sein de la section locale qui mourait de peur à l'idée de perdre la ville. Parant au plus pressé, Vellard s'était rendu au poste de police pour y déposer une plainte en diffamation à l'encontre de Stern. Parole contre parole : on bafouait son honneur, on n'aurait pas sa place. Tout de même, la situation lui échappait. « *Ce n'est pas ce qu'aurait souhaité Marc* », répétait-il à qui voulait l'entendre – ils n'étaient pas nombreux. D'autant que la trésorière de section, transfuge de la Gauche moderne parachutée à Saint-Étienne au lendemain de son ralliement, y voyait l'occasion de faire triompher son courant modéré avec le soutien direct de la Présidence. « *Si je le demande, je l'aurai* », paradait-elle. L'UMP, précisons-le, n'était pas insensible à ces bisbilles internes qui relançaient leurs espoirs dans une ville traditionnellement sans enjeu.

Au Palais de Justice, le premier réflexe du juge d'instruction Bergollet, chargé d'enquêter sur les manufactures, fut de convoquer l'ensemble des protagonistes épinglés par l'article pour recueillir leur déposition. Il dicta d'une voix traînante l'ordre de convocation au greffier. S'il y avait jamais eu des bouffeurs de curés, on pouvait dire de Bergollet qu'il en faisait partie : rien ne lui plaisait davantage que de noyer un décideur sous ses questions inquisitrices. Seul hic : cela l'ennuyait de traiter de la sorte son ami de dîners Étienne Vellard, pourtant mouillé dans le dossier des manufactures comme un canard dans un étang. À la confiance déçue se mêlaient les usages. La courtoisie requérait *a minima* un coup de fil personnel. Il composa le numéro.

Ce « cher Étienne » lui fit mauvais accueil.

⁎

Elliott Perez cherchait vainement un moyen de s'échapper. La fenêtre, située au septième étage d'un immeuble autrefois moderne dénué de vis-à-vis, ne semblait pas en soi une solution valable. Rien dans l'appartement ne permettait la fuite. Les quelques cris d'alarme qu'il avait proférés demeuraient sans réponse mais, au vu du silence proprement assourdissant, il comprit que l'endroit avait subi d'intensifs travaux d'insonorisation. Par deux fois, battu d'avance, Elliott se jeta de tout son poids contre la porte – expérience humiliante mais qu'il fallait tenter. L'épaule endolorie, il se mit à fouiller tiroirs, commodes et placards, espérant y trouver un stylo, une feuille, une revue, un livre – n'importe quel moyen de communication. Bredouille, il retourna s'asseoir sur le canapé rouge et détailla statique la pièce principale. C'était là un appartement classique des années 1970, cuisine américaine et formes rondouillardes, un faux plafond intimidant. Il s'était bien gardé de toucher à la nourriture ou aux boissons laissées à son intention dans le frigo tout neuf. Pas de marques, pas d'inscriptions : des paquets standardisés gris. Impossible de savoir qui l'avait enfermé. Ne restait qu'à attendre : on ne kidnappait pas les gens pour déconner. Ou alors il s'agissait d'un humour d'avant-garde. Au moins, pensa-t-il, on lui avait servi une excuse invincible pour déserter l'office. C'était déjà ça de pris. Cette idée le calmant, il se réinstalla dans le canapé et se laissa tomber en cherchant l'apaisement.

Alors, comme la veille, ses pensées le ramenèrent à Mathilde. Que dirait-elle de lui ? Sans doute, elle se moquerait. Cela faisait longtemps qu'il ne pensait plus à elle. Il fallait qu'il aille mal pour remettre ainsi en cause ses anciennes décisions, pour nourrir des regrets, envisager l'erreur. L'appartement le renvoyait au leur. Ils l'avaient partagé quelques semaines à peine. Il revoyait Mathilde préparer mentalement ou à l'aide de schémas l'aménagement futur. « *Là, un placard, il nous faudra un placard*. » Et, regardant les placards de la cuisine américaine, il essaya de deviner quel aurait été le diagnostic de Mathilde pour transformer l'endroit en un endroit vivable. Elliott, lui, à l'époque, s'était contenté de répertorier les différents endroits où il aurait aimé faire l'amour avec elle. Avant d'abandonner, faute d'espoir.

Il fallait qu'il aille mal pour en retourner là.

Elle était très sérieuse. Tout était très sérieux. Bien sûr, à l'occasion, elle riait ; mais c'était un rire sans légèreté ou d'une légèreté feinte. On ne leur avait pas appris à être légers. Elliott prônait le détachement, les sujets sans importance et la distance à tout parce qu'il se savait incapable de comprendre le sens du monde ; sa légèreté n'était qu'un renoncement. Et Mathilde au contraire respectait beaucoup trop les événements, le monde, ses valeurs et elle-même pour se départir entièrement d'une gravité enfantine. Ils avaient fait semblant et, jusqu'au dénouement, jusqu'à la fuite, Elliott avait choisi, il avait décidé, il avait cru bien faire ou il avait mal fait selon cette grille de légèreté qui n'était guère qu'une pose quand Mathilde avait dû vivre leur rupture comme une vérité immuable commandée par des faits dont la suite faisait sens. Ils ne s'étaient pas compris. Le départ d'Elliott, soudain, n'était qu'une blague de plus, une tentative, pour rire. Pour elle, il s'agissait surtout d'un abandon.

Là, dans l'appartement, il regrettait soudain toutes sortes de choses, choses un peu anodines, choses un peu égoïstes. Regrettait-il Mathilde ? Auprès d'elle, il eût joué le beau rôle, parsemant cette captivité d'un humour détaché qui aurait convenu à son personnage ; et il aurait glané de-ci, de-là, les marques d'affection habituelles, caresses automatiques, caresses quand même, comme on rassure un chien après qu'il a fait montre de tous ses talents. Il voulait les caresses.

L'envie de fumer effaça toutes les autres. Sur la table haute, trois cigarettes. Elliott hésita longtemps avant d'allumer la première. Son goût était suspect, de cette même suspicion qui prévaut aux papilles lorsque l'on goûte un vin de bonne tenue pour vérifier qu'il n'est pas bouchonné.

À Bagnolet, le patron, occupé à répondre à d'autres journalistes, ne s'était pas même rendu compte de l'absence de ses poulains. Il faisait flotter une aura mystérieuse sur le projet documentaire de l'agence, se contentant pour la galerie de le barder d'épithètes – fabuleux, inédit, englobant : 100 % politique. Toujours pas de proposition commerciale.

⁂

Par habitude, Philippe Bresson s'était engagé dans la rue du Faubourg-Saint-Honoré, oubliant que ses nouveaux quartiers s'établissaient à Grenelle. Passant comme la veille près du kiosque à journaux, il y acheta *Le Nouvel Observateur* et *Le Point* qui à leur tour titraient sur le gouvernement. Par plaisir coupable, il détailla *Le Journal officiel* pour y trouver son nom, ajouta finalement

116

la publication aux deux autres, oublia sa monnaie et traversa la Seine, la fierté au fusil. Au ministère, on le reçut vivement, en agitant les bras, et monsieur le ministre et voici votre bureau et vous y serez bien et je suis à côté. Quelques journalistes assistèrent à la scène puis désertèrent les lieux. Bresson n'avait pas encore formé de cabinet ; les membres du bureau, déjà dans les cartons, rivalisaient d'audace pour conserver leur poste : « *Vous traiterez les affaires courantes le temps que je me mette dans le bain* » – une leçon bien apprise qui contenta tout le monde. Philippe Bresson, tenu au courant de la « situation Perez » par Auvenanian au petit matin, s'était dévoué pour la gérer lui-même. « *Et ne vous en remettez pas au Président, ce serait malvenu pour vous, pour lui, pour moi.* » Il passerait vers midi à l'appartement témoin pour négocier avec le journaliste ; mais d'ici là sa priorité était de reprendre la main sur le travail d'Havas. Les nouveaux conseillers du Président le rejoignirent dans son bureau en milieu de matinée.

Le premier : quarante ans, une raie sans accroc, des airs d'expert-comptable, une moue insistante, costume cintré brillant.

La deuxième : quarante ans, une raie sans accroc, des airs d'experte-comptable, une moue insistante, tailleur cintré brillant.

Le Village des damnés passé à l'âge adulte. Bresson méprisait par principe les brebis du sérail. Mais il fallait bien faire et plaire au Président, accepter le paraître, se montrer *politique*. Il les fit s'installer côte à côte autour d'une petite table en verre poli où surnageaient des dragées bleues dédaignées par son prédécesseur. Les tableaux, les tapis rappelaient encore l'héritage de Rouault et la pièce dégageait une odeur d'outre-tombe, parfum acidulé mi-marbre, mi-ver de terre. Le plus masculin des deux clones profana les dragées et parla la bouche pleine.

— Tu as abattu un boulot propre auprès du Président. Rien à dire. Chapeau. La preuve, d'ailleurs : regarde où ça t'a amené. À nous de nous montrer à la hauteur du challenge.

— On compte sur toi pour nous communiquer les infos un peu off qui nous permettront de bien cerner le brand-character du client, pas se planter sur la stratégie. Bien sûr, nous avons notre petite idée, mais toi, tu as l'expérience. Je pense qu'il est temps de laisser le soft power au vestiaire pour donner de l'impulsion à la communication, tu vois : un peu moins de matière grise et plus de réactivité.

Ils se coupaient l'un l'autre avec une aisance de duo comique.

— Notre idée, on te la soumet pour profiter de ton avis, la voilà : l'hélicoptère et l'enthousiasme. L'hélicoptère : le Président a une vue d'ensemble et sait redescendre pour scruter chaque détail indépendamment. Dans le cas qui nous occupe, ça se traduit par : j'ai conscience de la situation Rouault – vue d'ensemble – et je prends des mesures efficaces pour résoudre toutes ses implications – détails. Et puis l'enthousiasme : nous faisons face à un problème qui engage la démocratie, mais c'est aussi l'occasion de la renforcer grâce à une série de mesures que je mets au service des Français. On se place vraiment dans une approche service public, sacerdoce, engagement. Enfin, tu connais le storytelling.

— Input, output, uppercut (rires). On définit une stratégie globale renforçant le capital client, le capital talent et le capital influence.

Elle était satisfaite. On ne pouvait pas en dire autant de Philippe Bresson.

— Pour commencer, j'apprécierais grandement que nous nous vouvoyions.

— Excuse, enfin, excusez : ce sont les habitudes. Les quatre C, n'est-ce pas ? Clair, Concis, Complet – puis, marquant une pause – *Convivial*.

La traduction objective de ces élucubrations qui s'étendirent dans le temps revenait à : « *Tes trucs un peu nourris de culture classique et de sociologie gauchisante, tu te les mets au cul, nous, on a du métier, on est publicitaires, on connaît la chanson et tu nous fous la paix*. » La politique, un produit culturel, un produit comme un autre. Une avant-(rin)garde offerte à la Saint-Séguéla. Ils se saluèrent très cordialement. Plus de dragées.

Au sortir de l'échange, Philippe Bresson avait perdu toute forme d'estime pour le genre humain. Ces gens se ressemblaient tous et ne ressemblaient à rien. La bêtise érigée en multiples concepts : lui aussi participait de l'effort collectif d'appauvrissement intellectuel – mais au moins, il avait sa culture pour lui. Ceux-là n'étaient plus même des génies de l'esbroufe, simplement le produit d'une société nivelée par des gens méprisants qui leur avaient fait croire sur un ton de confidence que l'imbécillité pouvait les mener loin. C'était le jeu. Il fallait l'accepter – un renoncement ? Toujours cet entre-deux et nulle part à sa place.

Les basses œuvres continuaient pourtant. Il était en retard. Bresson conduisit lui-même jusqu'au Trocadéro où il récupéra son plus proche collaborateur. Son incapacité à enrayer la machine faisait naître chez lui des envies de désordre, un penchant pour le sabotage. Il aurait pu s'élever, assumer son statut de tout nouveau ministre pour laisser aux deux cons le champ libre. Il aurait pu ; mais la conscience surfaite de ses propres talents nourrissait son esprit de certitudes absurdes, une certaine idée de la France, une certaine idée de lui-même, un sens des responsabilités. Ils se garèrent en double file le long de l'avenue Paul-Doumer. Pendant le trajet, Bresson avait briefé l'homme sur l'attitude à adopter. Il alluma ses warnings, tandis que l'autre se dirigeait vers l'ascenseur en évitant, pudique, son reflet dans la glace. Arrivé au septième, il ouvrit les verrous qui le séparaient du journaliste emprisonné.

Elliott s'était rendormi. Il regrettait de s'être embarqué dans cette histoire où il n'avait rien à gagner, si ce n'est le respect de ceux qu'il dépréciait lui-même. L'excitation sommaire de la péripétie s'était muée en peur, en ennui, en fatigue, en regrets. Un état stationnaire : c'était toujours ainsi, où qu'il aille, quoi qu'il fasse. Il finissait toujours par s'ennuyer un peu. Il se prenait à croire qu'on ne le libérerait pas, qu'on le laisserait ici à l'abri du vrai monde, jusqu'à ce qu'il se décide à imiter Rouault. Il manquait de courage, ça ne serait pas long. Dans le sommeil, il quitta le confort de sa vie d'autrefois pour trouver Buenos Aires en reconstitution d'après idées reçues, photos et reportages et il s'y sentit bien, et des types en jaquette le bousculèrent un peu, le bousculaient beaucoup, alors il émergea et vit un inconnu qui lui secouait la tête. « *Réveillez-vous, enfin !* »

— Qui êtes-vous ? C'est vous qui m'avez enfermé ?

— Disons que oui, c'est sans importance. On vous a enfermé pour s'assurer que vous vous teniez tranquille. Mais, depuis, il se trouve que nous avons changé d'avis. J'étais venu pour négocier des vacances prolongées avec vous, et tout compte fait, je me dis que votre place est à Paris.

— J'aurais préféré les vacances.

— Nous vous donnerons les moyens d'agir. Mais j'ai d'abord besoin de m'assurer que vous serez loyal envers nous.

— Loyal envers vous ?

— Vous me tiendrez au courant en temps réel de tous vos faits et gestes. Si vous refusez, je vous collerai quelqu'un au train. Ce n'est pas mon boulot mais vous remarquerez que ce n'est pas non plus mon boulot de visiter les prisonniers.

— Vous êtes des RG ?

— Je ne suis pas des RG. Nous avons besoin que vous obteniez très rapidement de la visibilité – une très grande visibilité. J'imagine que vous avez vos contacts dans les médias ?

— À LCP, un peu, oui.

— Bon. Je vais vous laisser sortir alors. Vous devriez recevoir dans l'après-midi un coup de fil important. Ne le manquez pas. Tenez, voici votre portable... Et en dédommagement pour le travail perdu, voilà 500 euros.

Il les sortit de son portefeuille.

— C'est peu, mais ça suffira j'espère pour que vous évitiez de raconter partout votre petite aventure...

— C'est tout ?

— Non. Nous vous fournirons dans les jours à venir des éléments nouveaux pour nourrir votre enquête.

— Je ne suis pas sûr de bien comprendre. Mais je prends les 500.

— Je vous raccompagne ?

— Je prendrai le métro.

Elliott récupéra *Direct Matin* sur le siège d'à côté. Vingt-huit pages de vide et de publicités. Même la rubrique People était mal agencée. Elliott reposa *Direct Matin* sur le siège d'à côté.

À Bagnolet, des militants Front national distribuaient dès la sortie du métro des tracts houspillant « *l'UMPS ou la multinationale des casseroles* ». Des jeunes Blancs vaguement cathos habillés en sportswear pour faire couleur locale. Les tracts s'arrachaient en fermeture du marché. La loterie politique : sur le trottoir d'en face, le Front de gauche existait un peu au travers de moustachus rougeauds pas aidés par la vie. Les deux groupes se tenaient à distance ; Elliott aussi. Il s'arrêta à Docuprod pour y récupérer le fil de ses idées et puis quelques affaires. « *Toujours sur la brèche,* à ce que je vois. Qu'est-ce que tu nous as dégoté de nouveau ce matin ? Un rebondissement un peu chaud ? Docuprod, Bonjour. Ah, c'est vous, Gérard. » Elliott esquissa en réponse un geste qui signifiait tout à la fois « plus tard » et « je te souhaite une mort brutale ». Il courut au dépôt prendre son matériel : une caméra cachée, un microphone directionnel, des batteries. Il hésita à se changer, n'en vit finalement pas l'intérêt : quelle que soit la manière dont il fût attifé, Elliott Perez n'avait ni la présence, ni les manières, ni le vocabulaire d'un flic. Seuls les jeunes de la cité où, parfois, il achetait son shit, se méfiaient de sa silhouette d'adolescent prématuré. La supercherie ne tiendrait pas deux minutes auprès de Brigitte Rouault. Il fallait pourtant qu'elle tienne. En franchissant le seuil de ses toutes petites jambes, un détail le frappa : ses pensées étaient claires, aucune migraine en vue. Où était Andrea ?

Andrea Areggiani subissait depuis trois heures un interrogatoire à Levallois-Perret. Aussi monolithique que l'édifice en béton et vitrages blindés de la DCRI, le commissaire posait ses questions insistantes sans noter les réponses, misant sur l'épuisement programmé d'Andrea pour gagner la partie. Des couloirs infinis aux néons transparents : du blanc, du blanc, du blanc encore, une salle grise et des murs poinçonnés. Andrea se voulait précise avec l'autorité, horaires à la seconde, emploi du temps plus long encore à décrire qu'à vivre, « et là *je suis allée aux toilettes* ». Aucune marque d'agacement. Sa crainte s'attachait surtout aux attestations qu'on pourrait ou non lui fournir pour justifier de son absence auprès de Manu – elle n'avait pas très bien compris s'ils en délivraient. Parce qu'un jour de salaire, ce n'était pas rien pour elle, sachez-le. Tout le monde sortirait gagnant d'une coopération à la régulière. Sur les murs rembourrés, des cartels affichaient « *photographies interdites* » et l'inspecteur enchaînait les cigarettes. Andrea s'en offusqua : Manu n'aurait pas approuvé.

— Votre fumée, est-ce vraiment nécessaire ?

Il fumait d'autant plus depuis qu'elle s'était plainte. Il faut dire qu'en trois heures les cigarettes avaient cristallisé l'unique contrariété de la jeune fille modèle. Les techniques d'intimidation et autres provocations glissaient sur elle. « *Tu la gardes comme tu peux*, avait dit le ministre. *Tu trouves quelque chose pour prolonger l'interrogatoire.* » Il y avait bien la violation de propriété, mais elle ne dépendait pas de sa juridiction. Tout bien pesé, le commissaire interrogeait la personne la plus inoffensive pour la sécurité de l'État jamais croisée en trente ans et vingt administrations. En revanche, Andrea Areggiani représentait un danger conséquent pour sa santé mentale.

⁂

La police judiciaire finit par recevoir toutes les pièces du dossier et les transféra au ministre, enrichies de quelques annotations. Sylvain Auvenanian pria son chef de cabinet de bien vouloir les éplucher, le temps pour lui d'assurer un déplacement surprise auprès des effectifs de la gare du Nord. La surprise fut telle que dix-huit caméras attendaient le ministre dans l'enceinte de la gare.

Le chef de cabinet s'employa à relire les fichiers de police : tout semblait concorder. Pourtant, outre les traces bleues, quelque chose d'étonnant ressortait du rapport d'autopsie : le lobe pariétal gauche. Pourquoi le gauche et pas le droit ? Il ne lui semblait pas naturel qu'un droitier utilise sa main faible pour se loger une balle dans le crâne. Il mima dans le vide des suicides consécutifs et se trouvait gêné dès lors que de la gauche, il pressait une détente invisible. Rouault, ambidextre post mortem ? Il alerta tous les services : ordre de collecter des photos de Marc Rouault. Il en fallait plusieurs, à différentes époques, sous plusieurs angles de vue, de préférence stylo en main. La demande circula de fonctionnaire en fonctionnaire jusqu'à atteindre la documentation où un préposé au placard se chargea de réunir les pièces. En attendant les résultats, le chef de cabinet reposa le dossier sur le bureau de son ministre. Il y ajouta une mention complémentaire : « *Ne surtout pas divulguer le rapport d'autopsie avant avis favorable.* »

Bresson avait décidé de faire relâcher le journaliste sans réfléchir. Les conséquences de sa rebuffade seraient sans appel. Il orchestrait lui-même

125

sa disgrâce, se voulait résistant, regrettait les honneurs. Un grand-père membre des Forces françaises de l'intérieur dont il se foutait d'ordinaire éperdument lui montrait le chemin. La fronde ! Bien sûr, il défendait les intérêts du Président. Bresson était attendu à 13 heures pour déjeuner dans un appartement situé vers l'Opéra. Au bas de l'immeuble en pierre, cinq employés d'une société privée roulaient des mécaniques. Camille Stern se mouillait dessus. Les autres personnalités mises en cause par ses révélations rigolaient moyennement avec la trahison. S'il ne risquait pas d'être abattu en pleine rue, il n'était pas à l'abri d'un harcèlement en règle : intimidations, molestations, faux policiers, vrais avocats et des menaces non consignées. Il préférait se retrancher en attendant les grandes vacances. Nous sommes tous des Juifs allemands, Camille Stern le premier. Né en 1940, sa famille l'avait expédié fissa à Lyon en jouant des coudes ; il avait, depuis, gardé cette habitude de se planquer devant l'obstacle. Diplômé, surdiplômé, langues orientales et même l'ESSEC, il pariait sur le bon cheval et savait faire danser les chiffres. À Saint-Étienne, il était arrivé en transfuge. Passé le Vivarais sous les rafales absentes, il avait quitté le confort de l'UDR des bords du Rhône pour rejoindre le PS aux versants de la Loire. On ne l'utilisait pas à la hauteur de ses talents. Stern avait apporté à la mairie stéphanoise des habitudes un peu bourgeoises et sa bonne connaissance des vins. De quoi séduire le jeune Rouault qui roulait pour les communistes. Les années avaient passé, merveilleuses : personne pour les emmerder. Des souvenirs de campagnes, un héritage immatériel. Stern avait moins parlé pour soulager sa conscience que pour éviter de voir son nom apparaître dans une affaire concomitante impliquant toute la circonscription. Même en résidence surveillée, Stern ne s'ennuyait pas. On n'a pas tous les mêmes meublés : lui louait chez des antiquaires. Tableaux puissants, tapis persans, argenterie, verroteries, musique classique et le ménage deux fois par jour effectué par une fille asiatique recrutée sur photo. La France comme on l'aime. Il portait lunettes, cheveux rares et verrues avec la compétence d'un notable de province – on ne se refait pas. Sur sa cravate en soie grise, une épingle perlée raffinait sa silhouette de bouffeur insatiable. Philippe Bresson s'installa devant la table à manger Louis XV. Son assiette était déjà servie.

— C'est délicat, cette situation, c'est délicat. Vous reprenez le flambeau, alors ?

— Il semblerait bien.

— J'ai été surpris que vous m'appeliez. Je pensais plutôt qu'on chercherait à m'éviter. La bête hirsute, n'est-ce pas ?

— D'aucuns ont besoin de vous.

Cochon de lait aux morilles. Stern produisait des sons rosés à chaque bouchée.

— Besoin de moi ?

— Il s'agirait de ne pas hurler avec les chiens. Qui couvrait l'affaire ? Qui savait ou était impliqué ? C'est le genre de questions que l'on va vous poser.

— Fort heureusement, je ne dispose pas de ces informations-là…

— Mais si, bien sûr que vous en disposez. Et vous pouvez d'ailleurs à tout moment en faire profiter vos amis de la presse.

— Je ne suis pas certain de vous suivre.

— Disons que si, au terme d'un repas, j'oubliais par étourderie sur une table un dossier contenant des lettres expédiées par le Premier ministre à mon prédécesseur et que ces lettres-là engageaient la complicité tacite dudit Premier ministre à propos d'une affaire, il serait du devoir de l'honnête citoyen qui trouverait le dossier de l'utiliser pour protéger la République, qu'en pensez-vous ?

— Vous avez une haute idée de la citoyenneté.

— Et en admettant que ce bon citoyen, de par l'aide qu'il a apportée à la collectivité, a, d'une certaine façon, lavé tous ses péchés, il va sans dire que la Justice, divine, bien sûr, j'entends, la Justice divine donc, pourrait le pardonner pour ses errances passées.

— D'un point de vue théologique, cela me paraît envisageable, oui.

— Quant à la manière dont le citoyen en question s'est procuré ces documents, allez savoir ! Un oubli, une erreur, un vieux dossier rouvert… Du moment qu'il les utilise à bon escient, n'est-ce pas ?

— Qu'importe le flacon…

— Qu'importe le flacon.

— Je vous sers du vin ?

**

— Madame Rouault ?

— Je préfère qu'on m'appelle par mon nom de jeune fille. Aureau.

— Capitaine Perez, PJ de Toulon.

Cinquante ans bien tassés malgré les étirements, des lunettes italiennes en l'absence de soleil, le cliché de la cadre qui a des choses à faire, sèche et parvenue, Brigitte Rouault l'attendait comme prévu dans un café tranquille à deux pas des quais de Seine. Pas un chat dans Clichy. Elliott s'était garé en avance pour ne pas exhiber la camionnette. Il posa la sacoche dans laquelle était dissimulée la caméra sur le rebord de la table, en sortit un carnet pour ne pas attirer sur elle les soupçons. C'était un jour sans ombre. « *Je serai aussi bref que possible. J'aimerais d'abord connaître votre emploi du temps la soirée où votre mari a disparu.* »

— Je me trouvais à Paris. Je suis restée au bureau jusqu'à 22 heures. Mes collègues pourront le confirmer.

— Quelle était la nature de vos relations avec le défunt ?

— Nous étions en instance de divorce – on ne se parlait plus que par avocats interposés. Comme souvent, les conflits s'attachaient à des questions d'argent.

— Pouvez-vous me détailler ces questions d'argent ?

Elliott Perez s'efforçait à user du sérieux, de l'économie de mots, propres à son idée du métier de détective. C'en était ridicule.

— Je soupçonnais Marc de cacher à la justice l'existence de certains comptes en banque pour

129

limiter les dégâts lors du partage des biens. Nous étions mariés sous le régime de la communauté.

— Où en étaient les discussions ?

— Nulle part, j'avais fini par abandonner les recherches. Je ne suis pas dans le besoin – cela m'exaspérait simplement de le laisser s'en tirer comme ça. Mais les procédures me prenaient trop de temps et, comme vous le voyez, je suis très occupée par mon travail.

— À vous entendre, il semblerait que le décès de votre mari ne vous cause aucun chagrin…

— Je pourrais vous faire le coup de la femme aimante et choquée mais pourquoi se mentir ? Je ne me réjouis pas de sa mort – elle m'affecte financièrement, déjà, et puis ce n'est pas agréable pour les enfants. Mais c'est comme si j'apprenais le décès d'une ancienne connaissance perdue de vue depuis la fin du lycée. Une vieille connaissance, voilà, qui vous laisserait de mauvais souvenirs et pas mal de regrets. J'ai tout subi, vous comprenez. Il m'a fallu attendre la quarantaine pour mener ma propre carrière à bien. C'est long, quarante ans, surtout quand on en passe vingt dans l'ombre d'un con, obsédé par lui-même, destructeur aux abords.

— Donc, une vieille connaissance, pas davantage.

— Oui. À ceci près qu'on le voyait beaucoup, dernièrement, à la télévision. Même si son action au ministère était calamiteuse, je vous dis ça en connaissance de cause.

— Votre mari avait-il des ennemis ?

— Quarante ans de vie politique : il n'avait que ça. Il n'y a que des Narcisse pour se consacrer à ces métiers-là. Même ses amis proches ont fini par le trahir ; je parle de Camille Stern, évidemment. Pourquoi me posez-vous toutes ces questions ? Je croyais que l'enquête avait conclu au suicide ?

— Nous ne négligeons aucune piste. À part votre mari et M. Stern, que nous n'avons pas encore auditionné, qui était au courant pour les manufactures ?

— Votre question, si je la reformule, c'est : « *Est-ce que je savais ?* » Bien sûr que je savais, tout le monde savait, c'était une pratique parfaitement normale à l'époque. Aujourd'hui encore, j'imagine. Je ne dis pas que j'approuve, attention, ne me faites pas dire ce que je n'ai pas dit. Mais pour vous répondre tout à fait précisément, et pour ce que j'ai pu en voir, l'administration municipale dans son ensemble avait connaissance de cette histoire, ses amis aussi. Le hic, c'est que je n'ai jamais aperçu le plus petit billet. D'où ma conviction que mon mari s'adonnait à l'exil fiscal en amateur.

— D'autres personnes auraient pu profiter de cet argent ?

— Tout le monde, les amis, les collaborateurs.

— Vos enfants, comment ont-ils réagi au décès de leur père ?

— Ils sont grands vous savez. De toute façon, j'imagine que vous prendrez aussi leur déposition ?

— Moi ou un autre. Merci, madame Rouault, pardon Aureau, pour toutes ces précisions. Je vous recontacterai si l'enquête l'exige.

— Vous savez quand le corps de Marc sera renvoyé à Paris ? Il faut que je m'occupe des obsèques. Il m'aura vraiment emmerdée jusqu'au bout.

— D'ici un à deux jours, selon toute vraisemblance.

Il avait bluffé, il n'en savait rien. Elliott prit sa sacoche, ses petites notes et puis la fuite. Pour l'émotion, on repasserait. En revanche, ces accusations tous azimuts alimentaient l'éventualité d'une piste criminelle et les audiences prévisionnelles. Pour un peu, s'il n'avait détesté la terre entière, Brigitte Rouault lui aurait semblé séduisante. Le ministre avait dû la charger pour lui laisser un souvenir digne de cette amertume. Dans ses manières de conne, il pouvait reconnaître un seuil d'intelligence de celle qui joue le jeu sans s'y laisser prendre. Elle voyait au-delà des conventions. Presque une connivence ; cela grandit un peu le petit Elliott. Il s'installait dans la Doblo quand son portable se mit à sonner. « *Marina Delavoy, Canal +. Le directeur souhaiterait s'entretenir avec vous.* » On l'invitait en grande pompe à la principale émission d'infotainment du moment. Un appel important : l'homme n'avait pas menti.

Le lieutenant-colonel lui aussi s'étonna du rapport d'autopsie. On l'avait affecté à une nouvelle enquête sur un viol présumé, mais il temporisait. Bouclé dans son bureau, il se livrait à son tour à un travail intense de reconstitutions – les traces bleues, d'où venaient-elles ? Et cet échange de mains : ce n'était pas normal. Si on y ajoutait le relevé des horaires, le faisceau méritait qu'on s'y attarde un peu. Il doutait du sérieux des policiers pour instruire cette affaire. Ils prendraient le parti qui arrange tout le monde et surtout leur carrière. N'y tenant plus, le dossier sous le bras, il se rendit jusqu'au bureau du colonel à travers les couloirs métalliques de la caserne pour lui détailler toutes ces contradictions. Le colonel écouta attentivement, acquiesça beaucoup, se gratta le nez, toussa un peu. La démonstration achevée, il demanda à son subalterne de lui confier le dossier. Puis, le jetant à la poubelle, il le rappela à ses obligations de service et à l'enquête pour viol. Elle n'allait pas avancer seule.

Auvenanian, de retour place Beauvau, trouva sur son bureau la note de son chef de cabinet et appela aussitôt le commissaire à Toulon. Pour lui, pas d'inquiétude ; on avait déjà vu des éléments discordants dans des affaires où le suicide était avéré : à l'heure de se flinguer, les gens n'agissaient pas toujours selon la logique élémentaire. On renvoyait le corps à Paris dès ce soir. Auvenanian décida toutefois d'émettre un avis défavorable à la divulgation du rapport pour ne pas alimenter les rumeurs les plus folles. Il devait, le soir même, retourner à Cergy pour soutenir le meeting de la candidate qui lui succéderait. Un soutien du bout des lèvres – il aurait voulu rempiler. En se pliant d'avance aux lois de non-cumul, il marquait des points dans l'opinion et se positionnait comme premier ministrable. Mais Auvenanian espérait conserver son influence dans la gestion locale. Il y disposait d'intérêts et d'amis dont il aurait besoin pour préparer l'étape suivante. Il chercha à joindre Bresson pour s'assurer que les deux journalistes étaient neutralisés. Il laissa un message, lui proposant au passage de l'accompagner au meeting. Auvenanian ne savait quoi penser du nouveau ministre, suffisamment dévoué pour changer de mentor, suffisamment adroit pour boucler le boulot, suffisamment bardé de morale républicaine pour avoir des principes. Un type à contrôler sans trop le faire sentir.

Le porte-parole du gouvernement frappa à la porte. Les deux hommes étaient proches. Il faisait le tour des officines pour obtenir des informations fraîches. « Des paroles et des actes » (avant tout des paroles) accueillait Jean-François Copé et c'est à lui qu'incombait de jouer les contradicteurs en deuxième partie d'émission. Au menu : la croissance, le chômage, la réforme des collectivités, les déficits publics, l'Europe, tout ça balayé d'emblée par l'affaire du moment. Auvenanian lui suggéra de négliger ses fiches sur l'international. Ils appelèrent ensemble le directeur de l'information pour obtenir la confirmation des thèmes directeurs, placés dans l'ordre. Des équipes de communicants se trouvaient déjà dans le studio pour procéder aux préréglages.

— S'il te tance sur Rouault, tu le renvoies dans ses cordes. C'est officiel, c'est un suicide. Tu peux l'assurer catégoriquement. Répète-le autant de fois que tu peux, d'ailleurs.

— Et sur l'affaire financière ?

— Ça ne nous concerne pas. La justice est indépendante. Ça aussi, tu le répètes.

Ensuite, ils jouèrent des rôles en manière de répétition générale.

Après avoir consciencieusement épuisé le commissaire de la DCRI, Andrea obtint son mot d'excuse. Elle exigea qu'on la raccompagne chez elle : on s'exécuta.

La pensée vagabonde, Elliott Perez dérushait l'interview de Brigitte Rouault sur son ordinateur. Il doutait de la marche à suivre : avertir le patron qu'il passerait le lendemain sur Canal +, ou garder le secret pour ne pas avoir à fournir d'explication. La vidéo, sur YouTube, atteignait les cent mille vues ; déjà, elle était dupliquée par des opportunistes. Elliott était fatigué. Il opta pour la solution de facilité et quitta Docuprod en ne saluant personne.

Le chemin du retour, la sortie des bureaux. Contrôleurs à l'entrée du métro, il fit la route à pied jusqu'à la station suivante, laissant tous les clampins s'agglutiner aux portes des tourniquets d'acier. La fatigue aidant, sa réalité se distordait. Au loin, au bout des rues, il croyait reconnaître des silhouettes familières, un ami disparu, un cousin éloigné. Il hésitait alors à changer de trottoir mais poursuivait sa route ; ces rencontres ne revêtaient pas pour lui de saveur incongrue : il était naturel de voir ainsi le passé aller et venir. Sa tête tournait dans le froid persistant. Les connaissances s'approchant, c'est tout naturellement qu'elles révélaient à Elliott leur véritable identité de parfaits inconnus. Un jeu mental de retour en arrière. La tête. La tête chauffait désormais, emmitouflée dans l'écharpe en mauvaise laine, et les oreilles, glacées et rouges, bourdonnaient de rumeurs, d'appels à s'en retourner mais qui n'existaient pas. Il se frotta les mains. Un gargouillis soudain lui parcourut les côtes et jusqu'à l'œsophage. Il aperçut une boulangerie, de l'autre côté de la rue. Il fallait traverser ; les néons clignotaient – clignotaient-ils vraiment ? Du pain. Du pain ou autre chose. Elliott fouilla ses poches – il n'avait pas assez, probablement pas assez, non, d'argent, probablement pas. Difficile de savoir exactement combien coûtait la baguette, il ne se souvenait plus. Il avança encore, puis il n'avança plus – il revit Buenos Aires.

On le tira d'affaire dans des effluves de Coca-Cola. « *Ça va ? Ça va, monsieur ?* » Oui, ça allait très bien. « *Vous voulez qu'on appelle un médecin ?* » « *Pas de carte vitale, pas à jour ; tout va bien, tout va bien, merci.* » Il se releva, hagard, revenu à lui-même, il faisait plutôt bon et les jours rallongeaient. Ses idées étaient claires à propos de l'avenir. Il sourit pour ne pas trop penser : qu'était-il arrivé ? Combien de temps était-il resté évanoui ? Un événement de plus, un événement confus, illogique, embrumé. Il n'écouta pas les réponses, remercia les passants qui, déjà, s'éloignaient, salua un peu le vide. La bouche de métro se présentait, en face. Il descendit les marches et rentra à Saint-Leu.

**

Le Président contacta Bresson en fin de journée.

— Philippe, j'ai appris par Sylvain que le corps de Marc Rouault revenait à Paris demain matin. L'enterrement aura probablement lieu dimanche. Tu peux déjà te mettre sur le discours. Pense Bérégovoy, là encore. Et d'ailleurs, réserve ta journée : tu lui succèdes, il faudra t'y montrer. Tu as pu décider d'une stratégie avec les nouveaux pour l'intervention télévisée ? Bien sûr, tu restes le pilote, là-dessus, hein.

Le travail lui prendrait toute la nuit. Il n'avait pas encore réalisé la moindre action en tant que ministre. Il pressentait que son mandat entier serait placé sous le signe de ses activités passées, comme un benjamin de quarante ans à qui ses frères aînés continueraient de parler en petit-nègre. Trop mignon. Il déclina par SMS l'offre d'Auvenanian qui pouvait bien aller se faire chier tout seul dans sa lointaine banlieue et ouvrit une bière. Jean-François Copé, président avant l'heure, édictait sans objection aucune une série de mesures censées couper court aux affaires d'État. Des polémistes tristes posaient de longues questions qui ne bousculaient rien. Dans ce bain à graphiques où tous nageaient de concert, l'engagement politique devenait inaudible. Copé plaçait des mots suggérés par les études, par l'air du temps, par la situation. Et la technicité du discours responsable rassurait les zombies qui s'y intéressaient. Finalement contredit par le porte-parole, on en vint à Rouault, et on en vint au meurtre. Copé annihila les accusations de populisme dont il faisait l'objet en lisant à voix haute le rapport du légiste, récupéré plus tôt auprès de la rédaction de *Var Matin* qui l'avait elle-même reçu du lieutenant-colonel. Ses contorsions amusées pour mimer le suicide désormais improbable assassinèrent sur place le pauvre porte-parole qui, pour se dédouaner, répétait à l'envi : « *Je n'ai pas eu connaissance de ces informations.* » Auvenanian avait vu juste : on ne parlerait pas des affaires extérieures.

Que les politiques manipulent les médias passe encore – c'est même un cœur de métier – mais que la presse transmette aux politiques des informations confidentielles, ce n'était pas très sport. « *Et ça se prétend contre-pouvoir !* » pensa Bresson. Son téléphone sonna, équarrissant salle et moral d'un insupportable air de blues : le Président, les clones d'Havas Worldwide, le Président à nouveau. Il ne répondit pas.

Auvenanian, cependant, hissé sur une estrade en compagnie de ses anciens adjoints, face à un parterre vieillissant embarqué de force dans des colonies routières, prédisait la victoire en hissant haut ses bras.

« Mes amis, chers camarades. Nous n'avons pas peur des sondages. Nous savons bien que ce qui guide les extrémistes, c'est la haine de la France, la haine de ses valeurs de solidarité, de moralité, la haine du vivre-ensemble. Nous autres, responsables politiques, nous avons une exigence d'exemplarité qui doit guider chacune de nos actions. Un devoir de justice. Un devoir de vérité, pour rétablir la confiance des Français envers nous – mais cela doit dépasser les simples phrases. Avec le gouvernement, nous avons entamé une politique de réformes audacieuses, justes, solidaires, en phase avec les valeurs qui sont les nôtres et avec les exigences d'un monde globalisé : ce sont nos résultats, ici, sur le terrain, les meilleures armes pour battre le Front national. Tous les jours, près de chez vous, rétablissez la vérité, dénoncez les malhonnêtetés et les mensonges relayés par les extrémistes et ne vous laissez pas rattraper par les facilités du populisme. Nous travaillons pour vous, ici, à Cergy, comme dans toute la France : nous travaillons pour vos emplois, votre sécurité, vos infrastructures, votre éducation ; nous travaillons pour vous, et nous vous demandons de nous aider à continuer à le faire. »

Tonnerre d'applaudissements en déambulateurs.

VENDREDI

« — *France Inter, il est 8 heures. Le journal. Élisa Eckbert.*

— *Nouveau recul de la consommation des ménages en février. L'indice aurait baissé de 0,5 point selon les chiffres de l'INSEE. Un recul* "inquiétant" *selon l'opposition.*

"En Espagne aussi, l'économie est morose. Le gouvernement de Mariano Rajoy vient d'annoncer un taux de chômage de près de 23 %, qui atteint 67 % chez les moins de 25 ans. Le gouvernement espagnol assure 'mobiliser toutes ses forces pour combattre ce fléau' *et appelle l'Europe à l'aide.*

"Une nouvelle fusillade, cette fois à l'autre bout du monde. À Fort-de-France, un individu de 31 ans a été appréhendé après plusieurs tirs dirigés contre la Caisse d'assurance maladie. L'homme, armé d'une 22 long rifle, aurait ouvert le feu sur les employés hier soir à la fermeture, blessant six personnes avant de prendre la fuite. On ignore pour l'heure les motifs de son geste.

"Au Mali, le retrait des troupes, prévu pour juin, sera reporté à septembre en raison de la conjoncture, selon une communication du ministère de la Défense.

"Enfin l'affaire Rouault, qui offre de nouveaux rebondissements avec ce coup de tonnerre provoqué hier par le chef de l'opposition Jean-François Copé. Le président de l'UMP a divulgué en direct le rapport d'autopsie de l'ancien ministre. Pour lui, il pourrait s'agir d'un meurtre que le gouvernement chercherait à couvrir. Et votre invité, ce matin, Patrick Cohen, c'est Louis Aliot, numéro 2 du Front national. Bonjour, Patrick.

— Bonjour, Élisa et merci. Alors oui on va revenir entre autres sur ce nouveau rebondissement dans l'affaire Rouault avec vous, Louis Aliot, bonjour.

— Bonjour.

— D'après un sondage exclusif TNS Sofres pour France Inter daté de ce matin, le Front national est crédité de 30 % des intentions de vote aux prochaines élections, avec des pics à 45 % dans le Nord ou encore le Var. Ça vous fait plaisir, Louis Aliot, ce succès sur papier ?

— Cette enquête démontre que la ligne de Marine Le Pen de dédiabolisation du Front national aux yeux de l'opinion publique a gagné. C'est la victoire de la ligne Bleu Marine sur la diabolisation ! C'est clair et net à travers les résultats de ce sondage. Le potentiel électoral que nous avons va au-delà des 30 %. La perception des Français sur le Front national a changé, et elle a évolué très nettement en notre faveur. Désormais, celles et ceux qui considèrent que le Front national serait un parti dangereux pour

la démocratie sont minoritaires. Pour nous, au Front national, les résultats de cette enquête sont encourageants. Cela va poser un problème au monde politique en général. À la gauche, et à la droite qui fait semblant de ne pas nous voir et qui s'enferme dans une stratégie électorale suicidaire. Nous, on continue dans notre stratégie de s'adresser à tout le monde. Le plus surprenant à la lecture de ce sondage, c'est de constater que la gauche est minoritaire en France, pourtant elle est au pouvoir et elle a tous les pouvoirs. Je suis convaincu que les électeurs corrigeront bientôt cette anomalie !

— *Est-ce que le scandale Rouault qui agite depuis quelques jours le gouvernement fait vos affaires ?*

— *Ce n'est pas la question de savoir s'il fait nos affaires ou non. Ce scandale révèle encore une fois la corruption des partis dits de gouvernement et explique leur stratégie de diabolisation de nos idées. Si nous obtenons des responsabilités, il va de soi qu'ils ne pourront continuer à perpétrer ce genre de pratiques et c'est la raison pour laquelle ils ont peur de nous. Aujourd'hui, les Français commencent à s'en rendre compte. Tant mieux. Mais l'on ne saurait se réjouir de la corruption du pouvoir.*

— *La thèse du meurtre, telle que l'a défendue hier Jean-François Copé chez nos confrères de France 2, ça vous parle ?*

— *Vous essayez de me piéger, vous n'y arriverez pas. L'enquête seule permettra d'établir des conclusions ; toujours est-il que j'ai le sentiment, comme beaucoup de nos compatriotes, que cette affaire abrite des zones d'ombre et que le gouvernement aimerait bien éviter de les révéler. Ce n'est pas*

la première fois que le PS est mêlé aux affaires.
Ce n'est pas une surprise, ni une nouveauté. Je
suis content de voir, en tous les cas, que le prési-
dent de l'UMP a choisi de se placer du côté de la
vérité plutôt que de protéger sa caste, fût-elle incar-
née aujourd'hui par la gauche. Ça, oui, c'est
encourageant.

— Louis Aliot, le Front national appelle ce diman-
che à une grande marche des Patriotes en colère.
C'est quoi, le but de la manœuvre : faire une
démonstration de force à une semaine des élections
pour essayer de contraindre l'UMP à prévoir une
série d'accords ?

— Vous, les médias, passez votre temps à cher-
cher des stratégies électorales derrière des actions
sincères. Nous coorganisons cette marche dans
l'unique but de faire savoir au gouvernement que la
France veille et qu'elle n'avale pas les couleuvres que
Bruxelles lui souffle, nous voulons donner un signal
fort aux élites pour que l'arnaque dont les Français
sont victimes cesse. Et je crois que nous y serons
nombreux à réclamer à la fois une vraie transpa-
rence et une vraie politique pour sortir la France de
l'impasse. »

La politique, toujours la politique. Elle conférait
à ceux qui en parlaient un air intelligent valorisé
d'eux seuls. Il y avait de la noblesse à se croire
habité d'un avis sur tout ça, sur cette lente dépres-
sion qu'on évoquait pour ne plus la subir. L'idée de
s'inscrire dans une thérapie collective indisposait
Elliott qui ne croyait qu'en lui – et encore, seulement quand il était ivre. Plus tard dans la journée,

il s'afficherait devant le grand public comme partie prenante de ces futilités d'importance qui apportaient des réponses aux questions que personne ne se posait. Ah ! Il faudrait sourire et se montrer courtois. Il se leva d'un bond pour échapper aux imbécillités des reclus sur eux-mêmes et se lava les dents pour faire acte social. Encore 4 500 jours avant la retraite. Fumer écourterait. Ses parents n'avaient pas éteint la radio, eux. En les voyant ainsi, mâchant devant le poste, Elliott se demanda s'ils écoutaient encore toutes ces interventions ou s'ils savaient déjà tout ce qui serait dit avant même d'allumer, préférant au silence des nouveautés terribles la familiarité des discours déjà vus. On se rassurait de savoir que tout le monde allait mal. La porte d'entrée se ferma pendant que son père lui lançait, goguenard et sans tourner la tête : « *File, docteur Quinn. Va sauver des vies.* »

Chez Bresson, télé, radio continuaient à tourner et l'eau s'était presque évaporée de la casserole. Ne subsistait qu'une écume bouillonnante, bulles agitées sur le bûcher, l'espoir encore de se maintenir, sans motif ni logique. Philippe Bresson éteignit la plaque et vida le contenu du récipient dans l'évier. Dehors, derrière les vitres propres, un jour foutu en l'air sur des couleurs de linge délavé, le ballet quotidien des messieurs en retard, la vie la plus normale. Débraillé, salive épaisse, des poils rares sur ses joues sèches, la chemise ouverte en chiffon sur un torse trop maigre au regard de son ventre, il ressemblait à un écrivain sans écrits, un personnage d'Altman, une copie. Au fond, sa vie n'était qu'une vaste coquetterie. Il ne prenait de décisions qu'en attente des commentaires qu'elles susciteraient. Il n'avait pas dormi, par caprice uniquement, pour clamer haut et fort qu'il n'avait pas dormi. Perdu dans des pensées absconses, vacillantes, cherchant une solution à une crise qu'il ne parvenait pas à envisager vraiment, il était resté là, dans le crincrin des postes, à attendre un déclic, à poser pour lui-même. Il s'était coupé du monde l'espace de quelques heures – portable en dérangement, messages en poste restante, mails non consultés. Une position de rupture qui s'était résorbée à l'épreuve du levant. Il irait travailler, assumer les couacs, colmater les brèches, écouter les limiers d'Havas Worldwide, se faire engueuler ou bien féliciter, déployer ses talents au service d'une fonction qui n'était plus la sienne. À quand l'utilité publique, l'intérêt général ? À quand ?

Sans tergiverser, il se dirigea directement place Beauvau puisque c'était là, de fait, que tout se décidait. Le faste des ministères ; si semblables, peuplés d'interchangeables convaincus de leur singularité historique et spatiale, les mêmes façons d'appréhender les mêmes problèmes qui se répètent à l'infini. Bresson adorait ça : se confronter à l'histoire et s'y voir apparaître au détour d'un événement ou d'une photo passée – je me serais trompé de l'exacte même façon. Cela grandit les hommes quand ils parviennent à s'insérer dans une tradition qu'ils croient bouleverser. Les Mémoires politiques ne sont qu'états des lieux indulgents pour soi-même de situations inchangées, l'intelligence comme on la conçoit à l'épreuve des faits, des erreurs reconnues déjà lues cent fois ailleurs – Philippe Bresson collectionnait les Mémoires politiques, comme tant d'autres en leur temps. Il y avait dans tout cela un faux air de jeu : s'emparer à bras-le-corps de phénomènes dont on savait d'avance qu'ils nous survivraient. S'agiter autour d'eux, actes différenciés de contrition, de déférence, leur donner du crédit, les taxer d'inédits, ériger des exemples à partir de copycats exponentiels créés pour faire parler. Bresson aimait bien jouer.

Auvenanian, en prévision des interviews de la journée, s'était fait chic, d'un chic préoccupé qui disait : « *Je suis sur le pont h24.* » En avait-il seulement quelque chose à foutre de la situation ? Elle ne l'impliquait pas directement. On pointerait les enquêteurs, le Président, les communicants, les journalistes du doigt, mais lui régnait sur un territoire d'informations inaltérables, de sources privées, d'arrivisme contenté. Lui aussi jouait à prendre au sérieux la chienlit. Bresson pénétra dans la salle en singeant l'essoufflement. Auvenanian, les pieds calés sur le bureau, l'accueillit sur fond de familiarité, une complicité ironique de cinéma noir.

— On ne l'avait pas prévue celle-là.

— Ce serait sorti un jour ou l'autre.

— Le gendarme a été rétrogradé – il sera jugé pour divulgation d'informations confidentielles et atteinte au secret de l'instruction. J'ai appelé Darmon ce matin qui en a donné l'ordre à la hiérarchie.

— Comme ça, nous avons un martyr. Il finira par en faire un bouquin. Je crois qu'il faut revoir toute la stratégie.

— Quelle stratégie ?

— Alourdissons la barque. Accélérons les choses. Il faut lâcher Pauillac. Les deux conseillers bidon que tu as refilés au Président pour contrôler sa communication prennent trop d'importance. Ce sont des catastrophes en cravate, ils croient aux grands travaux quand toi et moi savons que nos moyens d'action se bornent aux cache-misère.

— On ne peut pas non plus laisser la presse incriminer librement Pauillac, ils vont finir par tous nous impliquer dans cette affaire ou dans d'autres pour le simple plaisir de publier des unes insultantes.

— Et c'est très bien comme ça. Ça ne t'empêchera pas de devenir Premier ministre. Ne donne pas d'interview sur le sujet : à quoi bon ? Pour chaque communication gouvernementale relayée, tu en obtiendras cinq qui nous mettront en cause. Je suis fatigué, Sylvain. On sait très bien ce qu'il va se passer : suicidé ou assassiné, la responsabilité de la mort de Rouault nous reviendra. On perdra les élections ; le FN montera mais sans rien menacer, l'extrême gauche croira au grand soir mais devra négocier pour obtenir des places, et d'ici la prochaine présidentielle tout sera rebattu. Entre-temps, on fera des prédictions de croissance pour légitimer notre action, elles tomberont à côté, les gens nous haïront. C'est toujours la même chose. Il faut lâcher Pauillac vite si l'on ne veut pas se traîner le boulet sur toute la mandature.

— On ne fait rien sans l'aval du Président.

— J'ai déjà pris la liberté de transmettre aux journalistes la vraie lettre de démission de Marc Rouault, beaucoup plus ambiguë que l'autre remaniée. Ça nourrira tous les fantasmes.

Auvenanian l'écoutait à peine. Il regardait ses ongles sortis de manucure en leur soufflant dessus. Bresson sourit pour lui-même, esquissa un geste auquel il renonça aussitôt et tourna les talons. Sur le pas de la porte, il ajouta :

— C'était bien ton meeting ? Tu sais que UMP + FN, ça fait 63 % dans ta ville ? Ne manque plus qu'un accord entre eux, justifié par exemple par des mensonges d'État pour sceller le destin des socialistes.

Puis, un pied déjà dehors : « *Sylvain, il nous faut un bouc émissaire.* »

Auvenanian ne leva les yeux que plusieurs secondes après qu'il fut parti.

***

À la direction du Parti socialiste, on attendait les consignes du gouvernement. On aurait bien voulu communiquer pour soi, mais, sans information, on ne pouvait pas vraiment. Alors on s'occupait en réglant des litiges pas trop impactants politiquement dans les fédérations. Plouf plouf, ce sera toi qui seras premier de liste au bout de trois... On ne demandait qu'à prendre en charge le conflit stéphanois, mais c'était sensible ; alors on attendait de recueillir l'avis présidentiel pour trancher dans le vif, en toute autonomie. On établissait à tout le moins des contacts privilégiés auprès des uns et des autres, manière de prendre la température pour mesurer l'urgence. On avait son avis, et pas toujours le même. Pour le signifier, on transmettait des notes à d'obscurs conseillers dans les officines gouvernementales qui ne les lisaient pas. On sollicitait les ministres populaires pour des soutiens sur le terrain. On en faisait, des choses. Au-dehors, c'était l'imaginaire, un pays où le pouvoir se partageait vraiment entre tous les acteurs de sa conquête. À l'intérieur des murs, la climatisation et les maux de tête gelaient les ambitions comme les corps inutiles, réduits en connaissance à la figuration pour cause de victoire. Quand Étienne Vellard appelait au secours les cadres du Parti, ils lui répondaient suivant des grilles de call center. « *Un technicien va s'en charger. Vous êtes disponible dans la journée ? Pas le matin pour cause d'audition ? Dans l'après-midi alors. Entre 14 et 18 heures, la présence est obligatoire.* » Pour gagner du temps, on avait nommé un médiateur issu du Bureau national. On en prenait la responsabilité. Du moins on se le faisait croire.

Sur le terrain, c'était la guerre. Des batailles d'appareil virant au pugilat, mails internes à tiroirs avec révélations plus ou moins enfantines, plaintes en diffamation, vocabulaire fleuri. Les militants n'en pouvaient plus ; on détruisait

l'engagement d'une vie. Derrière la lutte personnelle, les courants s'affrontaient car Rouault, tutélaire, s'en était affranchi, recrutant ses adjoints et
ses proches selon d'autres critères que la stricte
partisannerie.

À ce concert d'invectives se mélangeaient les
autres, venues de toute la droite, qui riaient de la
situation tout en la trouvant grave. En arrivant de
bon matin au Palais de Justice, Étienne Vellard se
confronta à un comité d'accueil formé de militants UMP instrumentalisés par son propre parti.
De tous les corps institutionnels, la Justice est
peut-être le plus passé de mode. Il n'y a plus de
polish, on n'y fait plus l'effort de cacher les fis-
sures ou les dorures absentes derrière des meubles ou sous des lits. On s'en va voir le juge comme
on visite Pompéi, vaguement impressionné par la
splendeur discernable des prestiges oubliés, tout
en se réjouissant de ne pas travailler sur place. Le
Palais de Justice, pour sûr, Vellard le connaissait
– mais jamais il ne s'y était rendu sous escorte,
avec son avocat, et l'introspection née de la présence adverse le rendait attentif aux détails. Le
bureau de son ami le juge Bergollet lui sembla
plus grand qu'à l'accoutumée. Peut-être était-ce lui
qui avait rapetissé.

— Étienne, on ne va pas s'étendre en salama-
lecs, pas entre nous. Le mieux pour toi serait de
tout me raconter concernant cette affaire, tout ce
que tu sais, afin qu'on puisse évaluer ensemble ta
part de responsabilité, m'éviter du travail et faire
progresser l'enquête. Si tu mens, je finirai par le
savoir, ça se retournera contre toi alors que, pour

le moment, les documents publiés te mettent exclusivement en cause pour complicité d'abus de bien social. Tu aurais assisté à plusieurs réunions informelles en présence des protagonistes. On peut le prouver vite. Je sollicite ton aide.

— Mon client nie en bloc et en détail. Il a d'ailleurs déposé une plainte pour diffamation contre le journaliste qui a relayé ces rumeurs ainsi que contre le site qui les a publiées. Mon client n'a jamais eu connaissance d'un détournement de fonds orchestré par l'administration municipale et ne saurait avérer ou réfuter l'existence d'une telle opération. La publication du nom de M. Vellard dans l'article est le fruit d'une campagne calomnieuse visant à le déstabiliser, lui et la section politique locale, quelques jours à peine avant les élections.

Bla, bla, bla. Après bien des atermoiements, le juge attribua à Vellard le statut de « témoin assisté » car le faisceau de preuves à son encontre surpassait l'énergie pourtant vive de son jeune avocat.

En sortant du Palais, Étienne Vellard rencontra devant sa permanence le médiateur mandaté sur place pour trouver une solution au conflit. En signe de respect pour le messager de la paix, Vellard déclara à son approche :

— C'est toi qui viens m'aider à broyer la gueule de cette pute ?

Le médiateur évalua en bloc et en détail la dimension fictive de son emploi du jour.

D'une audition à l'autre, Camille Stern était invité à témoigner auprès des confidents de BMFTV. « *Stern : la confession choc* » titrait la chaîne en usant de jingles et autres appendices colorés. Diffusée à 18 heures, l'interview avait été enregistrée le matin. De quoi entretenir un suspense insoutenable pour la journée entière. Dans les rédactions, on moquait bien sûr ces procédés Fox News, tout en créant un fil sans cesse actualisé autour de l'événement. Sur Twitter, des informations circulaient qu'on n'osait relayer sinon au conditionnel. « *Stern mettrait en cause Pauillac dans l'affaire des manufactures #BFMTV #Exclusivité* »

Et Elliott se voyait contraint de suivre ça.

Et il n'en pouvait plus. Les journalistes autour, les politiques, lui semblaient comme des chiots excités à Noël, remuant la queue, remuant du vent, et il se voyait, lui aussi, parmi tous ces chiots-là, remuant une queue malade, remuant un vent mauvais, l'œil plus absent que vif, attendant les informations sans autre chose à faire que d'attendre, guettant, de son flair numérisé, la pâtée gélatineuse et dégueulasse qu'on voudrait lui servir, 100 % pur infotainment, un ramassis de trucs agglutinés en masse et traités pour plaire avec leurs additifs à consonance anglaise et leurs colorants émotionnels. Et il la mangerait en jappant, aspergeant au passage la pièce des stigmates brunâtres de sa digestion express.

— Réinterpréter l'information, c'est ça ton rôle en tant que journaliste.

Le patron n'était jamais loin.

— Ça avance, sur Brigitte Rouault ?

Il avait monté la séquence, ne savait pas par où commencer les vérifications.

— Tu as pu contacter les enfants ?

Andrea s'en chargeait. Mais ils étaient méfiants. Ils voulaient qu'on leur foute la paix. Le harcèlement, peut-être, finirait par payer. Andrea savait y faire. Elliott se désintéressait de ce pan du reportage. Avec Andrea, ils n'avaient pas évoqué leurs expériences respectives avec la DCRI. Moins par pudeur que pour préserver leurs informations, du moins aux yeux d'Andrea. Pour Elliott, il s'agissait surtout de limiter leurs échanges au strict minimum. Imaginez un peu qu'ils aient des points communs : Andrea serait capable de vouloir en parler. Elliott avait reçu de Bresson la lettre de démission originale. Il ne savait comment l'exploiter, même si la note l'accompagnant se voulait explicite. Bresson l'avait choisi parce qu'il n'était personne, parce que rien ne pouvait les relier, ni études, ni réseaux, ni intérêts communs.

— Je dois partir tôt. Je suis invité ce soir sur Canal + pour évoquer la découverte du corps.

— Toi ?

Le patron avait réagi avec un naturel désarmant, laissant filtrer en ce simple mot un mépris départi des convenances habituelles. Elliott ne s'en étonna pas.

— Oui, ils m'ont contacté directement.

— Elliott, on ne va pas cracher dessus, mais à un moment donné, ça devrait **me** revenir, en tant que producteur, chef d'entreprise, de faire la promotion de notre travail collectif. À un moment donné, **je** suis déçu que tu ne penses pas en équipe. Tu les rappelles pour arranger ça ?

— **Je** ne peux pas. Tout est déjà acté.

— Alors souviens-toi que tu y représentes Docuprod et pas Elliott Perez. Les hommes ne sont rien sans leur famille.

Il se donnait des airs de vieux sage chinoisant pour mieux enrober la blessure de l'orgueil, la jalousie brûlante. Ses aphorismes dissimulaient le cri inaudible d'un homme que personne ne voyait. Canal + : une consécration de petit joueur. La même dont rêvaient la plupart des jeunes recrues : voir un jour leur travail diffusé dans « Envoyé spécial ». L'imagination au dortoir, exceller dans la norme comme objectif de vie. Tandis qu'il se dédiait à ce nouveau projet, le patron délaissait la dizaine d'employés affectés à d'autres pôles. Pour eux, c'étaient les grandes vacances, un espace de travail agréable où ne se montrait plus aucun inspecteur des travaux finis. On les voyait défiler dans les couloirs, peinards, animés d'une liberté à faire pâlir d'envie, le café à la main. Sans l'haleine du patron, le bureau se changeait en paradis terrestre. Mais, malgré la tranquillité, ils s'efforçaient toujours de faire au mieux, de répondre aux attentes de l'autorité saine, fût-elle distraite par elle-même. On critiquait par habitude sans contester jamais le fond des choses. Le respect aux aînés, la prime à l'expérience, l'importance du travail – toutes ces valeurs communes qu'on croyait pertinentes sur simple réputation. Et jusqu'à l'amertume quand on ouvrait les yeux.

— Fais gaffe à ne pas dire de conneric, pas de diffamation, tu restes vague. Ce serait bien pour faire parler, mais on n'a pas les ressources financières pour un procès médiatique. Pas encore, ça viendra.

— Je sais à quoi m'en tenir.

— Fais voir ton interview de Brigitte Rouault ? Ça marche bien ?

Trois, deux, un : « *Ça ne va pas du tout.* »

**

Philippe Bresson se rendit à l'Élysée pour y retrouver le Président et ses deux conseillers. Ils étaient remontés. On ferma précautionneusement les portes.

— Je me dédouane de toute responsabilité concernant la fuite du rapport, avertit Bresson. Je n'étais même pas informé de son contenu. C'est le ministre de l'Intérieur qui n'a pas tenu ses équipes.

M. le Président tripotait un stylo Dupont entre moiteur et agacement.

— Les éléments de langage pour la télévision ? C'est fait ou non ?

Havas se mit en branle, regard cloué, tête molle, façon chanteurs yéyé.

— Monsieur le Président, nous nous sommes permis de mettre au propre certaines idées en prévision de cette réunion.

Bresson, exaspéré, les coupa aussitôt :

— Les éléments de langage, on s'en fout. Il faut se mettre d'accord sur la forme de l'intervention. Vous ne pouvez pas, dans la situation actuelle, débouler sur les écrans pour raconter l'habituel ramassis de conneries pesées au milligramme. Il faut au moins donner le sentiment que l'on vous pose les vraies questions.

— Monsieur le Président, sauf votre respect, je suis en désaccord avec M. Bresson. Ce qu'on attend de vous, ce sont des réformes assainissantes, pas une bataille de bons mots. Les Français veulent une intervention tempérée, rassembleuse et sérieuse. Vous ne pouvez pas descendre dans l'arène politique. Ce n'est plus de votre niveau. Vous, vous avez la responsabilité du pays. Symboliquement, c'est fort que de prendre de la hauteur, sans pour autant perdre le sens du détail. Nous appelons ça « l'hélicoptère » dans notre…

L'agacement eut raison des manières de Bresson.

— STOP ! Écoutez-moi. S'il vous plaît. Vous demandez aux rédactions de vous envoyer trois contradicteurs en carton, c'est pas bien compliqué. Des types faussement polémiques : Lenglet, Aphatie, Bourdin, Cohen, Durand, à votre convenance. Ce sont des journalistes qui ont trop à perdre pour vous bousculer vraiment. Ils vous mettront en valeur en essayant de tirer la couverture à eux. Et puis, à partir de là, vous pourrez prendre autant de fois que vous le souhaitez l'hélicoptère, mais le problème Rouault est trop englobant pour justifier une simple intervention télévisée. Il a des ramifications à la fois économiques, politiques, judiciaires. Cela nécessite plusieurs heures de clarification. J'ai déjà réservé le créneau auprès des rédactions de France 2 et d'Inter. Faites-moi confiance.

— Auvenanian me fait savoir que tu as transmis aux journalistes la vraie lettre de démission ?

— J'installe des extincteurs. J'en prends la responsabilité. Vous pensez bien que seul Jean-Jacques Pauillac aurait pu me demander de produire un faux, dans sa situation.

— Mais bordel de merde, Philippe, tu me consultes avant de faire des choses pareilles, tu es à mon service ! Je suis élu au suffrage universel, moi ! Moi ! Moi, chef indien ! Pas toi ! C'est moi qui suis censé contrôler les choses.

— Je vous rappelle que je suis ministre désormais, donc au service des Français. Et si vous voulez qu'un juge essaie de prouver votre implication directe dans la diffusion de faux, libre à vous.

Le Président observa en l'honneur de sa popularité une minute de silence. Havas chuchotait.

— D'accord pour le débat. Mardi soir. Mais les éléments de langage, tu ne fais que les superviser. Je les confie à pince-mi et pince-moi. Ça m'évitera les mauvaises surprises.

En tailleur anthracite, en costume anthracite, pince-mi et pince-moi souriaient bêtement, le regard anthracite lui aussi, satisfait et comme voilé par un reflet interne.

*

L'officier de police judiciaire en charge de l'enquête n'en revenait pas. La police n'avait pas même eu le temps de livrer ses conclusions officielles que, déjà, les gendarmes les contestaient par des moyens paralégaux. Si la cohabitation au sein du ministère posait parfois problème, gendarmes et policiers appartenaient au même corps. Pourquoi jouer contre son camp ? Le commissaire lui demandait de rendre des comptes pour ne pas paraître ridicule auprès des vraies élites : la chaîne de l'engueulade (ministre, procureur, commissaire divisionnaire, commissaire, officier), les mots chaque fois durcis. Malgré les doutes – il fallait les lever –, il était évident que Marc Rouault avait lui-même mis fin à ses jours. Tout concordait, sauf cette histoire de main. Pourquoi chercher toutefois à déstabiliser une enquête en cours, la paix des familles, l'équilibre de l'État ? Pourquoi, surtout, venir le faire chier, lui qui faisait son boulot ? Contrairement à d'autres, il ne croyait pas en la supériorité intrinsèque de la police. Il ne jouait pas au FBI sur les scènes de crime, préférait les affaires simples aux alambics criminels, n'espérait pas résoudre le mystère du moment par orgueil. Réductions d'effectifs et les salaires gelés, ça lui allait très bien du moment qu'il bossait. Il ne cherchait pas, en montant, à se rendre indéboulonnable. Il opposait à l'ambition une conscience du devoir digne d'un panel IPSOS. À tout point de vue, son travail était propre.

Il signa sans crainte l'ordre de rapatriement du corps puis, pour la deuxième fois, prit la route vers la villa de Claude Sifran qui, depuis son jardin, écrivait sur cahier des lignes interminables. L'ami de Marc Rouault ne se leva pas, le saluant sans paroles, tandis que, dans la maison, l'inspecteur procédait à de nouveaux relevés par nature stériles. Peut-être un détail oublié ? Mais il n'y avait aucun détail dans cette maison bourgeoise, seulement de l'argent sous différentes matérialisations. Il ne lui restait qu'à réinterroger les trois témoins, les uns après les autres. Quel ennui ! Un vague parfum de femme depuis la chambre au fond le ramena à sa condition d'officier à la dérive. Il n'avait pas les tripes d'un héros noir, sa vie familiale ne se déchirait pas, les dettes étaient réglées, sa santé correcte. Il aurait bien aimé avoir l'air détective, afficher ses problèmes sur un visage buriné par la vie. Mais l'affaire était simple et ses conclusions claires et sa vie tout entière tenait dans ce constat. Le parfum se dissipa et l'officier, sortant de la maison, reposa à Sifran les éternelles questions qu'il posait à chacun.

Il ne vit pas la femme.

« *Sa relation avec Marc Rouault, l'affaire des manufactures, ses soupçons quant à la mort de l'ancien ministre, la situation à Saint-Étienne : Camille Stern livre à 18 heures une interview exclusive à BFMTV où il révélera des informations inédites sur l'affaire qui fait trembler le gouvernement. Ne manquez pas cet entretien événement sur notre antenne, à 18 heures. BFMTV, première chaîne d'info de France.* »

*
**

Le présentateur vedette du service public, propre comme un sou neuf, acquiesça sans broncher aux demandes du nouveau ministre du Travail.

— Lenglet, moi-même et Cohen ? Le service public. D'accord. Je préviens la direction. Mardi ? On passera la Coupe de la Ligue sur France 3, priorité à l'info. Pour les questions on se voit plus tard, si tu en es d'accord. Bon, ça va en haut lieu, pas trop secoués, on tient le cap, hein ? Il nous a pris de court le Copé, on n'avait pas été prévenus avant le tout début de l'émission. Cela dit, ça a boosté nos audiences. On était menacés, on va pouvoir prolonger l'émission si on maintient cette moyenne. D'ailleurs ce serait pas mal que tu y apparaisses à la rentrée pour accroître ta notoriété... Vous prévoyez un automne social, non ? C'est toujours d'actualité ? Tu me dis : nous, et je parle au nom de l'équipe, on y serait favorables. Et ça pourrait faire un vrai débat de fond, hors période électorale. Bon en tous les cas pour mardi, c'est bon, tu peux le dire au Président.

Le présentateur tapa dans ses mains pour obtenir l'attention générale.

— On a le Président mardi soir. On monte une émission spéciale, il faut alerter le service production, préparer des bandes-annonces, vous allez faire des heures supplémentaires.

Passées les diffusions, tout ce cirque d'opinions n'était plus qu'un business comme un autre avec ses mesquineries. À chacun ses clients.

De Saint-Étienne, il n'avait vu que les bureaux. Le médiateur se tenait assis, comme un thérapeute familial entre les deux parties penchées l'une sur l'autre et se pointant du doigt. Derrière les grillages tagués, un tout petit bureau sur du carrelage jaune, des affiches de campagne et des logos aux murs, une chaise trop haute, deux chaises trop basses, une planche IKEA montée sur tréteaux. Il cherchait le silence intérieur. En deux heures de débats, recadrés vaille que vaille, la situation n'avait pas bougé d'un iota. L'un n'était qu'un collabo aux méthodes arriérées, l'autre une opportuniste qui instrumentalisait une affaire judiciaire. Le médiateur, défenseur reconnu de l'ordre établi, venait avec un accord bipartite dans ses bagages. Il l'avait rédigé dans le train : l'union plutôt que la division – le camarade Étienne tête de liste, la camarade Nicole à la communauté de communes puis au conseil général. Un ticket. Les listes restaient telles quelles, et on fermait sa gueule. Chacun menaçait alors de se pourvoir, d'y aller seul, et l'empoignade reprenait. Partout dans la ville, des équipes se mobilisaient pour fouiller le passé et de l'un et de l'autre à la recherche du coup mortel.

— Vous vous rendez bien compte que vous faites le lit de la droite ! Vous ne pouvez pas continuer à vous insulter en public ! Le Parti l'exige. Si tu te présentes contre l'avis du Bureau national, Nicole, je te promets qu'on t'exclura.

— Pas si le PR me soutient.

— Tu n'en sais rien, s'il te soutient.

— Il ne peut pas soutenir un voleur.

— Avec ou sans investiture, j'ai la légitimité pour y aller. J'irai, prévenait Vellard. On ne va pas se faire représenter par une ancienne proche de Bockel, ministre sarkozyste, je le rappelle. Non mais tout de même ! De la dignité, quoi. La politique, ça a du sens, à Saint-Étienne encore plus qu'ailleurs : on incarne l'espérance des gens d'ici.

Pour sa pause déjeuner, Elliott Perez s'enferma à double tour dans la cabine. La présence humaine lui devenait intolérable. Il voulait en finir avec ce reportage, gagner beaucoup d'argent et disparaître. Désormais, la logique qui prévalait à ses intérêts roulait à double sens. Avancer au plus vite pour obtenir une libération anticipée ou retarder le travail pour ne pas s'y soumettre ?

Comme ça, pour voir, il transmit à l'homme qui l'avait libéré une flopée de questions. La piste de l'argent. Il avait lu ça quelque part, paraît-il qu'il fallait la suivre. L'existence des comptes à Jersey était une chose. N'y en avait-il pas d'autres, ouverts à d'autres noms que celui de Carlo Muruta, dans d'autres paradis fiscaux, profitant à d'autres personnes ? Parmi toutes les personnalités gravitant autour de l'affaire, qui aurait pu bénéficier des largesses de Rouault ? Ses adjoints, ses maîtresses, Camille Stern, qui d'autre ? Docuprod ne disposait pas des fonds nécessaires pour mener sur le terrain une investigation réelle.

« *Le PM* », répondit l'homme quelques minutes plus tard. Le Premier ministre qui, en 1981, était conseiller auprès du ministre de l'Industrie, affecté à l'urbanisme en 1989. Second SMS : « *Je n'ai pas les preuves, mais c'est plus que probable.* »

Perez accueillit la nouvelle avec circonspection : Jean-Jacques Pauillac ou la probité d'apparat. Comment croire que ce type à lunettes en écaille, à costumes mal taillés, qui portait la moustache au début de sa carrière politique, comment croire que ce type venu du droit civil, qui roulait en Volvo vert bouteille et passait ses étés du côté d'Arcachon, cet ancien bègue, comment croire que ce type était un corrompu ? La stratégie gouvernementale du pendu pour l'exemple se heurtait aux frontières de l'imagination. Voilà un homme qui en était parfaitement dépourvu ; monter des coups d'éclat tout en payant ses factures à l'heure, le citoyen moyen y voyait une incompatibilité. Les victimes idéales. Woerth, Juppé, Bérégovoy, Rouault, et maintenant Pauillac – la droiture aux orties. Pourquoi eux ? Face à ces figures-là, la puissance de l'État perd de sa superbe. Comment le gouvernement aurait-il pu prévoir que cet aimable contrôleur fiscal détournait de l'argent ? On vend le plus sérieux pour dédouaner les autres. « *Il masquait bien son jeu, comprenez, tandis que cette autre tête de filou ou que ce vendeur de tapis, on les surveille de près, eux. Mais lui : les bras m'en tombent !* » Et comme, partout en France, les bras tombent un à un, comme le public partage l'étonnement des élites, il accepte tout fait le discours empli de contrition qu'on lui sert en guise de *mea culpa* – « *ça ne se reproduira plus, j'y serai atten-tif* ». Elliott voulait-il vraiment, pour faire parler de lui, participer à ce détournement en règle ? Lui n'était ni militant, ni impliqué, se moquait de l'éthique comme d'un dieu qu'on trahit au sortir de la messe. Il ne jouait que pour lui et ne le cachait pas sous une foule de principes répétés à l'école. Lui désirait la paix.

Mais même dans cette cabine sans le moindre vis-à-vis, porte fermée, cigarettes à portée, soli-taire et seul maître apparent de ses choix, il ne l'obtenait pas.

Le ministère de l'Intérieur résonnait des colères du dirlo. Il fallait pourtant penser à autre chose, expédier les affaires courantes. Un adolescent avait été arrêté dans un collège avec un flingue en poche et Auvenanian devait donner à son sujet une conférence de presse commune avec son homolo-gue de l'Éducation. Le conseiller chargé des lan-gages lui avait rédigé un court argumentaire. Debout dans un coin de la salle, il attendait ses corrections. Mais Philippe Bresson ne quittait plus l'esprit du ministre. En jouant les chevaliers d'un ordre révolu, il menaçait tout son système. Auvenanian ne pouvait pas se positionner ouverte-ment contre lui – pas encore. Bresson n'avait pas même endossé aux yeux de la presse son costume de ministre. Ils n'étaient pas en guerre. Et quand bien même… Il aurait pu s'élever un peu, il aurait alors vite compris son avantage. Mais il ne parvenait pas à s'élever aujourd'hui. Bresson avait-il, comme il semblait le dire, transmis la lettre de démission aux journaux ? Si oui, pourquoi la presse n'en parlait-elle pas ? Et pourquoi les renseignements se montraient-ils infoutus de déterminer qui l'avait reçue ? Il laissa son bureau en plan, s'en fut marcher un peu du côté des jardins entre statues de chérubins copulant et buissons taillés, arborant comme toujours un sourire immuable. Un rosier bourgeonnant voulait jouer l'apaisement. Il arracha une fleur. Sa crédibilité de ministre était en jeu. La sortie de Pauillac arrangeait tout le monde ; mais si jamais l'enquête se recentrait sur le meurtre, il lui faudrait s'assurer de ne pas pâtir du climat de défiance qui toucherait tout le monde. Il aurait bien du mal à justifier les tâtonnements de la police. Le ton monterait : incompétence ou complicité ? Par goût de la nouveauté, on préférerait le voir en complice. Ses prédécesseurs, face à une telle situation, auraient évoqué « la République des juges » – il n'en pensait pas moins, mais la dignité voulait qu'il contienne ses ardeurs.

Cette négation du sentiment, cette urgence paralysante, la peur, il la ressentait en politique pour la toute première fois. Jusqu'alors, tout avait glissé sur du velours, quelques batailles internes où il entrait gagnant face à des camarades moins bien placés. Il se savait d'un autre pedigree. Mais là, contre la peur, tous les réseaux du monde s'avéraient impuissants. Elle s'attachait surtout à l'illusion si proche d'accéder aux fonctions supérieures

– échouer à ce niveau frôlait le ridicule, le fiction-
nel, une fausse joie pure et dure, presque une
déception. D'ordinaire, Sylvain Auvenanian ne se
décevait pas.

Les journalistes par grappes difformes s'instal-
laient dans la salle de conférences. Il était l'homme
fort et c'était chez lui que se tenaient les réunions.
Un huissier à chaînette gangsta rap et nœud
papillon blanc interrompit Auvenanian pour
l'avertir que le ministre de l'Éducation était arrivé.
À contrecœur, il l'accompagna dans l'hôtel de
Beauvau.

« Équipe », « parti ». Ils n'étaient rien d'autre
que des ambitions agrégées, des solitudes.
Auvenanian ressentait à l'égard du ministre de
l'Éducation une tendresse condescendante. La
société civile au pouvoir : mensonge suprême.
La voilà, la société civile, étouffée de principes et
rapide à les trahir. Mauvaise connaissance de
l'administration, culte de la concertation, amour
du consensus. Une gestion vertueuse et proprement inefficace, l'absence de résultat : un pousse-
au-crime. Jamais d'impulsion, de décision réelle.
Les gouvernants amateurs consignaient la politique mais ne la fabriquaient pas – des témoins de
l'exécutif tout au plus. Fort heureusement, il n'y
avait pas la plus petite once de pouvoir concen-
trée dans son ministère. Toutes les orientations lui
étaient imposées par le Président ou par l'urgence.
Le ministre de l'Éducation incarnait tout à fait
cette noblesse de robe qui achetait ses titres au
prix de ses mérites, « *un jeune homme brillant* »,

« *un futur ministre* », « *une tête bien faite* ». On le lui avait répété tant et tant de fois que la prédiction s'était réalisée. Cinquante ans et l'air jeune, de cette jeunesse toujours prolongée par absence de réalisme. La valeur n'empêchait pas l'orgueil et, foutu pour foutu, il croyait plus en lui qu'en toute chose tangible — ses échecs prouvaient d'eux-mêmes la justesse de ses positionnements politiques. L'assainissement : un idéalisme pour soi-même. Souffrez qu'on lui donne une marge de manœuvre et il deviendra comme les autres. Un élève maltraité devenu professeur – et parmi les plus durs ; un ancien employé devenu patron – et parmi les plus vils. Sa poignée de main était franche, son sourire également. Auvenanian pensa qu'il avait dû lui-même préparer ses réponses.

Chez Claude Sifran, la femme se découvrit. Elle n'avait pas souhaité parler à l'inspecteur, non qu'elle eût quelque chose à se reprocher, mais enfin les questions... Sa rencontre, la veille, avec le journaliste – puisqu'il s'agissait d'un journaliste, elle en était certaine – avait semé le trouble. Pourquoi toutes ces remarques sur l'argent, les ennemis ? Y avait-il tant d'argent ? Brigitte Rouault s'était plu à alimenter cette piste – si le journaliste découvrait quelque chose, elle l'apprendrait sûrement. Prétextant une urgence, elle s'était rendue dans le Var pour fouiner à son tour. Elle ne l'avait pas dit à Louis, ni d'ailleurs aux enfants. Cela ne les concernait pas. Pour venir, elle avait renoncé à une journée de travail, une journée importante et mieux valait pour elle la rentabiliser. Brigitte Rouault voulait sa part ; l'obtenir impliquait de retrouver l'argent avant les policiers. Elle agissait moins par cupidité que par envie d'équité. Les perquisitions au domicile de son ex-mari n'avaient rien donné. Aussi, et depuis l'heure du déjeuner, menaçait-elle Sifran de livrer à la presse d'étranges révélations sur ses activités sexuelles ni tout à fait légales ni tout à fait majeures et bon, on se comprend ; sauf si celui-ci acceptait de lui détailler très précisément ce qu'il savait de l'affaire des manufactures. Trente ans d'amitié, ça soude : Claude, fatalement, devait pouvoir lui fournir des informations sur la localisation des fonds détournés. Mais, depuis son arrivée, il jouait les imbéciles ; pour lui, la somme n'excédait pas les 700 000 euros décrits dans les relevés de la Banque Transatlantique. « *C'était ça, de mémoire, 4 ou 5 millions de francs.* » « *De l'argent de poche* », estimait Brigitte Rouault. Avec les rendements, sur trente ans et selon ses calculs, les comptes auraient dû abriter un montant équivalent en euros. Stern en avait profité, Marc évidemment. Elle non. Et Claude ? Il niait. « *Où se trouve cet argent ? C'est ça ou le scandale. Après ce que Marc m'a fait subir, je n'aurai aucune pitié pour toi.* » Claude Sifran la dégoûtait vaguement, de ce dégoût qu'on a pour les bossus riches, les ratés qu'on côtoie. Sifran soudain fut pris d'un tic nerveux, quelque chose relevant de la rotule tremblante ou du gel de paupière, un éclair dans la nuit.

— L'argent, il faut le déplacer soi-même. Où est-ce que Marc a accompagné le Président et le Premier ministre en déplacement ?

— Tu sais, je ne vivais déjà plus avec lui quand il a été nommé au gouvernement.

— Il me semble qu'il était à Washington lors de la rencontre avec les autorités américaines, je me trompe ?

— Ce n'est pas impossible. On s'en fout, ce n'est pas le sujet.

— Ça me dit quelque chose. J'avais été surpris qu'il se soit greffé à un déplacement aux États-Unis alors qu'il ne parlait pas un mot d'anglais. Attends une minute.

Sifran se mit à fouiller plusieurs tiroirs avant d'en extirper une carte prétimbrée.

— Oui, tiens, voilà le petit mot qu'il m'avait envoyé de là-bas. Il y avait Pauillac, le Président et Marc. Il le précise dans la carte. Je me souviens, le ministre des Affaires étrangères n'avait pas été convié. C'est tout de même étonnant qu'on l'ait préféré, lui, au ministre des Affaires étrangères. Regarde l'oblitération du timbre. Elle n'a pas été postée à Washington mais à Dover, c'est écrit sur le tampon. Tu sais où c'est Dover, toi, non ?

— Dans le Delaware, à cent bornes de Washington. On a des actifs là-bas, comme plein de boîtes du CAC 40. C'est un État sans taxe. Un genre de paradis fiscal.

— Ils appliquent le secret bancaire ?

— Non. Mais la plateforme FATCA pour l'échange des informations ne marche pas encore bien. Ce n'est pas forcément le meilleur choix pour un particulier, mais c'est un choix efficace pour qui doit agir vite.

— Qu'est-ce que tu vas faire ?

Elle se mit à sourire d'un air volontairement énigmatique et but une gorgée de café.

— Faire en sorte que des gens vérifient.

**

À part les journalistes – et c'était par devoir, pressé par un patron observant en silence –, qui regardait vraiment ?

« — *Un moment de haute portée journalistique, réalisé dans les conditions du direct par notre confrère Antoine Saint-André. Alors, Antoine, sans bien sûr dévoiler le contenu de votre entretien privilégié avec Camille Stern, l'ancien bras droit de Marc Rouault, je le rappelle, vous pouvez sans doute nous éclairer sur les conditions de cet échange.*

— *Oui, bien sûr, un échange réalisé ce matin, juste là, derrière, dans les locaux de BFMTV. Un échange sans langue de bois, si je puis dire, et assez surprenant de la part d'un homme habituellement discret qui a décidé de sortir de sa réserve pour, d'une certaine manière, et il le dit d'ailleurs, honorer la mémoire de son ami disparu. Alors il n'y avait pas de conseiller en communication présent lors de l'entretien et cela se sent bien évidemment dans la grande liberté de ton de Camille Stern. C'est la parole d'un homme libre qu'on y entend, un homme qui, malgré le contrôle judiciaire dont il fait depuis ce* matin l'objet, a décidé de s'exprimer pour lever les doutes et faire des révélations, ça je vous le garantis.

— *Vous parlez de révélations, il y en a, je le confirme, mais dans quel état d'esprit sentiez-vous l'homme qui a décidé comme ça de se livrer ?*

— *Un homme serein, libéré sans doute, après toutes ces années qu'on imagine pesantes, d'un poids, oui je dirais d'un poids sur sa conscience.*

— *Je vous interromps, Antoine, car il est 18 heures. BFMTV, la première chaîne d'info en France : entretien exclusif avec Camille Stern.* »

Le petit homme visqueux à lunettes en écaille mettait Pauillac en cause dès la sixième seconde. Une seule phrase suffit : « *Je tiens à dire que si Marc était responsable, il n'était pas le seul responsable. Il avait pour allié et même complice, si j'ose dire, dans cette histoire, le directeur de cabinet du ministre délégué à l'Industrie lors de la revente, devenu par la suite ministre délégué à l'Urbanisme lors de la réappropriation des manufactures par la ville. Aujourd'hui, cet homme, qui a profité des largesses de Marc, n'est-ce pas, de l'argent roi, cet homme est Premier ministre. J'ai des preuves de ce que j'avance et je compte bien les communiquer au juge d'instruction.* »

**

Elliott Perez ne s'était pas spécialement préparé à l'épreuve du cool télévisuel. Il était mal sapé, il s'en foutait pas mal. Un vendredi n'est pas coutume, l'émission se tiendrait en direct. En direct à cause de lui. Il l'ignorait bien sûr. L'appel de

172

Bresson avait rebattu les cartes. Exit le navigateur programmé pour l'enregistrement, toute la première partie parlerait de Rouault avec, pour invités, Perez et puis un journaliste du site à l'origine du scandale et puis un politique. Et puis, non, plus de journaliste : il avait décliné à la dernière minute. On avait bataillé pour lui trouver un remplaçant. En vain. On choisit finalement à sa place un expert en politique et en mondanités. Pour le politique, ce serait Auvenanian qui n'hésitait jamais à aller se montrer.

Elliott prit le métro jusqu'à Javel, ménageant ses aisselles à la sueur des changements dans l'espace exigu, souterrain et bondé où l'on se pressait les uns contre les autres, lumières opaques sur murs souillés, et jusqu'aux beaux quartiers qui n'avaient rien de beau sinon le vague ennui dont on s'y repaissait. Rame aérienne. Là, le métro changeait, on y voyait costumes, foulards, poussettes avec bébés très calmes. On pouvait même s'asseoir et il faisait plus clair. Plan séquence en sortie – on descendait en meute par le contre-escalier. En posant le pied sur l'escalator en panne, il se figea soudain, espérant être happé, tracté vers les hauteurs, retenu au sol par sa propre inertie. Et alors il monta une à une les marches nerveuses et sillonnées, quais de Seine en visuel en sortant du sous-sol et où aller alors ? Tout droit, bien sûr. Là s'élève un édifice en peau de piscine municipale, carreaux blancs et vitraux, des terrasses décoratives ; sa garde est partagée entre les Studios rive gauche et le ministère de la Justice. Des alliances explicites. Sept étages pour la crête du L, trois pour la barre principale, et partout les baies vitrées reflètent l'immeuble lui-même, plus un arbre par beau temps. On y entre sous auvent et parfois sous les ovations. C'est grand, c'est blanc, c'est dégagé.

Dans le hall, l'accueil se mesure au statut. Un agent de sécurité s'y colle – Elliott imagina que l'équipe éditoriale ne se déplaçait guère que pour les grands visiteurs. Un type de haute stature procéda aux vérifications puis appela une fille chaleureuse et dotée de badges colorés. Elle se perdit en salutations et prit la tête du cortège jusqu'à un ascenseur à look industriel, le tout pour débouler dans une antichambre lounge, un magasin Alinéa à murs blancs et violets et à canapés noirs et à hublots trendy, bars coloniaux, hauts tabourets sur supports métalliques. Affiché partout, le logo des studios. Là, quelques têtes connues de chroniqueurs mondains ne vinrent pas le saluer. On buvait des rafraîchissements dans une ambiance détente.

La fille pria Elliott de rejoindre le maquillage, un espace identique à celui dans les films – il manquait trois ampoules près du miroir géant. On le bichonna, couvrant sa face ingrate d'une épaisse couche orange sous laquelle disparurent tous ses problèmes de peau. On parla peu. « *Première télé ?* » Il ne répondit pas. Sur les panneaux, tout était calibré en grand : « La grande régie », « Le grand plateau », « Le grand extincteur ». Les autres arrivèrent à leur tour. Fardé, Elliott quitta serviette et compagnie pour gagner l'antichambre où des téléviseurs diffusaient les images du plateau vide. L'animateur, par principe, vint lui serrer la main, lui expliquant en quelques mots le déroulé du show et repartit gaillard pour saluer Auvenanian avec qui il entama une longue discussion en aparté.

Elliott s'éloigna sous les faux plafonds et trouva une loge aux parois lumineuses dans laquelle du champagne était gardé au frais. Il ouvrit la bouteille et en but la moitié, dont un bon quart de mousse. Il ignorait que Jean-Jacques Pauillac avait publiquement été mis en cause, sans quoi peut-être aurait-il tout bu. Quelque chose se passait. Un sentiment de solitude usurpée, la folie des grands espaces. Il rassembla ses esprits et ses cheveux graisseux, fixant du regard les œuvres standardisées qui décoraient la loge. Que s'était-il passé qui avait ainsi transformé son indifférence en agacement ? C'était de se sentir minoré, sans doute : son regard s'était fait plus dur le jour où il avait compris que c'étaient bien les autres, et pas lui, qui étaient dans le vrai. Quand il croyait encore à ses chances, à sa sagacité, il voyait bien plus loin, ne posait pas ses yeux sur les laideurs hâbleuses du monde moderne, les forçait à la transparence par la force de ses certitudes. Mais aujourd'hui... Solitude usurpée puisqu'il l'avait choisie, coupant un à un les liens qui l'unissaient au monde : amis, amours, famille. Mathilde, en le voyant, lui aurait sans doute opposé un sourire indulgent en haussant les épaules, l'air de dire : « *Tout ça ne vient que de toi.*

Qu'est-ce que tu veux manger ? » Gravités différenciées. Elliott entrouvrit la porte et regarda les filles. Journalistes, responsables, petites mains, érigés en modèles d'élégance, la France, *Ça c'est Paris !* Il comprit alors le mépris diffus que lui inspirait cet appétit pour le paraître. Ce n'était que le pendant de son rôle de minable. Mieux valait détester ce qu'on n'aurait jamais. Il s'imprégna de ça de manière chaotique, par couches entremêlées, dans une lucidité de drogué sans sa drogue. Il referma la porte, chercha comme il le put à se remémorer à quand remontait son dernier rapport sexuel, imagina sa suite auprès d'une des filles qu'il avait aperçues, fit des comparaisons physiques, retourna à Mathilde et se frotta les tempes. Il termina la bouteille. Éméché pour le dire – car il ne ressentait rien, surtout pas d'apaisement –, il reprit l'inspection de la décoration, se poussant à analyser précisément ce qui, chez elle, le dégoûtait. Des sérigraphies de taxis à New York. C'était décourageant. Et peu à peu, le vide : il ne pensa à rien. Ce n'est pas si facile.

Sa tranquillité n'était plus dérangée que par les échos des techniciens qui se racontaient la dernière ; puis le silence se fit et on vint le chercher. Sur le plateau numéro 3, l'animateur annonçait les thèmes de l'émission. Auvenanian et l'expert à chevelure soyeuse rejoignirent Elliott à l'entrée du plateau devant un écran noir strié de lampes lava. Salutations discrètes, sourires à dents complètes. On prononça titres et noms des nouveaux arrivants et alors le décor s'écarta en musique d'un bon mètre pour les laisser accéder à la table centrale devant les pulls en V d'une centaine de personnes toutes issues de l'ESSEC, de Sciences Po ou d'HEC. Les lumières, les gens, les choses – du Docuprod couvert d'argent, tout lui semblait familier sans pour autant qu'il puisse s'inclure dans la famille, de même qu'un majordome en sait long sur les châteaux de ses employeurs.

Brigitte Rouault changea de chaîne lorsque la silhouette rondouillarde de Camille Stern disparut de l'écran. Pauillac, maintenant. Pauillac : alors simple ministre, il était également présent lors du déplacement présidentiel à Washington. Pauillac, gardien sourcilleux de l'intégrité gouvernementale, soldat reconnu du sérieux budgétaire, Pauillac qui lui avait volé son argent. Elle n'avait pas de preuve ; à qui faire part de ses doutes ? Quand elle aperçut Elliott Perez se faire allumer sur Canal +, la réponse se présenta d'elle-même : au petit menteur.

Sous les halos suintants des projecteurs, on était mal assis sur ces tabourets chics.
— (…) La chronique politique.
— Oui, eh bien pour ma part, je suis quand même atterré de voir qu'on invite et laisse parler un journaliste qui ne respecte pas le plus petit degré d'éthique incombant à sa mission. Un journaliste qui filme un corps et en diffuse les images

sur Internet au mépris des intérêts de l'enquête, pour moi, ce n'est pas un journaliste, c'est un voyeur. Alors donc, nous voici conversant avec un voyeur comme si tout était normal. Mais il y a deux choses qui, dans cette affaire, me semblent particulièrement graves : la première c'est de voir que cette première attitude entraîne derrière elle toute la classe politique puisque Jean-François Copé a fait le choix de communiquer sur le plateau de France 2 plutôt que de fournir ses informations aux enquêteurs. Un geste imité, il y a à peine une heure, par Camille Stern qui n'a vraiment d'honneur que la Légion pour salir ainsi ses anciens amis.

— Vous allez un peu loin…

— J'assume. Dans quel pays un responsable politique peut-il se comporter comme ça ? Dans quel pays, je vous le demande ? La seconde, c'est bien sûr que ce suicide ou ce meurtre (on se croirait, je le dis au passage, dans une série américaine, hein, on diffuse une thèse à l'encontre des conclusions des enquêteurs pour faire parler, pour vendre), eh bien, c'est un paravent, un paravent qui cache l'affaire financière initiale, laquelle jette l'opprobre sur l'ensemble de la classe politique. Je crois pour ma part que c'est la démocratie qui est en danger aujourd'hui. Et que vous, Elliott Perez, vous êtes responsable pour partie du traitement désastreux de cette affaire.

— Une réaction, Elliott Perez ?

Il n'eut pas le temps d'ouvrir la bouche car déjà l'invité débitait ses âneries.

— Moi je voudrais réagir, juste un mot, si vous le permettez à ce que vient de dire votre chroniqueur et que je trouve d'une certaine manière très juste. Ce qui me dérange, dans cette histoire, c'est le climat de suspicion qu'elle est en train d'instaurer sur la classe politique, sur la classe médiatique, sur les forces de l'ordre et sur la justice, sur finalement tous les fondements de notre démocratie, la transparence, l'équilibre des pouvoirs, la probité des gouvernants. Et je souscris pleinement à cette analyse sur ce journalisme d'égoutier dont mon voisin s'est fait la voix. C'est un dangereux mélange des genres.

— « *La probité des gouvernants* » : n'allons pas trop vite. Moi, je tiens à affirmer ici que le gouvernement, et je parle en son nom, mobilise toute son énergie pour que la lumière soit faite sur cette affaire. J'exprime aujourd'hui toute ma solidarité et toute ma confiance au Premier ministre Jean-Jacques Pauillac dont j'espère que l'enquête parviendra à le laver de tout soupçon. Vous savez, c'est facile de traîner les responsables politiques dans la boue. Mais la Justice veille. Et je me joins à vous pour dénoncer les méthodes plus que douteuses dont usent l'opposition et ses complices – et je pense surtout à Camille Stern – pour déstabiliser la conduite des réformes courageuses que nous mettons en place. Ce n'est pas cela que les Français attendent des responsables politiques. C'est dangereux pour la société en ce que cela relaie les thèses extrémistes de ceux qui n'aiment pas la démocratie, qui n'aiment pas le suffrage populaire et qui préfèrent les coups bas à l'affrontement légal.

Les professionnels de la politique ont cette capacité à improviser des réactions qui semblent imprimées sur prompteur. Auvenanian en faisait une nouvelle fois étalage. Perez, transposé là au milieu du décor pour servir de repas aux fauves, se faisait tout petit. Il cherchait en lui-même l'énergie nécessaire pour exister un peu. Mais comment exister sans les armes des autres ? Il se faisait l'effet d'un militaire tribal barrant de son seul corps la route des colons venus en chars blindés. Comme souvent face à l'humiliation, Perez se replia sur la seule solution à la portée de tous : l'agressivité mal contrôlée.

— Monsieur le ministre, malgré ma qualité de voyeur – non, sincèrement, sincèrement je le déplore –, j'aimerais évoquer un document qui prouve l'effort déployé depuis le début de l'affaire par le gouvernement pour dérouter l'enquête. Ce document, c'est l'original de la lettre de démission rédigée par Marc Rouault, je l'ai ici. Et cette lettre est assez différente de celle communiquée par le ministère du Travail à la presse. On sera d'accord que, pour songer à modifier une lettre de démission en espérant que cela ne sera pas contesté par son auteur, il faut imaginer que celui-ci sera en incapacité de rétablir la vérité. Mort, ou assimilé. Je rappelle que cette lettre a été diffusée *avant* l'annonce de la mort de Marc Rouault.

— Vous vous rendez compte de la gravité de vos accusations, Elliott Perez.

— J'ajoute à cela, et je compte porter plainte, que j'ai fait l'objet hier d'un rapt orchestré probablement par la DCRI à la suite de la diffusion de mes images sur YouTube. On m'a enfermé pendant plusieurs heures dans un appartement sinistre pour m'impressionner et m'empêcher de faire mon travail. Ce que vous ne pouvez pas faire aux journalistes connus, vous n'hésitez pas à le faire à un journaliste moins en vue. Je dis cela avec d'autant plus de tranquillité que ce sont les mêmes services, aux idées manifestement changeantes, qui m'ont transmis cette lettre. Vos services, monsieur Auvenanian. Le gouvernement, dans cette affaire, ne joue pas clair du tout.

Et, se marrant un peu, imitant la diva, fasciné par sa propre aisance, aisance inespérée :

— Je vous laisse à vos dénégations. Allez-y, drapez-vous dans votre dignité bafouée.

— Écoutez, je suis désolé que cela se passe de cette manière, mais je me vois dans l'obligation de quitter ce plateau. Je ne laisserai pas un homme insulter impunément le gouvernement et l'État, je ne peux pas le cautionner par ma présence.

— Votre parole contre la mienne.

Auvenanian arracha son micro et partit sous des applaudissements aussi sincères qu'un lieu commun.

Elliott ne s'était pas reconnu. C'était le consensus qui avait tout créé. Ce consensus global sur les bonnes solutions et sur les bonnes personnes, cette manière lancinante de couper la parole pour diffuser la sienne. Ce sérieux. Ces certitudes de cadre.

D'ordinaire effacé, sûr de n'être pas à sa place, Elliott n'avait pu se contenir face à ce simulacre de procès orchestré pour l'audience. Il n'attaquait personne, il faisait son boulot, ne revendiquait rien et c'était déjà trop. Depuis cinq jours, depuis toujours, il était ballotté, trimbalé de lieu en lieu, de prétendu travail en prétendu travail, appliquant le programme qu'on lui avait attribué sans son agrément, subissait les événements, l'affaire et son nouveau statut. S'il pourfendait l'élite, c'était par obligation. Elliott incarnait l'antithèse de ces gens : dépourvu d'ambition, rien n'avait d'importance à ses yeux ; un rien les indignait. Leur compagnie forcée le radicalisait dans sa volonté de ne pas penser le monde, dans son comportement, dans sa conscience. C'était Boulanger sans moustache et sans barbe qui sortirait de ce plateau selon les spectateurs, un spectacle ambulant, l'homme du scandale aux bons soins de Médiamétrie. Jamais il n'avait souhaité en arriver là. Aucune issue favorable. Autour de la table, les discussions continuaient, émaillées de sketchs, de chroniques et d'humour qui diluaient l'absence de propos. On envoya la pub.

Alors : le silence. On s'écharpait pour la galerie, sitôt les projecteurs éteints, l'opinion s'affaissait : dans leurs costumes civils, les défenseurs du juste bien s'échangeaient des banalités sans s'occuper de lui. Qu'était-il sinon un jouet ? Pas même un compagnon de jeu. Posé là, il faisait office de miroir aux ego. L'un des décrypteurs politiques recevait des SMS ministériels qu'il lisait en riant, les montrait à son acolyte qui riait à son tour. Les chroniqueurs se levaient pour pisser ou pour compter leur fric gagné à se montrer. La pub tournait, la chaîne engrangeait. Mais nul ne s'exemptait du sérieux dévolu aux passeurs de l'information.

Le portable de Perez vibra. « *Si vous voulez continuer à vous prendre pour un inspecteur, j'ai une piste pour vous.* » Brigitte Rouault. Il se promit de répondre plus tard. Le programme reprit : il y fut question de politique – qui est ce Philippe Bresson qui remplace Marc Rouault ? – et d'humour – invités bankable. On ne parla bientôt plus de l'affaire et Elliott Perez n'intervint plus. Seule la première partie de l'émission était diffusée en direct. Toute l'équipe abandonna les lieux sur les coups de 20 heures. On repassa aux loges. On ne se parlait plus. Quelques journalistes parmi les plus jeunes allaient dépenser leur argent dans les bars d'Oberkampf. Elliott Perez resta à bonne distance et décida de les suivre. C'était une expérience presque sociologique, un « Vis ma vie » de jeune branché. Ils prirent le métro pour jouer à M. Tout-le-Monde. Perez restait tout près, l'œil sur son téléphone pour jouer la contenance, l'air du là par hasard.

Dans la rame, du bout des lèvres et comme pour exhiber sa distance avec le félon, un des chroniqueurs proposa à Elliott de se joindre à eux : présageaient-ils qu'il compterait désormais parmi les gens qui comptent ? Il ne refusa pas. Avec eux, dans des lieux ennuyeux, il perdit son argent en breuvages susceptibles de dissoudre l'ennui. Les discussions de l'intelligentsia neuve étaient semblables à celles des autres, entre soi et distanciation, fraternité d'école : « *Ah tu as fait Strasbourg ? Ah OK, oui, c'est bien.* » À part la politique, dont ils ne parlaient guère que pour donner le change, le cœur des préoccupations, le nerf des inquiétudes, c'était bel et bien l'argent et sa reconnaissance sociale, le pouvoir, son statut et ses blagues de cul auxquelles s'esclaffent tous ceux qui en veulent davantage. Ils ne se côtoyaient que pour se rappeler à leurs souvenirs respectifs. Ils étaient concurrents, d'une concurrence complice de sachant chasser sans leur chien, et s'il y avait entraide, c'était en prévision du renvoi d'ascenseur. Pas de drogue, pas d'oubli, de la modération et de la dignité, surtout ne pas ternir son image publique, rester fidèle à ce que l'on souhaiterait que les autres pensent de soi, savoir se placer. Pour contrebalancer, Elliott profita de leur argent pour devenir minable, mains aux fesses et insultes aux barmen un peu lents. Et comme, faisant scandale, il renversait les verres et ne parlait plus que par provocations, Elliott les vit tous prêts à lui ouvrir les bras dans ce ballet sans fin où l'on dansait tout seul. Le lendemain, sur les réseaux sociaux, il recevrait soudain cinquante demandes d'ajout au nom d'une amitié que seule sa notoriété soudaine justifierait. Eux suivraient la progression du nouveau, espérant profiter de son aura naissante, pouvoir parler de lui comme d'une connaissance, d'un proche, d'un ami. Savoir se placer. Toujours. Surtout. Pour l'heure, à son dixième Picon, Elliott surjouait l'ivresse et voyait l'amusement un peu condescendant de tous ces compagnons qui craignaient à ce point pour leurs réputations qu'ils appréciaient à tous les titres de voir quelqu'un ruiner la sienne. Il était en roue libre.

✳✳

Sous la houppe du Président, Jean-Jacques Pauillac, Élisabeth Crussol, Philippe Bresson et Sylvain Auvenanian – soit le gouvernement resserré moins Bercy – profitaient de l'air un peu trop chaud pour un soir hivernal dans le parc de Matignon. Déjà, il n'y avait rien à dire. Autour du palétuvier vivotant que le Premier ministre avait planté un an auparavant pour satisfaire à la tradition, on bouclait le travail. Pauillac profitait peut-être moins que les autres de cet air étouffant comme celui d'un caveau. Sa lettre était déjà rédigée.

— Je connais les procédures. Je prendrai tout pour moi. À mon retour je veux retrouver ma circonscription.

Bresson, comme souvent, parla pour ne rien dire :

— Tu chargeras Rouault pour alléger la barque. Qu'as-tu fait de l'argent ?

— J'en parlerai au juge.

— Ne t'inquiète pas pour ça, Jean-Jacques, c'est sous contrôle.

Le ministre de l'Intérieur avait l'air sûr de lui. Selon son habitude, le Président, imperméable à toute forme d'émotion, se recentra sur du tangible.

— Sylvain, tu vas remplacer Jean-Jacques à partir de lundi. Je n'ai pas d'autre choix que d'accélérer le calendrier. Mais cette histoire de DCRI, mieux vaudrait la régler dans la semaine. Quant à toi, Philippe, tu as intérêt à résoudre le merdier dans lequel cette histoire de lettre remaniée nous met tous.

— « *Les modifications ont été réalisées à la demande expresse du Premier ministre.* » Désolé, Jean-Jacques. C'est comme ça.

— Quand je pense, Philippe, que c'est moi qui ai soufflé ton nom au Président il y a deux ans, je réalise à quel point ce métier est ingrat.

— Si Rouault a été assassiné, personne n'aura droit à la gratitude des juges ou des électeurs. Tu as eu des nouvelles du parquet, Élisabeth ?

— Le procureur de Toulon m'a informée que les recherches complémentaires ne donnaient, comment dire, rien. Il serait bon d'attaquer au plus vite en diffamation le journaliste qui nous accuse de dissimuler des informations. Nous enterrons Rouault et, après les élections, le temps politique devrait, n'est-ce pas, revenir à la normale.

Pour Bresson, moins rodé à l'exercice du pouvoir que tous ses congénères, ces considérations relevaient d'une étroitesse de vue presque pathologique. Il éclata de rire, de ces rires tristes qui forment les dernières armes des hommes intelligents.

— Cela ne change rien au fond du problème. Désormais notre action sera entachée d'un soupçon permanent. Nos réussites sociales seront qualifiées de recels, nos échecs de pieds-nickeleries. Des journalistes doivent déjà préparer des docu-fictions sur la mort de Rouault. Nous faisons vendre, c'est bien le problème. Assassins ou voleurs, même la prison ne rachète pas les fautes commises devant l'opinion publique. Il en faudra des affaires pour que tout s'oublie !

Et Bresson s'éloigna, laissant les autres à leur veillée funèbre. Pauillac ne voulait pas dire où se trouvait l'argent. Pourquoi ? Et pourquoi Auvenanian avait-il noyé le poisson ? Tout était-il réellement sous contrôle ? Il n'avait pas confiance en la gestion d'Auvenanian. Il prévoyait un nouveau coup dur. Quelque chose le tracassait. Il emprunta un chauffeur et fit route vers Grenelle. À travers les vitres teintées, il chercha à entrevoir les contours de cette non-ville où s'étalait l'argent – sa ville. Il demanda au chauffeur d'augmenter le volume d'une station musicale, chercha à établir auprès de lui un quelconque contact et puis n'y parvint pas. Il passa à autre chose : déjà, ils arrivaient.

De retour dans ses bureaux, Bresson s'empressa d'appeler Bercy. La ministre n'était plus là. Passez-moi son directeur de cabinet. Ordre du Président : diligentez au plus vite et le plus discrètement une enquête fiscale visant Suisse, Singapour, et tous les paradis fiscaux. Faites jouer les accords FATCA. Nous cherchons des comptes ouverts par Jean-Jacques Pauillac ou Marc Rouault dans les dix dernières années.

Comment ça, déjà fait ?

✳✳

L'officier de police judiciaire avait revérifié l'emploi du temps de Marc Rouault et celui des témoins. Ses conclusions étaient formelles : suicide.

— On l'embarque alors ?

— Embarquez-le.

Le corps de Marc Rouault s'envola pour Paris, sous conditionnement longue conservation.

La cérémonie crématoire aurait lieu au Père-Lachaise, avant mise en terre de l'urne au cimetière du Crêt-de-Roch en compagnie de tous les notables stéphanois. Toute sa vie, Rouault avait rabâché la détestation que lui inspiraient ces deux endroits. Sa femme en avait pris bonne note.

⁂

« *Mon ex-mari cachait son argent dans le Delaware. J'en suis convaincue. Je suis prête à vous payer au pourcentage si vous parvenez à le retrouver pour moi.* »

C'est la réception de ce message qui tira Elliott de son coma public. Sur le banc d'un jardin du boulevard Richard-Lenoir, il retrouva la vue et son filtre déformant grossi par les halos des lampadaires. Il ne comprit pas tout et se remit en route. La migraine était loin et l'air frais de la nuit le transposa encore – le transposait toujours – sur ces lieux parallèles et propres au cinéma qu'il jugeait adaptés à accueillir sa vie. Il pensa au message : se reconvertir détective privé. Y jouer tout du moins. Il s'en sentait bien incapable. Combien pouvait-il y avoir sur ce compte ? Suffisamment pour qu'un simple pourcentage finance l'achat d'une maison avec terrasse quelque part dans Buenos Aires ? Accéder à la propriété – un rêve de vieux. Elliott Perez n'était plus si jeune.

Gare du Nord, les premiers habitants nettoyaient le dallage, en blouse sous le regard des flics. Dans les odeurs de propre mélangées au vomi, il attendit une heure que le trafic reprît, et c'est en compagnie de travailleurs sociaux, de gardiens, de veilleurs, de femmes de ménage, de jeunes mecs ivres morts : d'ennuyés de toutes sortes, qu'il alla s'ennuyer à son tour à Saint-Leu.

SAMEDI, matinée.

N'en déplaise aux adorateurs du secteur privé, il arrive aux fonctionnaires de travailler le samedi. Prenant les devants, Jean-Jacques Pauillac se rendit de lui-même au bureau du juge Bergollet. Tout raccourci de procédure bénéficierait à l'État. Chemin de croix : la foule automobile gênait son arrivée de Christ moderne en attente de flagellation. Mais la presse n'en avait que pour les dissimulations d'un gouvernement qui s'enlisait. Qui voulait désormais croire au suicide ? On s'indignait de voir l'enquête bâclée, le corps rapatrié alors que la version officielle n'avait rien d'acceptable. Quitte à ce que le sang se verse, qu'il verse au moins dans l'inédit, le tragique, le grandiose. « *Un meurtre* », murmurait-on comme au XIXe siècle de bouches en oreilles. « *Ces barbouzes qui nous gouvernent.* » Pour ma part, je ne fais que relayer les dires.

Jean-Jacques Pauillac dans sa dignité bafouée de truqueur pénitent, donc, communiqué fendu sur les ondes du matin, contrition orchestrée d'autant plus pathétique que si elle semblait fausse elle était sans doute vraie. Regard de chien aimé ayant mangé l'enfant, une carrière qu'on fractionne, un parcours exemplaire dont on déterre les rouages, « *Ma part d'ombre* », Ellroy et Cahuzac. Bergollet, en travailleur sérieux aimant bien son travail, désirait s'éviter le rôle du père la Morale. Il devait consigner et non absoudre. Que c'était dur pourtant de demeurer sérieux face aux implorations qui émaillaient chaque fait, chaque détail, chaque seconde. Mais quand vint la question du montant et du lieu où il était gardé, l'assurance politique refit surface.

— 300 000 en liquide. J'ai tout claqué. Je n'en ai même pas fait profiter ma famille ou mes amis. C'est monstrueux. C'est irresponsable.

— Vous comprenez bien que personne ne souscrira à votre histoire et moi moins qu'un autre.

L'interrogatoire se prolongea jusqu'en fin de matinée et comme la version de Pauillac demeurait inchangée sur la seule question d'importance – l'argent –, Bergollet, à bout de nerfs, se résolut de nouveau à user du statut de témoin assisté qui, dans d'autres pays, se ferait plus raisonnablement appeler « mis en examen influent ». Pauillac contacta son avocat. On reprendrait tout ça dès lundi. Bergollet avait également envoyé des lettres de convocation au promoteur et à l'homme d'affaires impliqués. Beaucoup de travail en perspective. Il passerait son dimanche au Bois pour décompresser.

**

Le Président dans son bureau appela personnellement Étienne Vellard pour lui demander de se retirer de la course. On ne pouvait, dans les circonstances actuelles, donner l'investiture à un homme visé par une enquête judiciaire. Ce serait se tirer une balle dans le pied. Vellard comprendrait bien la responsabilité incombant au gouvernement. Il ne fallait pas sous-estimer l'ampleur de la crise institutionnelle. S'il acceptait, on l'aiderait à se défendre et on lui affecterait une planque au Conseil économique, social et environnemental dès la prochaine session de désignation. N'était-il pas fait pour recueillir les amis de la majorité ? Étienne Vellard refusa, réitérant ses menaces de mener seul une liste. Alors le Président, adepte du consensus et fidèle à l'écoute, raccrocha calmement avant de demander au premier secrétaire d'excommunier Vellard dans la minute ; car si les ambitions avaient droit de cité chez les hommes politiques, le Président trouvait inconcevable qu'on ne respecte pas ses prérogatives, bordel de merde. On pria le médiateur de rentrer à Paris.

Philippe Bresson avait retourné le problème dans tous les sens. À sa connaissance, aucune directive n'avait été adressée à Bercy pour diligenter une enquête fiscale. Qui avait pu prendre cette initiative ? La ministre elle-même ? Trop proche du Président pour prétendre mener de front une enquête indépendante. Auvenanian ? Il n'avait pas ce pouvoir et ne comptait de toute façon que sur ses propres équipes. Qui, alors ? Ne restait que le Président. Mais pourquoi aurait-il décidé de confier à Bercy la tâche qu'Auvenanian s'était lui-même attribuée ? Dans son appartement, loin des fastes du pouvoir, Bresson se sentait impuissant à résoudre les énigmes. Il avait, comme les autres, le droit à du repos. Dût-il durer une demi-journée, il en profiterait pour lire ou bien pour boire – il en profiterait pour oublier Rouault. Mais les livres toujours le ramenaient au travail et le café avec.

Il négligeait sa vie et surtout ses amours, se négligeait lui-même, allégé des idées, alourdi par la mission de défendre un empire démocratique, dans la balance qui pèse le plus ? La schizophrénie au pouvoir. Faites ce que je dis, pas ce que je fais. Son sens du devoir phagocytait ses convictions. Il devait désormais manœuvrer l'opinion au nom de la justice et des intérêts de son clan – logiques contrariées. On l'admirait pour ça et lui n'en retirait qu'un sentiment de honte.

Pendant des années, il avait refusé les facilités, refusé de se vendre. Ses amis, eux, oui, s'étaient vendus, ils avaient changé, ils avaient cédé aux impératifs du quotidien. La communication, les postes un peu fictifs, un peu réels aussi, les gardiens du temple et du penser-pareil. En gagnant des galons ils avaient perdu de leur fantaisie et de leur intérêt. On ne se voyait plus que pour les souvenirs. Plus d'une fois, ils avaient approché Bresson pour lui offrir des postes à sa hauteur. « *Arrête tes conneries, tu vas avoir quarante ans, il faut que tu gagnes du fric, Philippe. Et puis ça n'a rien d'incompatible avec ton engagement moral. La preuve : regarde-moi, je fais la part des choses*. » Son parcours et ses relations impliquaient fatalement ce genre de discussions. Lui avait préféré ne pas se compromettre, rester dans le civil cette force intellectuelle au contact du réel et non pas inféodé aux exigences du pragmatisme. Chercheur, intellectuel, il rendait des services, publiait des tribunes, mais n'allait pas plus loin. Les coupes dans les crédits universitaires, le bling-bling rocailleux, cette France qu'on bradait, avaient naturellement nourri son indignation, fait germer son militantisme. Comment se rendre utile, comment participer ? Il y aurait eu lâcheté à laisser les autres s'occuper de l'après. De fil en aiguille on rencontre des gens, on rejoint des équipes, on gagne, on gagne encore et on obtient un poste.

Il n'était pas seulement question de moralité. C'eût été lui donner le beau rôle. Une relation trop longue avait fini par choir à cause de ces histoires ; l'ambition se mérite. Un couple séparé par les piles d'impayés. Pas question d'avarice, juste les contingences, les contingences toujours : quand on rentre le soir, on veut parler d'autre chose que d'arrangements financiers. Dès sa première rencontre avec le Président en devenir, Bresson avait pensé au parcours fulgurant qu'on lui offrait peut-être. Il espérait qu'arrivé en bout de la chaîne il pourrait proposer une trêve et de nouveaux souvenirs. L'histoire n'avait pas tenu. Il avait obtenu ses petites récompenses et la tranquillité et désormais c'est seul qu'il n'en profitait pas. Bien sûr, il y avait la satisfaction intellectuelle de concevoir des choses qui avaient un impact.

Mais était-ce bien lui qui les concevait ? Ne pensait-il pas déjà en vase clos, les contraintes intégrées faisant rebondir ses idées un peu libres dans un jeu de flipper mental dont la bille ne s'échappait jamais ?

Il alluma la radio puis l'éteignit aussitôt à l'écoute de ces voix qu'il connaissait de trop relater des histoires qu'il connaissait déjà. Sortir, enfin, sortir. Au musée, au parc, au cinéma, c'était sans importance. Il décrocha son téléphone, appela un ami. Cinéma ? Difficile avec les enfants. Mais passe à la maison ! Bresson hésita, accepta finalement, enfila son pardessus – étoffe chère et trop chaude – et descendit à pied.

Il cherchait un peu d'ouverture, d'air. Il voulait rire un moment, parler de choses et d'autres. On l'accueillit en fanfare, on l'accueillit trop bien, en représentation. Les relations humaines autour de lui prenaient une étrange tournure, elles dégageaient une naturalité digne d'un entretien d'embauche. « *Désolé pour le cinoche, mais Claire est à Dubai pour un colloque, alors je m'occupe des petits. La nounou ne travaille pas le week-end.* » Questionnements empesés, considérations fades, on parlait du travail. Bresson essaya de se détendre un peu, chercha des points communs. « *Tu es passé chez Maxime, dernièrement ? Son appartement est en train de devenir une sorte de musée du kitsch cher : c'est à pleurer de rire…* » Bresson souriait, déjà prêt à poursuivre la description cruelle d'un intérieur de nouveau riche, mais l'ami n'aidait pas : « *Ah bon ? Je ne vois pas pourquoi tu dis ça !* » On ne se comprenait plus. Bresson leva les yeux. L'appartement aussi sentait le nouveau riche. Quand il revint à lui, l'ami-père-de-famille faisait à ses enfants des recommandations d'un cliché absolu. « *Arrête de jouer avec l'iPad de papa, tu vas le casser, tu sais combien ça coûte ?* » « *Non, je t'ai déjà dit que le lait de vache, c'était mauvais pour toi. Si tu veux un yoghourt, tu prends un Soja Sun.* » Alors Bresson se mit à rire franchement en se voyant, lui, dans cette pièce, au milieu d'inconnus ; et ce rire eut pour effet de lui redonner confiance en ses choix, en sa vie. Il était encore loin d'un tel niveau de bassesse. Il prit tout le plaisir du monde à boire ce café « *ramené d'Arménie où j'étais pour une réunion, tu vas voir il est bon* », à écouter l'ami raconter ses histoires passionnantes dont l'épilogue évoquait systématiquement le secteur bancaire. Bresson rit encore beaucoup, il rit sans se forcer aux mots d'esprit vulgaires qui émaillaient toute cette aimable conversation, joua un peu avec l'aîné qui faisait ses devoirs avec la prétention héritée de papa, fier de faire étalage de ses facilités, nourri par les discours sur son intelligence. Puis Bresson prit congé en remerciant vivement.

De retour chez lui, ragaillardi de se sentir encore en phase avec lui-même, il alluma l'ordinateur portable. Au moins son engagement avait-il un peu de sens. Plus que la vie des autres, machinale et sans suite. Bresson consulta sa liste de mails personnels, inviolée depuis le lundi précédent. Rien, ou presque. D'aucuns lui proposaient d'acheter des charentaises, d'autres offraient leurs services en comptabilité. Il déplaça les pubs dans ses indésirables et la boîte à déchets apparut aussitôt. Parmi la multitude, un courrier daté du mardi à minuit lui sembla pertinent. Il provenait d'un hébergeur temporaire.

Expéditeur : rouault@yopmail.com
Objet : Inventaire avant liquidation

Philippe,

Je t'écris à toi parce que tu le mérites.
Ils vont chercher l'argent. L'argent est à Dover, dans le Delaware, sur un compte ouvert au nom de Laura Comurt lors du déplacement présidentiel à Washington de 2012. C'était une idée de Jean-Jacques que de le dispatcher pour ne pas attirer les soupçons. Nous venions d'être nommés. Le Président était au courant. J'insiste là-dessus : c'est lui qui nous a proposé de l'accompagner à Washington.
Je comptais le réinjecter dans la fédération quand le besoin s'en ferait sentir. Tout compte fait, ils se démerderont.
Quand je dis qu'ils vont chercher l'argent, ne te méprends pas : ils vont tous le chercher. Ma femme, le Président, le juge qui instruira l'affaire, Camille, les journalistes, mes enfants, Bercy, l'Intérieur, mes associés lors des transactions.
Ils vont chercher l'argent et toi, désormais, tu sais où il se trouve. Si tu rends ce mot public, ils te poursuivront tous pour complicité. Je ne pense pas que tu le feras.

C'est donc en toute confidentialité que je t'informe de mon suicide. Je ne me suicide pas par désespoir, je ne cède pas aux aboiements des chiens, je ne pleure pas mon honneur perdu. Je me suicide simplement pour vous faire chier. Pour que l'on vous accuse de complicité ou de dissimulation. Je me suicide comme on se jette sous un train pour retarder une ligne. Pour que vous assistiez, dès les élections, à l'effondrement du système que vous avez consacré votre vie à construire, au nom d'une idée à laquelle vous n'avez jamais cru ou par opportunisme.

Désormais tu as le choix : divulguer cet aveu au nom de la vérité, couler le Président qui nous a tous couverts et te faire harceler par des chasseurs de primes ; ou bien fermer ta gueule, rapatrier l'argent, en disposer selon ton humeur et laisser le gouvernement se débattre en criant au complot. En pièce jointe, tu trouveras un pouvoir sur mon compte hébergé à la Bank of America. Il y a 5 millions. Fais-en bon usage.

J'ai pensé que ce dernier dilemme te permettrait de professionnaliser ton parcours politique. Tu arrêteras peut-être de faire rire tout le monde avec ton discours de la méthode et tes leçons d'éthique. Tu ne vaux pas mieux qu'un autre. Maintenant tu le sais.

Amitiés socialistes,

MR

Bresson refit du café ; était-ce le marc ou le mail qui provoquait ce retour de tachycardie ?

Peut-être, après tout, ne valait-il pas mieux qu'un autre. Il suspendait sa décision aux événements qui surviendraient. Suicidé ou assassiné, Rouault demeurait un problème dont le fond était inchangé : si le Président savait où l'argent se trouvait, ce ne pouvait être lui qui avait demandé aux fonctionnaires de l'Économie d'ouvrir une enquête. C'était donc Auvenanian. S'il choisissait Bercy, c'était pour se couvrir. Il préparait quelque chose. À cette pensée, le cerveau de Bresson libéra un stock d'adrénaline que ses neurones épars gobèrent à la volée. Une bouffée chaleureuse, un enivrement vif, une pastille de drogue dure en surconsommation : la conscience du pouvoir. Oui, Bresson disposait du pouvoir nécessaire pour en obtenir plus. Il attendrait l'enterrement pour bouger. Par excitation, il sortit des placards plusieurs costumes sombres pour décider de celui qui lui siérait le mieux. Il prendrait le cintré. Il valait mieux qu'un autre.

Samedi, après-midi.

Autour du Président, on s'affairait vivement. Détente au Château, chemisette sans cravate, une douce ambiance de Baule. Les télévisions retransmettraient pour partie l'enterrement de Rouault. Il fallait soigner l'image, ne pas sembler trop proche ni trop lointain du mort, prendre de la hauteur sur les événements, sur la vie. Pas question de chiens ni de l'honneur d'un homme, les temps avaient changé. « *Vous vous rendez sur place en simple citoyen* », conseillait Havas numéro 1. « *Un simple citoyen dont on attend les mots* », ajoutait Havas numéro 2. Un enterrement comme un autre. Le Président n'écoutait que distraitement ces avis avisés, assénés avec la certitude du plan en trois parties, *Reader's Digest* de cours de marketing pas si bien digérés. Non, le Président avait d'autres choses en tête. Il était suspendu à l'appel de Bercy qui lui permettrait peut-être de se débarrasser des deux zouaves. Il ne les avait recrutés que pour abonder dans le sens d'Auvenanian. On contrôlait mieux un animal nourri qu'une bête sauvage. Et leur présence éloignait Bresson du nœud décisionnaire. Bresson était utile à un poste inutile. Il fallait le flatter par des honneurs de cour – le travail en était l'exemple type. Le vrai pouvoir ne se partageait pas entre tous les ministères : à l'Élysée, à l'Intérieur, à Matignon, on décidait. Bercy disposait du pouvoir de dire non. Mais n'en faisait pas usage. Le reste ne constituait qu'un décorum républicain, une opérette pour ambitieux. En temps de crise, les fantoches alignés en première ligne répondaient à l'appel des vrais décisionnaires. Auvenanian avait cru jouer finement en commanditant l'enquête auprès des effectifs de l'Économie pour gagner en crédit et doubler tout le monde. Cela, bien sûr, faisait le jeu du Président qui n'avait pas à mettre les mains dans le cambouis. C'en était à croire que ce pauvre Auvenanian, s'il rêvait d'Élysée, ignorait tout des cellules d'information internes qui rapportaient au Président les faits et gestes de ses ministres. Et quand le ministre tutélaire viendrait à être informé des conclusions par un exécutant consciencieux, c'est évidemment au Président qu'il en référerait. Pas à Auvenanian. Alors on aviserait pour obscurcir tout ça. Il fallait au plus vite effacer toutes les traces de sa complicité passive, sous peine de déclencher une crise diplomatique et politique.

« *Une dignité tout humaine, vous êtes ému mais pas bouleversé ; un président n'est pas bouleversé. Il tient debout dans la tempête. Vous parlerez du pouvoir, de sa charge, de son poids, des responsabilités qui lui incombent. Vous parlerez de la personnalité de Rouault, de son goût des choses simples, du plaisir qu'il ressentait à visiter les marchés de sa ville, à résoudre les problèmes de ceux qui le sollicitaient, de la manière dont il incarnait une idée peut-être un peu vieillotte mais la seule idée qui vaille de l'action publique. Vous parlerez bien sûr de sa mort mystérieuse, mais vous insisterez surtout sur sa vie dédiée au service de la collectivité.* »

Bresson écrivait mieux.
Bercy n'appelait pas.

✳✳

Fallait-il ou non en référer au ministre ? Pour le chef de bureau, il en était hors de question tant que le ministre de l'Intérieur n'avait pas obtenu directement sa réponse. Il s'agissait d'un dispositif exceptionnel visant à déterminer les implications de tous les ministres, Bercy compris. Il en allait de la sûreté de l'État. Chacun sa légitimité, la sienne était républicaine. Mais le fonctionnaire en charge de conduire l'enquête interne qui, chaque jour, recevait de nouvelles réponses négatives de Suisse, de Singapour ou d'Uruguay, n'était pas à l'aise avec cette démarche effectuée en dehors des procédures. N'allons pas jusqu'à parler d'insomnie, ce serait le croire plus bête qu'il n'est. Mais tout de même, travailler ainsi un samedi jusque tard en faisant jouer tous les accords internationaux d'information bancaire, ce n'était pas commun. La procédure prétendument la plus simple et par voie de conséquence la plus compliquée concernait les États-Unis. L'automatisation des réponses de l'accord FATCA imposait au demandeur de formuler ses questions de manière extrêmement précise, qui descendaient ensuite État par État pour remonter au Fédéral. Quel pensum ! Et les dossiers importants qui attendaient ! Non, vraiment, tout ça n'était pas régulier.

Il reçut tardivement la réponse de l'administration américaine qui lui transmit une liste des trente-sept mille Français possédant un compte aux États-Unis. Aucun ne répondait aux noms de Marc Rouault, Jean-Jacques Pauillac ou Carlo Muruta. Il transféra la liste à son responsable, selon la procédure officieusement établie. Et puis la quille. Mais il n'était pas tranquille, la conscience électrisée d'avoir mal agi, mal fait, de s'être fourvoyé en ne respectant pas le code de conduite qui valait pour les autres. Il revint sur ses pas dans les couloirs grisâtres et, hésitant encore un instant sur le pas de la porte, retourna à ses dossiers. Assis à sa table de travail, sur du papier à en-tête il rédigea un mémo à l'attention de la ministre. Puis, se perdant un moment qui lui parut infini dans le labyrinthe des officines, il gagna le bureau du chef de cabinet et lui transmit la note.

**

Un correspondant du *Progrès* attendait Jean-Jacques Pauillac à la sortie du tribunal. Journaliste du genre stagiaire mal noté, pas forcément content d'être là.

— Monsieur le Premier ministre, monsieur le Premier ministre, un commentaire ?

Pauillac, les yeux tirés, balaya la demande d'un geste d'agacement.

— Pas de commentaire. Foutez-moi la paix.

**

Elliott Perez s'était réveillé en milieu d'après-midi. Depuis il paressait dans l'ennui. Dans sa chambre figée depuis l'adolescence – posters de mauvais cinéma, guitare abordable, ennui abondant –, écoutant un air de jazz intimiste, fumant la dernière cigarette du paquet, il percevait le temps en machine infernale dont les secondes dilatées lui pénétraient le corps. Il ne travaillerait pas, ne ferait pas ce plaisir au patron ; mais l'oisiveté ainsi n'avait plus de saveur. Lire ? Il ne lisait pas. Les films l'endormaient. Restaient la torpeur et l'insatisfaction. Perez n'avait pas le goût de la divulgation. Il se fichait bien de faire éclater une vérité quelconque – Rouault avait-il été tué ?

204

Certainement : mais en quoi cela le concernait-il ? Bien sûr, il avait pris plaisir à jouer les trouble-fêtes dans ce débat d'idées creuses, à prendre le contre-pied du mieux-disant télévisuel, à faire voir autre chose, à défendre autre chose. La fumée consommée enveloppait la pièce d'une épaisseur nouvelle, donnant aux objets vagues une densité plus forte, un grain de super-8, un filtre un peu passé. Ce détachement soudain aux événements du temps lui procura, par la mise en scène de sa propre inaction, une ébauche de paix intérieure.

Il se trouvait un but comme on choisit une secte. Elliott n'était pas dupe de lui-même : il avait l'intuition suffisamment aiguë pour saisir le ridicule de sa situation, se reconnaître aussi dans les travers des autres. Mais à trente ans, n'avoir rien accompli et ne pas même sentir le besoin d'accomplir, n'avoir ni d'ambition pour le grandiose ni d'affection pour l'ordinaire, n'être rien, qu'un fusible quelconque au milieu des ensembles – et plutôt moins bien bâti que les autres – c'était désespérant. Il s'empara de la guitare, chercha quelques accords de bossa nova qu'il écorcha sur les cordes abîmées, balança la guitare. On frappa à la porte : son père se demandait s'il était bien là. Est-ce qu'il voulait manger ? Ou bien peut-être avait-il des occupations plus urgentes, comme ne rien faire du tout ? Il se voyait, en vieux, en double, ses cheveux qui tombaient déjà tombés chez l'autre, il voyait devant lui la projection toute prête de ce qu'il deviendrait, tous les germes imbéciles qu'il ne combattait plus déjà éclos plus loin avec cet air rieur ; et, voulant tout renier, il se sentit battu. La ressemblance physique, les piques amicales, la superbe de comptoir, ces attitudes semblables, calquées : tout attendrissait le père et dégoûtait Elliott. Décidément, il n'avait pas d'affection pour l'ordinaire des choses ni pour ce personnage content de lui, de son humour, attentif à lui seul, ce personnage qui lui montrait la voie de la médiocrité. À dix-sept ans, on déteste son père pour de mauvaises raisons. À trente, on a compris – alors il est trop tard.

Il n'irait pas manger.

Il fallait qu'il s'en sorte, qu'il enraye d'une manière ou d'une autre la mécanique. Une envie d'agacer, de saper la morale pour se différencier, monta comme fleuve en crue dans ses organes lassés de ne servir à rien. Il accepterait la proposition de Brigitte Rouault ; et il irait plus loin ; il prouverait au monde le meurtre du ministre simplement pour prouver quelque chose à quelqu'un. Il sèmerait tant et tant de mauvaises graines que certaines finiraient par pousser d'elles-mêmes, il se ferait la voix des complots étatiques, du mensonge élitiste, tout ce qu'on veut entendre pour ne plus s'emmerder, tous ces scandales décrits dans des livres à couvertures noires garnies d'écriture rouge qui tapissent les bibliothèques des déçus de la vie. Il se ferait leur voix pour un temps médiatique, relaierait les indignations dispersées des éternels sceptiques. Il se donnerait un rôle valable pour l'histoire. Mathilde le recontacterait, il jouerait les divas, il aurait tout gagné. Et puis ils partiraient.

Il prévoyait tout ça pour sortir du modèle sans savoir que son père, au café, versait dans une rhétorique en tout point identique et dépourvue d'effets.

Non, vraiment, il n'y avait plus de cigarettes. C'est dommage, car elles auraient complété ses velléités grandiloquentes d'un savant art de la pose.

Samedi soir.

En ce soir de repos parfaitement agité, Philippe Bresson, le flegme entretenu, se rendit rue de Grenelle pour y trouver la paix. Il avait rédigé, fidèle aux instructions, un bel éloge funèbre aux mots du Président. « *Entre ici, Jean Moulin* » et autres petites phrases heureuses et imposantes qui transformeraient Rouault le margoulin en héros magnifique. Désormais il devait s'occuper de l'argent pour pouvoir développer sa propre stratégie. Il comptait n'informer l'Élysée qu'après avoir bougé. Bresson ne récupérerait pas l'argent pour lui-même. Ç'aurait été vulgaire. Mais enfin, il fallait que les fonds soient habilement dissimulés pour éviter la propagation du scandale. Philippe Bresson, normalien reconnu, possédait aux États-Unis plusieurs contacts privilégiés – des professeurs, des universitaires, des gens bien. Quatre ans auparavant, on l'avait invité à enseigner pour un semestre à Columbia. Depuis, il entretenait les liens.

Il faisait nuit rue de Grenelle. Mis à part les huissiers et les gardes nocturnes, seul le silence d'un service ralenti, cotonnade irréelle, ministère en sourdine, habitait les lieux. Dans son costume civil, Bresson ressentait comme une gêne, l'impression d'occuper un espace inconnu, de s'y être introduit sans y être invité. Le vent s'engouffrant à travers les vitres faisait de ce tableau éclairé à la lampe une réplique de Hopper ou bien d'Antonioni, le vide. Sur son ordinateur, imitant le procédé utilisé par le défunt Rouault, Philippe Bresson choisit le plus honnête de ses amis américains et, transférant le pouvoir, il l'invita à sortir en liquide l'intégralité des sommes contenues sur le compte n° 002574847496 et à les conserver jusqu'à nouveau signal. Des phares franchirent brièvement l'encadrement de la fenêtre. Bresson se dirigea vers le percolateur situé dans le couloir, inséra une capsule, attendit. Le silence céda au vrombissement de la machine. Retournant dans son bureau, il croisa un huissier devant la porte ouverte depuis laquelle on apercevait Sylvain Auvenanian qui comptait les cartons encore non déballés dans l'obscurité feinte, un Auvenanian flegmatique, en costume de flanelle avec gros nœud de cravate, à jouer au plus malin.

— Tu travailles tard, dis donc.

— J'avais des choses à boucler.

— Je suis venu pour faire la paix. En tant que nouveau Premier ministre, j'ai besoin de m'entourer de personnes de confiance. Toi, je ne te fais pas confiance et c'est d'ailleurs pour ça qu'il faut mettre les choses bien au clair. La DCRI ne retrouve pas l'argent. Mais Bercy ne va pas tarder à mettre la main dessus. J'ai moi-même joué des coudes pour déclencher l'enquête. Le Président finira par l'apprendre ; en attendant, il serait bon qu'il l'ignore. Dieu sait à qui d'autre les dessous de table ont pu profiter. S'il est au courant des conclusions de l'enquête, il n'aura d'autre choix que de les divulguer. Le Président ne peut pas se permettre d'étouffer une affaire. Nous, nous le pouvons. Quant à la procédure ! On nous taxera d'amateurisme, ce ne sera ni la première, ni la dernière fois.

— Et en quoi est-ce que cela me concerne, moi ou mon ministère ?

— Rouault était un nul. Ne va pas flinguer ta carrière pour l'épargner. Arrête avec ton idée de nettoyage global, de responsabilité partagée. Pauillac saute, tout le monde est content. Quand nous trouverons l'argent, on s'en arrangera. Il pourra toujours être réinjecté dans des fonds spéciaux. Ils ne sont pas contrôlés. Et s'ils venaient à l'être, on accusera Rouault.

— Je ne vois toujours pas ce qui me concerne là-dedans.

— Si tu sais où est l'argent, il faut le dire tout de suite. À moi, pas au PR.

— Je ne sais pas où il est.

— Tenons-le-nous pour dit.

Il n'y a pas de manuel pour devenir un héros, prouver qu'on a raison, prouver qu'on est valable. Les héros le deviennent parce qu'on les voit comme tels. Dissipées, les vapeurs de la veille : restait seulement la chambre qui ne changeait jamais. Elliott en suffoqua et voulut en sortir. Il fit le tour de ses contacts téléphoniques. La nuit tombait derrière les stores tirés et le vide au-devant était semblable aux heures déjà écoulées. Il hésita longtemps. Les noms lui semblaient comme autant de fantômes dont on ne sait plus bien s'ils ont existé ou s'ils sont le fruit de l'imagination, du rêve. Qui appeler et pour quoi faire ? Il arrêta son doigt sur un copain d'enfance, un qu'il ne voyait plus et qui, à l'heure du crime, ne quittait pas son appartement – comme toutes les heures sont bonnes au crime, il ne le quittait jamais. Avec lui, il se saurait exempté des discours politiques, des considérations sur le monde – remplacées par la trivialité d'une existence qui se suffit à elle-même. Il finit par appeler.

Alors, la chambre se mit à rétrécir et ce qui, pour l'instant, se bornait au malaise devint souffle de mort. Happé par son élan, Elliott s'élança vers la maison, où ses parents continuaient de se laisser mourir dans une humeur égale. « *Tiens, voilà le médecin.* »

Sur le buffet de l'entrée, il attrapa les clés de la voiture familiale ainsi qu'un billet de 20 sans avertir personne – le père lisait *Paris-Match* et la mère *Aujourd'hui en France*. Sautant dans la Rover, il démarra alors vers un monde tout autre – celui des cités grises, des fausses bonnes idées architecturales. La maison s'éloignait et Elliott retrouva son souffle, alluma la radio, brancha toutes vitres

210

ouvertes une playlist de funk. Les rues mal éclairées.

Il roula dix minutes, s'arrêta à deux pas de l'entrée de la cité-dortoir, devant une barrière défraîchie donnant sur un terrain semé de nids-de-poule. Son ami l'attendait à quelques mètres de là. Il monta dans la voiture, les yeux un peu vitreux de journées enfumées, une de plus une de moins et demain la même chose. Kevin avait trente ans, lui aussi. C'est drôle comme rien ne change. En abandonnant l'herbe, Elliott avait cru s'émanciper un peu, se détacher brutalement d'une vie amorphe, s'élever. Cinq ans plus tard, à mesurer les marques de la vie sur chacun, ce n'était pas Elliott qui s'en sortait le mieux. Égalité, joint au centre. Ils roulèrent jusqu'à l'orée de la forêt de Montmorency. Déjà, les arbres formaient au-dessus d'eux des rangées absorbantes qui dissimulaient mal les crevasses du chemin. Elliott, légèrement mal à l'aise, regardait son ami concentré sur sa préparation. Kevin, lui, ignorait ce genre de sentiments.

— Tu vois encore les autres ? C'est bien, hein, de se voir tous les cinq ans, ça crée des sujets de conversation.

Et Elliott lui donna une tape un peu forcée sur la cuisse.

— Il paraît que tu travailles à Paris ? Mes parents t'ont vu à la télé... Ça marche bien pour toi, alors ?

Elliott rigola franchement. Cette manière de ne rien avoir à se dire lui parut reposante. On s'éloignait enfin des vérités graves – on avait le droit

d'être sans opinion, tout justifier n'était pas nécessaire. Alors Kevin aussi se mit à rire en allumant
son joint. Il pensait sans comprendre que c'étaient
ses paroles qui avaient déclenché ce rire et tâcha
de continuer dans la même veine, d'enfoncer le
clou de la spiritualité.

— Genre le mec, tranquille à Canal + et tout, tu
tapes la bise aux Guignols, genre, vas-y PPDA la
forme et tout ?

Elliott regretta de ne pas l'avoir fait pour pouvoir le raconter en bonne et due forme. Avec une
légèreté qu'il pensait évanouie, il tambourina sur
ses propres cuisses comme pour évacuer son habi-
tuelle nervosité.

— Oui, c'est à peu près ça. Allez, ça fait cinq ans
que j'ai pas fumé, fais tourner tout de suite.

Dès la première bouffée, le joint lui procura un
effet de space-madeleine qui lui rappela le temps
où, à défaut d'être quelqu'un, il savait s'occuper. Il
se mit à rire pour rien, pour tout et surtout pour la
weed.

— En vrai, tu fais quoi maintenant ?

— Là j'ai fait un peu de manutention la semaine
dernière. Ça me donne le temps de voir venir. C'est
sûr que ça doit être moins glamour que ton boulot,
mais ça paie.

— Tu sais, je suis un peu le manutentionnaire
des idées des autres. C'est tout.

— Ouais, bah ça doit pas être lourd, hein…

Cette pensée l'amusa. Elliott trouva la formule
assez juste.

— Bon et ils deviennent quoi les autres, alors ?
Genre Karim, il devient quoi ?

— Il est arraché total. Il est allé en centre et tout. Le mec c'est un légume. Il fume du matin au soir. Je le vois plus, c'est comme aller voir ta grand-mère à l'hôpital.

— Et Paul ? Il devient quoi, alors ? Je sens que ça va être marrant, ça.

— Paul il s'est trouvé une nana de Saint-Leu, une petite-bourgeoise plus jeune et depuis silence radio. Il joue à mettre des chemises et il croit qu'il va devenir agent immobilier, le mec – en mettant des chemises, genre. Je l'ai croisé l'autre jour, là, il bombait le torse dans sa chemise rayée, je te promets : même pas bonjour.

— Et qu'est-ce que tu vas raconter aux autres quand ils te demanderont ce que je suis devenu ?

— Rien. Je dirai : il est toujours aussi con.

— Bah, tu vois, ça : ça me fait plaisir. Vraiment plaisir. J'espère que je suis toujours aussi con. Tiens.

Il lui tendit le joint en souriant. Il espérait sincèrement ne pas avoir changé. Rien n'aurait été plus cruel que d'avoir absorbé les mœurs des gens autour de lui pour devenir un être hybride, mi-raté, mi-Parisien, sorte de clone médiatique moins armé que les autres. Le joint aidant, cette créature étrange lui apparut, il se l'imagina en baggys et raie sur le côté, et cette vision le fit hurler de rire.

— Tu sais, je regrette un peu des trucs, la bonne époque. C'est quoi ta beuh ?

— Un truc de retrouvailles. Tu regrettes quoi ? Y a pas eu de bonne époque, en vrai. On fumait juste beaucoup, mais on ne faisait pas grand-chose de mieux que maintenant. Puis tu vois où ça nous a tous menés. Enfin, toi, c'est différent.

— Des trucs. Les conneries qu'on faisait dans les grottes. C'était marrant. Même les fois où on se perdait comme des cons dans les champignonnières parce qu'on avait pris la dose d'ecsta et que la descente était terrible. Maintenant, ce sont des bons souvenirs. En fait, j'ai l'impression que ça fait un moment que je ne me marre plus. Et puis d'autres choses. J'ai pris de drôles de décisions, je trouve.

— Ah ouais ! Mais je sais plus qui m'avait dit que t'avais une meuf. Vas-y, raconte : t'as plus de meuf en fait, c'est ça ? Du coup, t'es triste. C'est ça ?

Non, ce n'était pas ça. C'était ça ? Il ne savait plus bien. La drogue lui laissait entrevoir des évidences qui s'effaçaient aussitôt. Il reconstitua le fil des événements marquants qui l'avaient amené jusqu'à ce lieu précis. Mathilde avait son âge. Ils s'étaient rencontrés lors de son éphémère passage dans les rangs universitaires. Sa famille était riche, de ces riches de gauche qui voient d'un très bon œil l'adjonction d'un faire-valoir de petites origines aux dîners hebdomadaires. Des gens faciles d'accès, on bouffait bien, on riait beaucoup. Elliott ne se souvenait pas de s'être vraiment emmerdé dans ce cercle très ouvert où il avait appris à aimer les bonnes choses.

Pourtant quelque chose l'avait travaillé, quelque chose de rampant que, d'étape en étape, il avait repoussé jusqu'à se montrer lâche. Mathilde était brillante, Mathilde était gracile, toujours curieuse, attachée aux études et à la réussite. Elle admirait un peu le côté pis-aller dont il jouait à outrance. Lui profitait des caresses, du confort, des directions ou des activités qu'elle choisissait de pratiquer – il n'avait plus qu'à les suivre. Il était un passager – un rôle confortable pour qui veut fuir les responsabilités. Une croisière lénifiante où la mer, égale et calme, dévoilait ses couleurs chaleureuses sous un soleil immuable. Ainsi, les années étaient passées. Une, puis deux ; puis ils avaient emménagé dans un petit appartement dont le loyer, fixé par la famille propriétaire des lieux, était abordable. Le quartier était calme, légèrement excentré mais très bien desservi. Chacun avait ramené quelques affaires et une excursion avait été organisée chez IKEA pour combler les manques – il avait fallu la prévoir en amont afin de se procurer une voiture. Pendant tout ce temps-là, Elliott avait subi, conscient et comme complice, cette suite d'événements qui le portaient à flot sans jamais lui offrir un seul désagrément. Petit confort bourgeois qui n'interdisait pas les secondes pensées. Son degré d'aventure, il le vivrait parfois en traînant dans les bars où, à l'occasion, il servait comme extra. Là, une petite tromperie ou à tout le moins, une petite cuite, la petite gueule de bois et les petits remords. Alors on repartirait, le loyer payé, les consciences proprettes.

Elliott n'était jamais allé chez IKEA. Il était parti sans rien dire. Pour lui tout était clair. Mais quand on prend la fuite, encore faut-il le faire avec panache. S'enfuir, pour où ? Pour faire le tour du monde, pour rompre avec sa vie, s'enfuir : d'accord. Son tour du monde s'était converti en retour chez papa-maman. Il avait troqué un confort affectif aliénant aux abords pour une aliénation permanente.

Peut-être sa déprime avait-elle un lien avec tout ça.

— Non, plus de copine. Ce serait trop long à te raconter. J'ai vraiment pris de drôles de décisions. Mais ça me fait très plaisir de te voir, Kevin.

Ses yeux étaient mi-clos et il luttait sévère pour rester éveillé.

— Ouais, moi je continue à voir un peu Jessica. On s'entend bien.

Des relations faciles. Une trivialité bonhomme. Était-ce ça dont il rêvait ? À qui mentait-il ?

— C'est bien. C'est comme ça qu'il faut vivre. Prendre les choses comme elles viennent. Elle est sympa Jessica.

— Ouais, et puis, tu vois : c'est pas prise de tête.

Les gens sympas sont comme les disques sympas ou la littérature sympa. Ils forment le pic émotionnel de ceux à qui Elliott craignait de ressembler – savait qu'il ressemblait.

— C'est bien. Je ne vais pas tarder à devoir y aller, tu sais.

Kevin roula un autre joint qui tourna en silence. La substance, cette fois-ci, imposait l'introspection. Aux premières bouffées, Rouault, Canal +, le patron et les autres s'annoncèrent au portail des pensées de Perez. La trêve était finie. Il ne pouvait plus s'extraire du climat ambiant et refusait la lutte. Il regarda les arbres, il regarda le sol, il

216

comprit aussitôt que la fuite était vaine – on changeait de décor, de scène, d'acte ; jamais on n'occultait le reste de la pièce.

Comme pour le lui prouver, son téléphone laissa échapper dans la nuit de mauvais accords funk. Il sortit de la voiture, s'éloigna en direction des arbres où le réseau baissait sans disparaître vraiment. Elliott hésita à répondre, jeta vers la voiture un regard un peu triste, décrocha finalement. Patrice Farinot, le journaliste à l'origine de l'affaire Rouault, souhaitait le rencontrer. Demain ? Au port de l'Arsenal ? Va pour 16 heures.

Elliott retourna vers la Rover, fuma encore quelques bouffées et ramena Kevin en promettant de l'appeler. Il s'en voulait d'avoir menti.

DIMANCHE

La reine d'Angleterre aurait pu mourir sans que personne s'en aperçoive. L'information unique, c'était bien sûr l'enterrement de Marc Rouault, ancien maire, ancien ministre, ancien voleur et nouveau mort. Une curiosité foraine. Le public ne se pressait pas aux portes du crématorium ; on suivait la cérémonie à la télévision comme un mariage princier. Des pastilles « Exclusif ! » émaillaient les écrans des chaînes d'information en continu tandis que se rassemblaient, graves, les amis et collègues du ministre défunt dans une lenteur étudiée pour laisser réfléchir aux questions spirituelles. Plongées, contre-plongées, l'information se donnait en spectacle quand la cinématographie des commentaires hors champ faisait de cette aimable partie de campagne une scène emplie d'enjeux.

Il pleuvait, comme toujours lors des sorties présidentielles, d'une pluie drue et grise, idéale pour honorer la mémoire d'un profane en cimetière. Élégants parapluies faisant la roue, mains gantées, oreillettes. Avec sa coupole phallique et ses manières longilignes, le lieu se prêtait bien à la farce orchestrée. Des faïences assombries comme un damier géant. Quelques centaines de personnes étaient venues saluer, au regard des passants pressés derrière les cordons sanitaires, la dépouille charcutée du gros Marc Rouault : les ministres, en rangs serrés, substituaient à l'habituel sourire caméra une contenance glaciale. Sous le masque, bien sûr, on sentait l'ambition. Auvenanian, très crispé, répétait les gestes dédiés habituellement aux obsèques policières. Bresson, plus en retrait dans son beau costume gris, se penchait vers des ministres de moindre importance pour glisser quelques mots à leurs oreilles poilues. Le chef de l'État, sur le devant, accompagnait le cercueil de son goitre renaissant et de ses cheveux rares. Pauillac se tenait en retrait, abandonnant entre lui et les autres deux petites rangées d'arbres. Bien sûr les caméras le suivaient en premier. « *Et l'on aperçoit Jean-Jacques Pauillac, lui aussi inquiété dans l'affaire des manufactures. Que pensez-vous de cette mise à distance ? Y a-t-il là un message politique ?* » Du commentaire encore.

Ailleurs, des inconnus, Brigitte Rouault, en noir mais gaie ; les enfants, sans relief ; Claude Sifran, lunettes noires et bedaine. Des enfants blonds, tous blonds. Un tout petit cortège. Tout ce monde accueilli par un agent très chic, VIP céleste en veste un peu trop grande. « *Je comprends votre douleur* » – il agitait la tête d'un air de contrition. « *Le temps du recueillement*. » Brigitte Rouault s'était chargée d'organiser la cérémonie. On aurait du baroque car il détestait ça, des lectures spirituelles car il détestait ça ; et enfin les éloges politico-funèbres – il aurait détesté. Dans la voiture qui, de l'Élysée l'avait ramené vers le XXᵉ arrondissement, le Président avait relu l'hommage à Rouault rédigé par Bresson, annoté des passages, rajouté quelques lignes. Peut-être aurait-il dû garder Bresson avec lui. Bah ! Sans doute le contrôlerait-il plus facilement à distance. Il pensait à tout ça : à tout sauf au défunt. On pénétra dans l'enceinte en freinant des mocassins ferrés. Bruyamment, on s'installa.

Les caméras demeurèrent en dehors. Les ministres, en rangs serrés derrière la famille, se bousculaient du coude, désormais libérés du tintouin médiatique. Et ça se racontait des choses et d'autres encore, tandis que le préposé, sourire christique et manières douces, mimait l'apaisement des deux mains. Silence : commença le simulacre d'homélie. L'agent, qui n'avait jamais rencontré le mort, vanta auprès de ceux qui ne l'avaient que trop connu « *un personnage exceptionnel* », « *une joie de vivre* », « *un sacrifice patriote* ». Devant le pupitre, un cercueil ouvert attendait son répit. Dans la solennité d'une vieille-ric inconnue pour la garde républicaine elle-même plus toute jeune, Philippe Bresson tourna discrètement la tête vers le Président afin de statuer avec lui sur les choses, négligeant le respect qu'on devait à l'endroit, aux marbres, aux tapis rouges, aux pierres couleur craie, aux discours tout faits. Il se faisait non sans plaisir l'effet d'un consigliere en temps de guerre clanique.

— Je sais où est l'argent manquant. Chut, pas un mot. Je sais aussi que vous êtes au courant. Si on laisse traîner, ça finira par sortir. J'ai identifié le compte de Rouault. J'ai pris sur moi de déplacer les fonds. Je pense qu'Auvenanian veut tirer son épingle du jeu : repérer les comptes, faire filtrer l'information et encourager les accusations de complicité à votre encontre dans les médias. Il pense d'ores et déjà à l'échéance présidentielle. Il ne faut pas qu'il mette la main dessus.

— Et qu'est-ce que tu vas faire ?

— Pour l'instant, je fais transiter l'argent sur des comptes inconnus. Il sera impossible de le tracer depuis la France. Puis je le rapatrierai quand l'occasion se présentera.

— Pourquoi me mets-tu au courant ?

— Pour que vous ne vous laissiez pas piéger par Sylvain Auvenanian. Ses conseillers vous contrôlent, il prend de plus en plus d'envergure dans le dispositif gouvernemental. Si vous lui laissez les moyens de vous emmerder, il vous emmerdera.

— Et pourquoi crois-tu que je l'ai nommé Premier ministre ?

— Vous n'aviez pas le choix.

— Bien sûr que j'avais le choix. Je l'ai nommé pour l'avoir gentiment près de moi et par ailleurs éviter la débâcle aux élections. Il est là, il aboie, il remue, mais il n'est pas méchant. Et il séduit les électeurs. Si tu crois que j'ignore ses intentions pour la présidentielle, tu n'as toi non plus pas la moindre conscience de ce que signifie exercer le pouvoir. Pour revenir à l'argent, Bercy sait également où il se trouve. Tu nous fous dans la merde en le déplaçant. On aurait pu tout gérer en interne. Mais enfin, Philippe, pourquoi faut-il toujours que tu joues les boy-scouts ? Tu es ministre du Travail, pas barbouze. On a des gens pour ces choses-là qui généralement font très bien leur boulot.

— Des gens qui dépendent d'Auvenanian.

— Des gens qui ne dépendent que de moi. Vous commencez à me fatiguer avec vos précautions. Je suis le patron, n'en déplaise aux médias. Ne t'en déplaise aussi.

Les enfants de Rouault se retournèrent soudain car le Président avait élevé la voix. On ne fit pas de remarque quand on vit le statut de la personne fautive d'avoir troublé le calme ; mais enfin, on n'en pensa pas moins. Chez les Rouault, de toute façon, plus personne ne votait à gauche.

Vint le temps des discours. Le Président prononça le sien avec le ton pédagogique et le phrasé saccadé qui lui étaient propices.

« En ce jour dédié au souvenir, c'est la vie de Marc Rouault que je souhaite évoquer, plutôt que sa disparition. Marc Rouault était un homme du peuple. Il venait du monde du travail qu'il connaissait et qu'il aimait. C'était un ami, c'était un camarade. Arrivé aux plus hautes fonctions, il n'oublia jamais qu'il ne devait son destin qu'à la confiance des plus humbles, des plus modestes, de ceux qui avaient besoin de la solidarité et de la protection de l'État.

Aujourd'hui, c'est avec une grande tristesse que nous lui disons adieu. Marc Rouault, figure vibrante de la gauche, aura dédié toute sa vie à transformer la vie de ses concitoyens. Ministre du Travail, au quotidien, il lutta pour améliorer les conditions de vie des travailleurs les plus précaires, les plus fragiles. Généralisation des mutuelles, droit à l'emploi : il n'y avait de bataille qu'il se fût refusé à mener. Marc Rouault, trop fragile, lui aussi, pour lutter contre une charge médiatique instrumentalisée, montée en épingle, et qui lui aura coûté la vie. Le monde politique, la politique a perdu l'une de ses plus grandes figures. »

Flop.

⁂

« — Et la manifestation des Patriotes en colère qui rassemble plusieurs cortèges d'extrême droite démarre place de la Concorde, Hélène Jamin
— En effet, Fabrice… »

Sur la place de la Concorde, face à l'Assemblée, une vague de bombers s'affichait au milieu des blondinets proprets. En chef de file, un tonneau perruqué qui portait nom breton commentait pour les caméras de Canal + l'enterrement de Rouault :

« — Excusez-moi de ne pas participer à cette véritable mascarade qui consiste à rendre hommage à un voleur. Alors à gauche, à droite, on se presse : "Et qu'il était gentil", "Et qu'il était mignon", "Et quel homme d'État". *Non, mais on croit rêver !*

Pour ma part, je ne leur ferai pas le plaisir de mentir avec eux. Et je ne suis pas la seule, excusez-moi du peu, puisque si vous voyez cette foule, elle n'est constituée que de Français qui réclament la vérité. Nous défilons pour montrer à ces messieurs savants en costumes et pince-nez que nous ne sommes plus dupes du jeu auxquels ils se livrent depuis bien trop longtemps déjà. »

Puis elle se mit en route, et les autres derrière elle en marche biseautée, flux et reflux d'une marée noire, brune et pourtant blanche, encadrée de CRS, aux sons de « *Pauillac menteur* », « *Le gouverne – MENT* », entre autres slogans à revendications territoriales. On s'engouffrait sur le boulevard Saint-Germain. Dans les rues qui se vidaient, des touristes japonais prenaient en photo le cortège dont la fréquentation était aléatoire. Quelques bières à la main, un calme d'apparat, des chômeurs, des tristes, des moches, des pauvres, des trop riches, des trop cons, hurlaient chaque fois plus fort en chargeant en direction de l'Hôtel de Ville. Pas de violences directes, pas de débordement, mais pourtant on sentait une énergie malsaine, une envie de casser que la présence inopportune de militants de gauche aurait pu faire surgir. « *Patriotes en colère, patriotes en colère* », reprenait-on parfois pour rappeler le mot d'ordre. La crise et l'autre crise, politique celle-là, étaient les seuls mots d'ordre qui soudaient les crieurs.

Ils avançaient ainsi. Le défilé comprenait quelques personnalités de premier plan, FN ou identitaires qui priaient les dieux blancs pour éviter toute forme de dérapage. L'enjeu était colossal : ils étaient en mesure d'enchaîner les victoires lors des élections. La consigne pacifique tint pendant un moment. Mais parvenus à Odéon, les casseurs commencèrent leur travail. Ils n'étaient pas nombreux. Ici une vitrine, là une voiture, plus loin une cabine téléphonique entièrement saccagée. Les CRS hésitèrent à réagir car on savait ce genre de foule prompte à tout foutre en l'air. Le préfet fut prévenu mais il n'agirait pas sans ordre du ministre. Or, le ministre était au Père-Lachaise. On attendait les instructions. Mais les destructions continuaient de plus belle. On frappait au hasard. Le service d'ordre fit mine d'intervenir. Des passants essayèrent de s'interposer, des commerçants aussi. La pagaille commença. Le service d'ordre se mit dès lors à défendre les siens. Visages tuméfiés, personnes étourdies, pillages en rangers noires. Des têtes s'élevèrent pour calmer les ardeurs des militants malades, mais leurs voix inaudibles se perdaient dans les cris, dans les bruits de verre brisé, dans l'envie contagieuse de se laisser aller à une violence terrible. Les responsables politiques se désolidarisèrent. Une partie du cortège se maintint sur place. Matraques et lacrymos se répandirent partout. Deux heures de petit chaos à faire trembler les électeurs, à les exciter aussi. On cassait les objets, les personnes, en prétendant casser le système ; mais c'était simplement les objets, les personnes qu'on cassait, par bêtise, par plaisir. Des escouades supplémentaires de police furent enfin dépêchées – on interpella, on frappa de plus belle. Le temps se renversa. Les élections disparurent des mémoires, l'affaire

Rouault aussi, le contexte et l'Europe : tout s'éblouit soudain et tout se dissipa car la scène rappelait les spectacles italiens des années de plomb, plus rien n'était actuel et tout recommençait. Des journalistes à leur tour arrivèrent. On les molesta, on les protégea, on les accusa d'être les bras armés du système. Ils ne s'en défendirent pas.

Sous la coupole du Père-Lachaise, un orgue électronique loué à la semaine jouait sa partition. Ils s'étaient succédé à la tribune pour parler. Les chaises en bois craquaient sous le poids des notables crampés qui rêvaient de partir. Le dernier hommage où chacun pouvait, devait s'empresser d'aller saluer le mort, servit de prétexte à tous pour se dégourdir les jambes. Seuls ceux qui le souhaitaient accompagneraient Rouault au crématorium, en contrebas. Rares furent ceux qui descendirent. « *Je dois vraiment y aller ?* » Le Président ne voulait pas ; il descendit quand même, accompagné de Bresson, d'Auvenanian et de Claude Sifran. On empila les fleurs, les enfants pleurèrent un peu. Des types en manches de chemise s'emparèrent du cercueil et le placèrent sur un monte-charge. En bas, déjà ils attendaient la fin de tout ce décorum dans la salle surchauffée aux lumières tamisées. Le cercueil apparut sur le tapis roulant et Rouault, inexpressif, avec. L'agent, en regardant sa montre, l'air du « *putain, c'est quand qu'on déjeune ?* », leur répéta qu'ils avaient tout leur temps ; lorsqu'ils se sentiraient prêts, il fallait l'avertir. On mena des calculs : combien de temps fallait-il attendre pour satisfaire aux usages ? Le Président desserra sa cravate et Bresson s'installa dans un coin en maudissant sa décision d'être descendu voir ça. La mort lui faisait peur – celle des autres, passe encore ; mais d'aussi près, les autres lui ressemblaient beaucoup. Le Président, sans paroles, fit signe à l'équipe funéraire. Une pensée grivoise lui traversa l'esprit – il ne la laissa pas paraître. Et un bras mécanique poussa dans un bruit sourd le cercueil vers les flammes. Auvenanian s'épongea le front ; avec la disparition du corps, l'affaire touchait à sa fin.

Chef de l'État, il n'oubliait pas son rôle de capitaine à bord. Il sortit en premier, suivi de près par les gouvernants. La pièce principale était déjà vidée. Les portes étaient ouvertes sous le ciel immuablement gris. Au-dehors, toujours les journalistes abrités comme on peut sous des parapluies noirs ou dessous des capuches. Les flashs crépitèrent, étourdissant les ministres déshabitués de la lumière. D'un coup : le bruit. Auvenanian sortit. Son équipe courut à sa rencontre pour l'informer de la situation. Il s'écarta du groupe, refusa de parler à la presse, s'engouffra dans une berline en direction du ministère. Les autres restèrent là comme autant de bras inutiles, se prêtant au jeu des interviews qui traitaient parfois de Rouault et parfois des émeutes dont ils ne savaient rien. Le cadre bucolique de ces arbres si propres, de ces allées parfaites, ces mausolées plus grands que des appartements résonnait des questions à qui se ferait entendre : violence, mort et violence. Questions à gauche, à droite, devant, les micros empilés en une vaine anarchie, les réponses préparées, une cascade de mots privés de sens, l'information à la mitrailleuse, tatatatata-tata, on vise à l'essentiel, on n'écoute pas, on enregistre. Cet acharnement à rapporter l'information, à recueillir le mot, l'impression ou le scoop, sans autre but que de satisfaire à son obligation, ne manquait pas de brutalité ; l'ambiance devant le cimetière n'était pas plus apaisée que celle qui prévalait sur la rive opposée, où les militants durs prétendaient à détruire. Bresson, migraineux, réussit parmi les premiers à s'enfuir du tumulte. Il s'écarta du groupe, regagna sa voiture garée dans l'enceinte. Les mots du Président lui restaient en mémoire. Avait-il agi contre ses intérêts en déplaçant l'argent ? Auvenanian constituait une menace grandissante pour la majorité. Une menace impossible à contrer frontalement. Et si le Président anticipait à coup sûr cette menace, Bresson était certain qu'il la sous-estimait.

Les affrontements dégénéraient. Ameutés par la télévision, d'autres casseurs arrivèrent pour adjoindre au bordel un bordel supérieur. Et l'on voyait des skins se mêler aux petits banlieusards, alliés de circonstance, unis dans la même volonté de casser du flic. La figure autoritaire vantée par l'extrême droite se trouvait soudain la cible de ses mandales, tout se renversait et rien n'avait plus de sens. Flics, casseurs, militants se mélangeaient dans un élan anarchique – encore une contradiction.

À la télé, déjà, Marine Le Pen et les autres dénonçaient les manœuvres de groupes antagonistes, accusaient la racaille venue, non pas de leurs rangs, mais bien de ceux dont ils contestaient la nationalité. Et, posant en martyrs, accusaient le gouvernement de n'avoir pas su prévoir les effectifs nécessaires à la bonne marche de leur défilé, d'instrumentaliser à dessein le désordre pour faire porter le chapeau aux organisateurs. Des sondages allaient suivre qui iraient dans son sens.

**

Partir sur le terrain ? Se montrer ? Était-ce vraiment là le rôle d'un ministre ? Sylvain Auvenanian se trouvait incapable de gérer une telle crise. Dans sa ville, passe encore : les heurts médiatisés n'excédaient pas cent mètres. Mais ici à Paris : sa responsabilité s'engageait sur la gestion des débordements. Depuis son bureau déjà vide, pendu au téléphone, il multipliait les instructions, hurlait sur le préfet, exigeait des renforcements d'effectifs. Il mesurait l'importance de toutes ses réactions : elles seraient décortiquées, analysées, critiquées par les éditorialistes et par l'opposition. « *À peine nommé, déjà en échec* », dirait-on si l'émeute n'était pas endiguée. Mais son esprit, accaparé par la politique seule, ne parvenait pas à s'intéresser aux événements. *Si tu ne peux rien faire, le mieux est encore de mouliner des bras devant les caméras*, pensa-t-il pour lui-même. Il se résolut alors à se rendre sur place. Les policiers en charge de sa sécurité le lui déconseillèrent. Mais comment tuer dans l'œuf les critiques à venir sinon en se montrant, en se montrant toujours ? Il exigea ; ils obéirent. Auvenanian se dirigea vers le boulevard Saint-Germain depuis lequel se dispersaient les troupes dans le Quartier latin. Une escorte de motards lui ouvrit le chemin. En quinze minutes, il traversa un Paris de musée déserté pour arriver sur les lieux enfumés de bombes lacrymogènes. Sous bonne garde, il descendit en trombe, fit claquer les portières et s'en fut voir le responsable des opérations qui se tenait debout à six mètres des émeutiers. Les caméras complices saisirent l'instant au vif. Il leur en sut gré d'un salut discret. Il ne comprenait rien aux techniques mises en place et la langue du chef flic n'était que charabia. Il prétendit pourtant. En l'apercevant, les skins et les casseurs redoublèrent d'amusement : tout ça n'était qu'un jeu, qui accueillait alors un nouveau candidat.

On visa Auvenanian au visage à l'aide de pierres ou de petits cailloux. On ne le toucha pas. Mais les gardes du corps se mirent à tirer en l'air ; puis, comme les jets continuaient, vers les manifestants, sans vraiment les viser. Un membre du service d'ordre fut blessé à la jambe. La violence redoubla : manches de pioches, pierres, portières, grilles de platanes. On entreprit de ramener de force le ministre à sa voiture. Fou de rage, humilié sous l'emprise de la sécurité, il fut jeté tel quel sur la banquette arrière. Et déjà, sur Twitter, le mot circulait qu'Auvenanian s'était rendu aux côtés des policiers pour soutenir leur action. Certains évoquaient le courage du ministre. D'autres parlaient d'un comportement irresponsable. Les opinions stagnaient malgré les événements – elles étaient immuables. Auvenanian, lui, retrouvait ses esprits. On conserverait de cette image la trace d'un homme sur le terrain. On ne critiquait pas l'attitude des soldats lancés en première ligne.

***

Paris donc dans l'émeute. Les transports s'en ressentaient. Le Quartier latin bouclé, trafic ralenti sur deux kilomètres, flicaille à tous les coins de rue. Elliott Perez arriva avec une heure de retard à son rendez-vous. Dans le train bondé, impossible de prévenir. On n'entendait plus guère que les annonces automatiques réglées dix fois trop fort, voix robotiques et faussement chaleureuses qui alertaient les voyageurs sur l'état de la rame. Parité respectée : un homme, une femme. Moindre migraine. Il s'échappa du métro à Bréguet-Sabin pour éviter la cohue de Bastille. Descendant le boulevard, il croisa punks à chiens et bourgeois inavoués – chauves, lunettes d'écaille, professions artistiques et poussettes McLaren. Il fit le tour par la droite sur un temps infini et arriva enfin en vue de l'Arsenal où les chiens déféquaient en toute impunité. Les terrasses rentrées ou placées sous des bâches. Un café, le Grand Bleu, trois euros l'expresso. Deux lecteurs attendaient quelque chose ou quelqu'un sous la pluie qui, peu à peu, se clairsemait en bruine. L'un des lecteurs leva les yeux vers Elliott, essoufflé, transpirant, l'air d'un clochard terrestre avec ses cheveux mi-longs plaqués sur son front minuscule. L'autre se targuait d'une allure impeccable, sans excès, un air intelligent d'éternel thésard qui œuvrait pour le bien. Il lui tendit une poigne ferme et rugueuse à laquelle Elliott répondit de sa main moite, courtaude, collante, légèrement inutile. Il n'y avait de connivence possible entre eux. Pourtant, Elliott fit son possible pour se prétendre un autre. Ils commandèrent un café et un thé.

— Tu cherches à établir la vérité et nous aussi. Tu penses que Rouault a été assassiné et nous aussi. C'est pour ça que j'ai organisé cette rencontre. Ne va pas t'imaginer que je t'offre du travail, hein, nous n'avons pas les fonds nécessaires. Mais on pourrait profiter de nos informations mutuelles pour faire avancer le Schmilblick.

— Je ne sais pas si mes informations sont valables. On ne va pas se mentir : Jersey n'est pas le seul compte, ce n'est pas possible. J'ai une piste pour tracer les comptes de Rouault et Pauillac. Et peut-être ceux d'autres membres du gouvernement ou de l'administration stéphanoise. Mais je ne suis pas en mesure d'établir des preuves. Je crois qu'en trouvant l'argent manquant on comprendra qui sont les autres personnes impliquées et, de là, on pourra dérouler la piste du meurtre.

— Je le crois aussi. Nous avons procédé à des vérifications avec nos sources mais tout est verrouillé. Personne ne parle. Du coup point mort, pas de piste et activer des contacts dans l'ensemble des banques étrangères prendrait des mois. Or tu peux être sûr que le gouvernement aussi est sur le coup et leurs moyens à eux sont colossaux. Sans parler des informations dont ils disposent déjà. Nous sommes une toute petite barque face à des paquebots.

— Mes sources me parlent du Delaware. Pauillac et Rouault y auraient ouvert un compte à l'occasion d'un voyage présidentiel.

— C'est bon ça ! Ce serait gravissime. Le Delaware, tu dis ? Attends, je note.

Et il sortit un Moleskine bien garni de sa poche où il inscrivit quelques mots incompréhensibles en aspirant à Hemingway. Elliott avait déjà fini son café et se trouvait emmerdé de n'avoir plus rien à agiter entre ses mains. Le journaliste n'avait pas entamé son thé.

— Qui est ta source ?

— Je ne peux pas le dire.

— Ce sera difficile pour nous de vérifier, dans ce cas-là.

— Je ne peux pas le dire. Débrouillez-vous pour vérifier autrement. Vous avez beaucoup plus de contacts politiques que moi. Faites pression sur quelqu'un de proche, quelqu'un de faible, qu'est-ce que j'en sais ?

— Camille Stern n'en dira pas davantage. Et il violerait, qui plus est, le secret de l'instruction. Il faudrait trouver quelqu'un d'autre. Tu connais un peu l'administration locale à Saint-Étienne ? J'imagine que tu es entré en contact avec eux ?

— Oui, enfin non, enfin c'est en cours.

— Si tu veux, nous pouvons prendre le relais là-dessus.

— Qu'est-ce que j'y gagne ?

— Nous t'associons à ce que nous découvrons et nous t'en faisons profiter pour ton documentaire.

— De quoi arranger mon patron, mais pas moi vraiment.

— La vérité arrange tout le monde.

— Alors dans ce cas...

On se quitta bons amis.

Une heure et demie aller, vingt minutes sur place, une heure et demie retour, trois euros de café. Ça valait le coup.

※※

Rouault en grande pompe. Après la cérémonie, l'entreprise de pompes funèbres ramena l'urne et quelques proches vers la Loire où on l'entreposerait. Certains administrés vinrent assister à cette fin d'obsèques – on en parlerait sans nul doute dans le journal local. Déjà, l'information était ailleurs. Côte à côte, les concurrents se tenaient dignement comme pour recevoir du mort en poudre une onction bienveillante. En fait d'onction un peu de terre sur les chaussures, qui s'échappa du petit trou lorsqu'on y plongea le pot.

Un verre du souvenir était organisé à la mairie. Seul Vellard s'y rendit. Il salua du monde et il y but beaucoup. Beaucoup et jusque tard. C'est que le saint-pourçain était très bon. Il s'échauffa aussi beaucoup en parlant élections et investiture. L'après-midi se termina dans des nuances rosées jusque sur ses pommettes. L'allure tranquille, il fit la route jusque chez la trésorière locale pour aplanir leurs différends. Il se gara devant la maison, une petite maison de briques et sonna à la porte. Un homme vint lui ouvrir et lui défendit d'entrer. Étienne Vellard insista pour que la trésorière se présente. L'homme partit la chercher puis revint avec elle. Ils échangèrent quelques invectives bien senties, puis Vellard menaça de lui casser la gueule si elle ne se retirait pas immédiatement de la course. Comme elle riait franchement, il lui flanqua une gifle puis frappa l'homme, qui s'était interposé, au visage. Enfin, il cracha sur la femme avant de réitérer ses menaces. La police arriva quelques minutes plus tard. Vellard était parti. Le couple fut transporté au commissariat où il déposa plainte.

Le premier secrétaire, souhaitant s'affirmer un peu face au flot médiatique le traitant de chienchien à son papa, s'était jusqu'alors refusé à exclure Vellard du Parti socialiste.

Les choses allaient au plus mal.

*
*

« *Madame, monsieur, bonsoir. Les titres de l'actualité. Violents affrontements cet après-midi à Paris entre forces de l'ordre et Patriotes en colère, la manifestation a dégénéré, Marine Le Pen sera notre invitée en fin d'émission pour évoquer ces débordements. L'affaire Rouault, ensuite, avec ce matin les obsèques très médiatiques de l'ex-ministre du Travail. André Tournon les a suivies pour vous. Et puis ce tremblement de terre au Pakistan qui a fait dix-huit mille morts, on y reviendra avec notre correspondant Philippe Weber. Mais d'abord cette terrible chute de grêle qui touche le Morbihan. Plus de six cents hectares… »*

Dans un café typique du canal dont les écrans, nombreux, diffusaient le journal, Andrea, détendue, débriefait en toute amitié avec six camarades d'égale ambition. Elle monopolisait la parole et s'attribuait des mérites inventés, améliorait sous l'extase du public le déroulé de son enquête en cours. « *Il m'arrive des choses incroyables. Vous êtes libres en début de soirée ?* » disait son SMS. Bien sûr qu'ils étaient libres.

Robe de créateur, teint mat et pommettes hautes, visage figé, expressions répétées des heures devant la glace, elle captivait son monde par une mise en scène permanente où les commentaires des autres se voyaient balayés d'un signe d'impatience. Elle était grande prêtresse face à ces imbéciles qui espéraient pouvoir compter sur sa réussite pour améliorer leur sort. Qui travaillait comme pigiste, qui écrivait un peu, qui couvrait les people pour un site Internet. Et ils étaient réduits pour un jour s'en sortir à couver d'admiration celle qui leur entrouvrait la voie. Amers, peut-être, de savoir que ses succès à elle ne rejailliraient jamais sur eux. Un monde de déçus, de gagne-petit, d'illusionnés. On leur avait promis l'estime, l'argent, toutes ces choses qu'on promet pour justifier ses émoluments auprès de l'administration scolaire. Ils y croyaient encore.

✻✻

Au même moment, Perez passait à table. Sa mère avait préparé pendant tout l'après-midi un canard à l'orange car Elliott aimait ça. Plus tôt, les deux parents, inquiets du mutisme galopant de leur crétin de fils, avaient envisagé de provoquer une discussion. Mais, faute de courage, ils parlèrent de tout sauf des choses importantes. Elliott marmonna quelques bribes de réponses simulant l'intérêt, refusa un dessert et alla se coucher. Les parents s'en voulurent tous deux silencieusement.

✻✻

Philippe Bresson reçut vers minuit une réponse de son contact américain. « *Vérifications faites auprès d'un employé de la Bank of America, le compte de Laura Comurt a été clôturé cette semaine. Désolé. Meilleurs regards*. » Pardonnez mon anglais pour les meilleurs regards.

LUNDI

Les heurts se poursuivirent jusque tard dans la nuit. D'autres grandes villes furent touchées par la vague insurrectionnelle. Tout ça, bien sûr, n'avait pas des airs de révolution ; mais tout de même, la chienlit, une atteinte à l'ordre établi, un vrai problème de société qui effrayait dans les campagnes et parfois même ailleurs. Des groupuscules d'extrême droite se joignaient aux casseurs et s'attaquaient à la police : la lecture politique de tous ces événements faisait suer les experts qui trouvaient cependant plein de choses à en dire. Chacun y allait de son commentaire, chacun une analyse, toutes les mêmes exprimées de manière différente. Chouette ! Une nouvelle affaire. Et à remuer ainsi l'orgueil des casseurs, on leur donnait envie de rempiler le soir même. On ne parlait plus même des élections ; c'est dire. Un fait inespéré : il se passait enfin quelque chose d'amusant dans cette inéluctable tranquillité conduisant au déclin de la France, de l'Europe et de la dignité.

Il fallait bien donner du grain à moudre aux conversations de machine à café ! On s'y employait, on s'y employait.

Elliott Perez se réveilla à 6 heures parce que c'était comme ça. En une semaine, ses rythmes, ses automatismes avaient été bouleversés par le cours de l'actualité. Il n'avait su saisir la liberté de sa nouvelle affectation, s'était plaint, par habitude. Et voilà qu'à nouveau il lui fallait pointer. La fatigue aidant, tout semblait plus complexe, plus lent, comme englué dans un nouvel espace-temps. La routine comateuse des journées ordinaires d'un adulte ordinaire en des temps comateux. Il ne déjeuna pas, songea à courir pour se vider l'esprit autour de son jardin, abandonna l'idée et descendit finalement par l'escalier vers le sous-sol. Un escalier étroit. Là, une buanderie où des cadeaux jamais ouverts s'amassaient près des murs pour l'insonorisation. Sous une porte de crypte, un sanctuaire bourré de livres et d'outils accueillait une batterie. Sur son baladeur, il choisit un morceau difficile, mit le volume à fond. Cela faisait peut-être cinq ou six ans qu'il ne jouait plus de rien. Moyen en tout, il avait fini par raccrocher. Il savait jouer de la guitare, du piano, du saxophone, de la batterie, de tout – de tout mais mal. Encore un échec. Il s'installa près de la batterie, sur un petit tabouret branlant dont la mousse industrielle perçait la couverture de cuir. Et il se mit à jouer tout en cherchant le rythme, les tempes suantes, et boum, et boum et boum, toujours à côté du tempo, sans jamais s'y raccrocher, de plus en plus fort, de plus en plus vite, déjà des auréoles.

La grosse caisse se déchira sous l'impact imbécile de la baguette droite. Au même moment, son père, en caleçon hawaïen et ventre proéminent, fit irruption dans la salle. « *On peut savoir ce que tu fous à réveiller tout le monde ?* »

Elliott reprit les transports.

À Docuprod, le patron l'attendait, thé vert à la main et sourire d'apparat.

— Eh bah on peut dire que tu t'es distingué !

Le ton professoral, encore.

— Je te ferai remarquer que pendant que tu profitais de ta notoriété, Andrea est venue bosser, elle. Je l'ai vue sur les caméras, depuis mon appartement. Et apparemment, elle a avancé. À un moment donné, soit tu t'engages, soit tu te désengages, mais tu dois t'investir si tu veux continuer sur ce projet, Elliott.

Andrea, quelques mètres en retrait, thé vert elle aussi, opinait du chef en admirant le patron. « *Manu le Magnifique.* » Elliott les imagina, avec leurs putains de thés verts, nus, portant des lunettes, dans leur lit divorcé, l'œil sur les caméras par voyeurisme obscur, répéter leurs accroches pendant tout le week-end pour en arriver là. « *Il va voir ce qu'il va voir.* » Au fond, la jalousie. La jalousie sans doute.

— OK on fait le point : oui, j'ai avancé, et pas qu'un peu. Figure-toi que j'ai décroché une interview avec les enfants de Marc Rouault ! C'est génial, non ? On va pouvoir ouvrir un autre volet de la personnalité du mort. Bien sûr, ça, je m'en occupe. Pas vrai, Manu ? Et toi, Elliott, tu en es où ?

— Nulle part. Je cherche où est passé l'argent. C'est semé d'embûches.

— Tu as une idée ?

— Non.

Elliott ne jouait plus pour les autres mais pour lui. Désormais, il assumait son égoïsme. Il ne voulait pas aiguiller d'autres chasseurs de primes sur la piste toute fraîche. Qu'allait-il pouvoir faire d'une journée de huit heures dans l'enfer du confort salarié ? Prétendre travailler. Lui était appelé à un autre destin. Il se savait médiocre de penser les choses ainsi. Mais il voulait vivre, courir, baiser, boire gaiement et ne plus attendre. On ne pouvait éternellement attendre qu'il se passe quelque chose. Les décisions passées n'avaient plus de réalité, plus d'impact. Il regardait les autres et n'acceptait plus leur suprématie, leur nombre, leur envahissement. D'un pas tranquille, il se dirigea vers la machine à café, cette putain de machine à café qui servait à combler les vides dans les séquences documentaires. On prend un café ; on se livre. Il ne se livrerait pas. Son humeur était bonne, d'un coup, très bonne même. Il croyait sans le croire qu'il tirait les ficelles : il n'avait qu'à attendre le résultat des recherches effectuées par Farinot et le prendre de court en communiquant les informations à Brigitte Rouault, puis aux autres médias. Elliott n'avait pas encore compris que Farinot, lui non plus, ne jouait pas pour les autres.

**

Sur les marches du palais, le secrétaire général de l'Élysée lisait, mal assuré, sa communication. « *Le président de la République a accepté vendredi la démission du Premier ministre Jean-Jacques Pauillac, mis en cause dans une affaire d'ordre judiciaire. En conséquence, il a décidé de nommer Sylvain Auvenanian, actuel ministre de l'Intérieur, au poste de Premier ministre. Pour assurer la continuité du service public, le Président a décidé par décret de confier à M. Auvenanian l'intérim du ministère de l'Intérieur en attendant les élections prochaines. Le décret sera publié au* Journal officiel. *Merci.* » Ministre par intérim. On n'avait pas vu ça depuis 1988.

À peine nommé, le Premier ministre Sylvain Auvenanian divisait la droite, l'extrême droite, l'extrême gauche et l'opinion publique en général. Sa sortie était sur toutes les lèvres. Il s'en félicitait. Certains élevaient la voix : pouvait-on se permettre, dans un contexte qui rappelait les émeutes de novembre 2005, de promouvoir un ministre qui avait répondu à l'agitation par une agitation supérieure ? Pire : le ministère de l'Intérieur pouvait-il fonctionner sans dirigeant direct quand des voitures brûlaient ? Auvenanian, jusqu'alors populaire comme un chanteur pour dames, gagnait ses galons de présidentiable, puisqu'on le critiquait. Il n'était pas le seul. Car Bresson, en arrivage à l'Élysée, n'y apportait pas que des bonnes nouvelles. Il se fraya un chemin à travers les antiennes et trouva le Président occupé à signer des décrets. Pas bonjour, que des faits.

— L'opinion nous tient pour responsables. De tout. Des affaires, des violences. Le FN a beau s'être montré incapable de tenir ses troupes, c'est nous qui en pâtissons. Au niveau national, nous tombons à 17 % d'intentions de vote. Nous risquons de tout perdre.

Le Président, sûr de son fait démocratique, ne prenait pas la mesure des choses.

— Fais voir… Si les violences se calment, nous aurons une semaine pour mener une campagne normale. On va fatalement commencer à moins parler de Rouault. Il faut laisser le temps au temps. Les sondages c'est une chose, mais ils dissimulent un effet d'aubaine qui s'estompe dans l'isoloir. Et au deuxième tour, on pourra compter sur un sursaut citoyen. Et puis il ne faut pas occulter la prime au sortant.

— Jamais le Parti socialiste n'a été crédité aussi bas à une élection. Jamais.

— On va voir comment se dénoue la situation. Le compte de Rouault ? Il est clôturé ?

— Il semble que quelqu'un s'en soit chargé à notre place. Je ne sais pas qui c'est. La famille, j'imagine. Écoute, tant mieux. Si c'était une personne malveillante, elle aurait divulgué son emplacement à la presse mais ne l'aurait pas clôturé.

— Et celui de Pauillac ?

— Je n'ai aucune info sur celui de Pauillac. Je ne sais même pas à quel nom il a été ouvert. C'est à Bercy de l'identifier. Si ça se trouve, Jean-Jacques s'est contenté d'investir dans des sociétés offshore. Et là, c'est presque intraçable.

244

— Il faut quand même s'en assurer. Vois avec Bercy et l'Intérieur comment avancent les enquêtes. Bon, j'ai du travail. On se revoit ce soir pour préparer l'intervention de demain. Et dès mercredi, on embraye sur la réforme du droit au logement. Ça nous donnera du champ. Je ne sais pas s'ils sont prêts au ministère. Tiens je vais les appeler, les pressuriser un peu, ça me détendra.

Et il se mit à rire car en y pensant bien, rien n'avait vraiment d'importance.

Étienne Vellard se réveilla avec la désagréable impression d'avoir fait une connerie. Gueule de bois, aspirine, un coup d'œil par la fenêtre à guillotine sur sa Volvo largement éraflée. Il se souvenait bien, maintenant. Regrettait-il ? Non pas. Ce n'était pas malin, mais elle le méritait. Une bousculade tout au plus. Ce qu'il lui avait mis au chevalier servant ! D'un roulement d'épaules, il se remit d'aplomb dans son rôle de vrai mec qui a roulé sa bosse. Ça ne l'étonnerait pas qu'elle se retire vite fait, la petite pute, maintenant qu'elle savait à qui elle avait affaire. Café et, tranquillement, il s'installa pour lire le journal du matin. Les émeutes ? Tant pis pour eux. Ils n'avaient qu'à gérer leurs affaires un peu mieux, au gouvernement. Hein ? Plutôt que d'aller emmerder les élus de terrain, ils feraient mieux de s'occuper des vrais problèmes des Français. Vellard ouvrit son ordinateur, bien décidé à en faire un post de blog. Il n'avait pas la chance de pouvoir se payer un conseiller médias.

Il y allait franchement, lui, les mains dans le cambouis. C'était ça, le vrai socialisme. Pas un truc de fillettes. Depuis la nuit des temps, cela marchait comme ça. Le plus fort s'imposait, celui qui en voulait.

Autres temps, autres mœurs : deux policiers sonnèrent tandis qu'il finissait son café. *Qu'est-ce qu'on vient m'emmerder ?* pensa Vellard. Les présentations faites, ils l'emmenèrent fissa jusqu'au commissariat. Fermeté circonstancielle. Étienne Vellard trouvait inconcevable qu'une camarade en vienne à porter plainte. Habituellement, au Parti, on réglait ses affaires en famille. C'était la loi rituelle. Une vraie salope, que cette trésorière, en définitive, il n'en démordait pas. Et lâche avec ça ! Remarquez qu'il ne la nommait jamais : une manière comme une autre de nier son existence.

Tandis qu'Elliott Perez prétendait travailler, Patrice Farinot, qui, la veille, avait obtenu de lui une mine d'informations, réfléchissait à la meilleure manière de retrouver les comptes. Il n'avait pas de liens aux États-Unis et la tâche lui semblait fastidieuse. À tout hasard, il avait envoyé une requête aux autorités américaines. Il reprit le dossier, ses noms, ses prévenus. Du côté des entrepreneurs, l'affaire était entendue. Il n'y avait aucune raison pour qu'ils aient connaissance de quoi que ce fût. La famille était mutique. Les politiques avaient trop à perdre : Camille Stern avait dit ce qu'il avait à dire, Pauillac ne parlerait pas.

Pourtant, c'était chez eux, il le sentait, qu'il fallait insister. Le premier adjoint ? On rapportait de Saint-Étienne des informations contradictoires. Apparemment, la question de l'investiture finale n'était toujours pas établie. Peut-être, de ce côté, était-il possible de passer un marché. Le journaliste appela la mairie. M. Vellard était absent. Où était-il ? C'était confidentiel. C'était déjà beaucoup. Patrice Farinot composa ensuite le numéro de la section locale du Parti. M. Vellard n'était pas là non plus. Mais Mme la Trésorière pouvait répondre, au besoin. Justement, oui merci, en vous remerciant, au revoir. Bonjour, madame... Trente minutes plus tard, le journaliste prenait le train direction Saint-Étienne. Ça sentait bon, bon, bon. Dans l'hostilité plus qu'ailleurs, les langues se déliaient.

Exécutant une étrange gymnastique dans ses nouveaux bureaux, Sylvain Auvenanian prenait ses repères. Il y avait eu, cette fois-ci, passation des pouvoirs. Elle fut brève, inutile, pesante ; depuis des mois, on évitait Pauillac qui ne savait plus rien quand Auvenanian déjà décidait de beaucoup.

— Matignon est une machine à broyer les présidentiables, tu sais, s'était risqué Pauillac, pour tancer légèrement.

— Oh, tu sais, la présidence, c'est à peine si j'y pense, avait répondu Auvenanian en y songeant pourtant.

Et puis Pauillac s'en fut et avec lui une bonne partie de son équipe. Car Auvenanian ne travaillait guère qu'avec des proches. Il ne recyclait pas. Longtemps, pour se sortir des viviers militants par trop étroits d'esprit, il avait recruté sur des conseils recueillis au Siècle. C'était un lieu propice aux rencontres dc bon niveau. Maintenant que le terreau était creusé, il ne réfléchissait plus à ces contingences-là. Le bureau était grand et l'on s'y sentait bien. La République grandit ceux qui y font leur trou. Auvenanian s'attachait à ce genre de détails : la dimension des lieux, la qualité des toiles, la patine des bois – des signes évidents de prestige, des témoignages de chemin parcouru. Le faste comme valeur sociale. Un avantage : il n'avait jamais connu autre chose. S'il avait eu des amis, en dehors de la politique – des gens qui ne dépendaient pas de lui –, il aurait pris plaisir à les impressionner. Au fond, son autorité et ses gestes d'humeur n'étaient que les relents d'attitudes enfantines. Il était Gian-Maria Volonte au-dessus de tout soupçon. Et à défaut de tuer pour se croire intouchable, il disposerait dans quelques heures de l'argent de Rouault. Il mesurait enfin la toute-puissance du pouvoir et se savait à même de contrôler la présidence. Lui, les sondages ne l'atteignaient pas.

Les caméras et les micros lui barraient le visage artificiellement bandé de pansements en tout genre pour rehausser l'effet.

« — *Je tiens à souligner l'extrême violence dont il a fait preuve, cassant le nez à mon compagnon et me laissant sur le visage plusieurs contusions attestées par avis médical. Et j'en appelle à la responsabilité du président de la République, et à celui des socialistes en général, pour réclamer son exclusion du Parti qui aurait déjà dû intervenir beaucoup plus tôt.*

— *Nicole Frémont, vous êtes une femme blessée aujourd'hui ?*

— *Choquée surtout. Et en colère contre mon parti. Je n'ai pas encore prévenu la direction, voyez. Je préfère qu'ils l'apprennent au journal de 13 heures.* »

Philippe Bresson, s'il avait fait bonne figure devant le Président, accueillait la nouvelle de la clôture du compte avec force inquiétudes. Ne pas savoir qui savait : c'était bien là le problème. Ses soupçons le ramenaient inéluctablement vers l'homme du moment. De retour rue de Grenelle, il avait délégué à son plus proche collaborateur, celui-là même qui s'était chargé de libérer Perez, le soin de surveiller les faits et gestes d'Auvenanian. Puis il s'était ravisé. Il ne pouvait pas le laisser agir seul, car Auvenanian connaissait tout le monde – le suivre de près requérait une discrétion incompatible avec la fréquentation régulière des ministères. Les RG perméables, il lui fallait recourir à une aide extérieure. « *Perez ?* » avait suggéré le conseiller. Bresson n'y était a priori pas favorable. Du moins pas selon le canal habituel : Perez risquerait de voir la marque d'un complot d'État dans la réapparition d'une tête connue. En revanche, une rencontre directe pouvait s'organiser. À présent que Perez avait pignon sur rue, Bresson ne risquait rien à établir le contact. Il pourrait nier tout rapport avec l'entremetteur qui, la semaine dernière, lui avait rendu sa liberté. Le rencontrer, évoquer Auvenanian mais pas le Delaware : impliquer le ministre sans mouiller le Président. Un jeu d'équilibriste, qui, face aux questions de journalistes aguerris, ne tiendrait pas une minute ; mais Bresson pressentait qu'il pourrait amener Perez là où il le voulait.

Dans son esprit, le scénario se mettait en place : Auvenanian avait commandité l'enlèvement de Perez auprès de la DCRI pour éviter qu'il ne fourre son nez dans le rapatriement des fonds ; Auvenanian utilisait les services secrets pour dissimuler les preuves de sa participation au meurtre de Rouault. Auvenanian avait fait tuer Rouault pour éviter qu'il ne l'implique dans l'affaire des manufactures. L'histoire se ramifiait en déroulé logique. Philippe Bresson, s'il trouvait amorale l'idée de souiller artificiellement Auvenanian, mesurait cependant les limites de la déontologie en milieu politique. Auvenanian serait la dernière victime politique de l'affaire Rouault, dont la disgrâce protégerait la présidence tout en laissant du champ à d'autres pour s'élever – d'autres dont Bresson. On retrouverait l'argent, Auvenanian ramasserait, on serait bien tranquille. Perez, alors. Perez.

Il composa son numéro de téléphone.

« — *Elliott Perez ? Philippe Bresson à l'appareil.*
— *Ah ? Bonjour. Bonjour, Monsieur le ministre.* »
L'indépendance intellectuelle de Perez cédait
aux convenances.

⁂

Patrice Farinot, excitation visible et genoux vire-
voltants, sauta du train pour rejoindre le centre au
milieu des crassiers. Un sac sur le dos avec à l'intérieur sa vie – son ordinateur et ses notes. Il s'arrêta
près d'un comptoir pour engloutir un expresso
brûlé au troisième degré. Sur les écrans braquant
la foule, « *le nouveau scandale qui ébranle la majorité. Marie Delpierre, vous êtes en direct de Saint-
Étienne* ». « *Merde !* pensa Farinot. *Ils doivent déjà
tous lui tourner autour.* » Il regarda sa montre.
14 heures bien tassées. Il envoya valser deux euros
sur le zinc avant de reprendre la route vers le
domicile du premier adjoint. Comment appréhender sans rendez-vous un type traqué ? Étienne
Vellard ne se laisserait pas facilement apprivoiser.
Après sa déposition, on l'avait laissé regagner sa
maison en lui déconseillant d'approcher sa victime. Et il était chez lui, son jardin envahi de journalistes qui flairaient le bon client, maugréant sur
le monde comme sur les nouvelles mœurs et les
femmes et... Café, café, café. Le téléphone sonnait sans arrêt. Il le décrocha pour de bon, entail-
lant son cordon avec un Opinel. Farinot s'en fut
prendre la température devant la grille où les
médias se relayaient sans cesse. Impossible de
l'approcher de ce côté-ci. Mieux valait attendre.

À nouveau seul dans son bureau, le Président se départit de l'optimisme fade qu'il s'obstinait à afficher. Parler du logement : un rideau de fumée dérisoire pour occulter l'affaire. Comment sortir de là ? Il voyait tout son monde s'effondrer par pans, les socles se délitaient, exit les fondations, un tremblement sourd en guise de mot d'adieu. Les ministres de tutelle, Sylvain Auvenanian et Michel Darmon, au téléphone, lui avaient promis la fin des émeutes pour le soir même : et de fait, un impressionnant dispositif de sécurité avait été déployé dans les rues des grandes villes. Le paysage urbain, altéré façon Amérique centrale, présentait des aspérités militaires à chaque coin de rue, mitraillettes sur les quais du métro, mitraillettes dans les gares, des bérets de côté, ambiance de coup d'État. Mais le Président n'était plus sûr de rien maintenant que l'argent s'était évaporé – et Dieu sait où, et Dieu sait pourquoi, et grâce à Dieu qu'on le retrouve. Il jouait sa mandature en une petite semaine. La crise : de la gnognotte comparée au séisme que la mort de Rouault avait déclenché. Les voisins européens, par le prisme déformant d'envoyés spéciaux pas encore acculturés, s'inquiétaient d'une France à feu et à sang. On le lui faisait savoir avec diplomatie. On attendait de lui qu'il restaure la confiance des marchés – les émeutes urbaines ne constituent pas à proprement parler des facteurs incitants pour les investisseurs. L'agenda avait changé, les promesses ne tenaient plus. Si jamais la provenance de l'argent détourné atterrissait dans les colonnes d'un média, il aurait l'opinion, les diplomates, les partenaires sociaux et son propre parti en rangs unis contre lui. Auvenanian, loyal par intérêt, avait-il déjà perdu tout intérêt à se montrer loyal ? Il semblait inconcevable au Président qu'un ministre puisse jouir d'un réseau d'informateurs supérieur au sien. Le Président n'osait plus décrocher son téléphone de peur paranoïaque qu'un relais d'Auvenanian ne vienne à lui répondre. Il était isolé avec tous les pouvoirs dont celui de couler.

Il fit appeler les conseillers d'Havas pour convenir avec eux d'une stratégie à suivre. Si, comme il le pensait, ils étaient les taupes actives de l'Intérieur, leur avis sur la situation s'avérerait éclairant. Mais avant qu'ils n'arrivent, le téléphone encore, toujours le téléphone. « *Philippe ? Qu'est-ce que tu veux ? Quelles infos ? Je l'ai fait exclure hier ou avant-hier, ça ne nous concerne plus. Comment ça "ce n'est pas ce qu'ils disent à la télé" ? Tu as eu le premier secrétaire ? Mais c'est pas croyable ! Il ne fout jamais rien, se plaint de n'être pas associé aux décisions du gouvernement, et pour une fois que je lui donne une chose à faire à ce con, il se démerde pour ne pas la respecter. Oui, c'est un bordel, bien sûr que c'est un bordel. Je te laisse, j'ai un appel à passer.* »

Le premier secrétaire essuya un savon sans accent marseillais qui allait se traduire par l'exclusion immédiate de tous ses proches des antennes gouvernementales, du Conseil économique et social, de la Banque de France et des cabinets. Un premier secrétaire virant subordonné dont l'acte de bravoure lui coûterait son poste. Les purges staliniennes, le goulag en moins. Havas et Havas, aux portes du pouvoir, assistaient, silencieux, au dénouement tragique d'une carrière d'apparatchik effectuée dans les clous.

Comme un voile dans la pièce, l'ombre sur les murs projetée, agrandie, car un nuage mimait la nuit, et la colère terrible d'un roi prenant conscience qu'il ne régnait sur rien. Et Jean-François Copé venait de prononcer à la télévision des attaques incessantes : « *Le gouvernement fait des appels au calme ; mais comment voulez-vous que nos concitoyens les entendent ? La violence appelle la violence ! Moi, je vous le dis : je comprends la violence de ceux qui, touchés par la crise, inquiets de l'avenir de leur pays, assistent à la gabegie gouvernementale, faite de heurts, de mensonges, une longue négation de la concertation républicaine. Je ne l'excuse pas, mais je la comprends. Dans les rues, les casseurs ne font qu'imiter les méthodes mises en place par l'actuelle administration. La preuve : Rouault mort. Assassiné ? Et maintenant un élu, un élu de la République, un représentant du peuple, qui frappe sa concurrente ! Dans quel pays vit-on ? Et le Président qui n'a toujours pas réagi ! Et j'appelle tous ceux qui en ont par-dessus la tête de cette gestion calamiteuse à le faire savoir, dans le calme, ce soir. Nous défilerons pacifiquement à Paris pour réclamer la démission du président de la République. Et, je le précise, nous défilerons, que la préfecture nous autorise ou non à le faire : désormais chacun se trouve face à ses responsabilités pour assurer la réussite de cette manifestation.* »

La violence appelle la violence. L'élément de langage se répandait déjà, murmuré çà et là, crié partout ailleurs, infiltrant les foyers par les canaux multiples des médias relayant. Et l'exécutif, selon les décrypteurs, se parait d'une cape en velours d'autocrate.

Il renvoya les conseillers.

Oh ! On était au calme, au Café de la Paix. Fauteuils rouges, on susurre, des lustres, des colonnades. Ah ! On était au calme, loin des vitrines détruites et des voitures brûlées. Oh ! On parlait d'argent au Café de la Paix, à des tables diverses disposées sur les cubes Art déco du tapis, entourées d'ennuyeux en costume ou en chemisette – on savait se détendre au Café de la Paix. Ah ! On y était bien. Dans un carré privé fait de bric, de broc et d'un paravent colonial, Bresson attendait Perez. Il était mitigé sur cet environnement à contre-jour des réalités, dans le confinement des secrets d'alcôve où baignaient les touristes, un mépris pour soi-même mais un petit dessert. Nos héros se rencontrent ! L'excitation pointe.

L'après-midi s'éternisait et avec lui la crainte que les violences ne redoublent quand la nuit surviendrait. Mais Bresson était là, mangeant sa tartelette aux fraises et, finalement, toute l'importance des choses se diluait dans le suc des fruits bien mûrs, bien rouges, chimiques. Perez, en jean sale et baskets, le regard un peu vague, cherchait au milieu du beau monde le visage de Bresson que les images Google lui avaient décrit plus tôt en basse résolution. Plus habitué à se faire appeler « chef » par des patrons de kebabs dans les odeurs de graisse, il n'osait demander son aide au chef de rang. On ne l'aurait pas cru, on l'aurait même peut-être jeté dehors. Un point noir sur le teint harmonieux de ce café modèle, une tache de moisissure sur le tableau de Marcel Masson. Un intrusif. Il savait Andrea occupée à parler aux enfants de Rouault, avec le ton compatissant des faux empathiques, cherchant dans une discussion stérile des mots-clés préétablis pour alimenter sa narration. Il n'enviait pas leur sort. Après tout, s'il était là, il était à sa place.

Furetant du bout du nez, il dénicha Bresson qui croquait dans ses fraises.

— Je suis en avance, excusez-moi, Monsieur le ministre.

— Non, non, asseyez-vous. Vous voulez un café ?

— Je veux bien un café.

— Un café, alors. Voilà. Voilà. Bon. Écoutez, il va de soi que cette rencontre est discrète.

Bresson pensait pouvoir exercer sur tous les journalistes des pressions identiques en jouant les confidents et en baissant la voix.

— Nous ne nous sommes jamais rencontrés. Il en va de la sûreté de l'État. C'est bien clair ?

— Ça l'est.

— Nous cherchons tous deux la même chose. Vous voulez établir la vérité sur les… événements actuels et moi aussi. Je vous ai demandé de venir pour que vous m'y aidiez, ou pour vous y aider, selon le point de vue. Que savez-vous, exactement ?

— Rien que je puisse vous dire sans vous compromettre.

Il mordait à l'hameçon, Bresson sourit, comme ça, sans y penser vraiment.

— Alors, laissez-moi résumer la situation de mon côté. Marc Rouault est mort. Suicidé ou assassiné, je connais votre avis, je ne vous donnerai pas le mien. Il va de soi qu'on ne meurt pas pour une bagatelle. Or, vous en conviendrez, à ce niveau, 700 000 euros, c'est une bagatelle.

— Il y a donc plus d'argent. Mais vous ne m'apprenez rien.

— Ah vous voyez que vous pouvez me dire certaines choses ! Il y a effectivement davantage d'argent. Or, je suis à peu près certain que quelqu'un a mis la main sur cet argent. Quelqu'un de haut placé. Si nous parvenons à le prouver, nous aurons également prouvé l'implication de cette personne dans l'affaire Rouault – vous aurez un assassin potentiel, et moi, je nettoierai mes rangs des renégats qui les salissent. Gagnant-gagnant.

— Pourquoi faire appel à moi ? Qui soupçonnez-vous ? Que dois-je faire ?

— Mais enfin votre boulot bien sûr. Et je vous y aiderai. Qui, pensez-vous, a organisé le kidnapping que vous avez brillamment évoqué à la télévision ? Qui était en mesure de le faire ?

— Les RG, enfin, la DCRI.

— Et qui transmet ses ordres à la DCRI ?

— Je n'en sais rien.

— Ça me paraît évident : l'Intérieur. Vous voyez, vous commencez à comprendre. Remettons les choses en contexte. Pour une raison que je n'ai pas besoin de détailler, le ministre de l'Intérieur veut absolument mettre la main sur les fonds. Or, vous vous agitez, vous faites du bruit, vous attirez l'attention. Donc on vous réduit temporairement au silence en vous enfermant dans un appartement témoin. Et qui mieux que la DCRI sait assurer la réussite de ce genre d'opérations ? Puis, l'argent récupéré, on le met de côté à l'abri des commissions, des enquêtes et des journalistes, et on attend que l'affaire se tasse. Vous cherchez l'argent ? Vous cherchez la vérité ? Inspectez de près les allées et venues du Premier ministre.

— Pauillac ? Je le croyais déjà…

— Mais non, pas Pauillac. Le nouveau Premier ministre.

— Auvenanian ? Mais comment ?

— Commencez par vérifier ses mails, rendez-vous chez lui, démerdez-vous, je n'en sais rien… Je ne veux surtout pas être au courant de vos méthodes. Et puis, mettez-le en cause publiquement, histoire de voir comment il peut se défendre. On parlera d'argent plus tard.

En voyant l'incrédulité d'Elliott Perez, Bresson sentit qu'il s'était adressé à la bonne personne pour mener à bien une mission suicide. Tant pis s'il sombrait dans la trivialité la plus absolue.

À chacun son boulot. Il retourna à son café et paya celui du journaliste.

Perez, cependant, essayait d'imaginer les sommes en jeu.

✳✳

Quelques gouttes, les lampadaires éteints, ah, ça y est, ils s'allument, les boutiques ferment ou ouvrent selon qu'elles vendent ou non des boissons alcoolisées. Rues étroites et pavées, les tarifs qu'on occulte, de la pierre investie. Auvenanian se rendait dans un petit appartement de l'île Saint-Louis. C'est là qu'avec quelques proches, parlementaires ou dignes de l'être, ils se retrouvaient quelquefois pour évoquer l'avenir. On fêterait sans excès sa brusque nomination. Avant de partir, il avait laissé des instructions : Copé, pas plus qu'un autre, n'obtiendrait l'aval de la préfecture pour manifester le soir. Pour irresponsable que ce choix pouvait paraître, il avait laissé ses équipes surveiller le bon déroulement des événements nocturnes. Il n'avait pas davantage confiance en son jugement que dans le leur. Son absence nourrirait les critiques, mais peu lui importait puisque son immédiat, à lui, se situait ailleurs. S'il avait usé des outils de l'État pour identifier les comptes de Pauillac et Rouault, c'était aux pouvoirs informels qu'il confiait la mission de le placer en lieu sûr. Dans la lutte d'influence où il s'était engagé contre la présidence – et pour la présidence –, tout intermédiaire, même de confiance, pouvait changer de camp. Alors il ne comptait que sur ses proches, ceux qui pardonnaient tout, non pas par loyauté, non pas par intérêt, mais par une forme d'estime qu'il espérait sincère. La même estime qui, autrefois, avait lié Camille Stern à Marc Rouault.

En se mêlant à la foule, la veille, il avait voulu se fondre au danger de l'instant, se frotter au terrain, puisque dorénavant il gérerait son avance depuis les cabinets par intrigues interposées. Débarrassé de sa garde du service de protection, il se sentait plus libre d'exprimer pleinement toute la sérénité d'avoir gagné d'avance. Tout s'était combiné dans un ordre parfait : les conclusions de Bercy, les vérifications corroborantes de ses services internes, quelques coups de fil et le tour était joué. En deux jours, il avait acquis plus de pouvoir qu'il n'en nécessitait pour déblayer la route vers la présidence. Les mauvais résultats électoraux et économiques justifieraient amplement le retrait du patron et, à l'heure de désigner en marche précipitée le successeur, ses réseaux étendus et son sens des médias suffiraient à imposer son nom. Il s'arrêta devant une porte bleue à grillage incrusté et, deux étages plus haut, entra chez son ami au milieu des plantes tropicales. On n'attendait que lui. Le champagne était frais. Deux présidents d'entreprise assurant des missions déléguées de service public, trois membres du directoire de journaux nationaux, deux autres présidents de sociétés actives dans le secteur bancaire. Et l'un d'eux, à l'oreille, lui glissa doucement :

— L'intégralité de la somme est en sécurité, je ne te dis pas où. Nous sommes les deux seuls à savoir. Tu peux passer à l'offensive.

Le champagne avait un arrière-goût de victoire absolue.

Perez, dans un café en face de l'immeuble, attendait le dénouement de l'entrevue ministérielle, conjecturant en vain sur son contenu.

**

La marche improvisée par l'UMP se déroulait dans le calme. Un défilé de nuit – quelque chose entre la descente au flambeau et l'attaque du Ku Klux Klan. Les chemises à carreaux étaient surreprésentées dans les remous ringards de ce cortège un peu vide. Au milieu des manifestants, Jean-François Copé espérait secrètement que les choses dégénèrent sans quoi l'opération de com virerait à l'échec. Les slogans se chuchotaient pour ne pas déranger les voisins. Le trajet, emprunté à la gauche, devait réunir Bastille et République. Personne dans les rues, bars fermés, pluie, lundi. C'est en approchant de la place en travaux qu'ils leur tombèrent dessus. Eux : des mecs de banlieue sortis pour tout casser et déjà aux prises avec des CRS. Pour ces gens défilant qui prenaient des nouvelles de la banlieue lointaine sur TF1, la rencontre avait tout du dernier rendez-vous. La dispersion ne se fit pas attendre. Mais les cibles mouvantes excitent les chasseurs et bien sûr on s'en prit aux chemises à carreaux, un peu, beaucoup, parfois passionnément. Des arcades sourcilières, un nez, des portefeuilles, des téléphones changèrent de forme ou de propriétaire.

Les renforts policiers aidant, la situation s'étoffa pour dépasser celle de la veille. Paris au son synthétisé d'un jeu de combat : CRS contre casseurs, puis l'armée s'en mêla. Jean-François Copé fit son possible pour recevoir sa part de stigmates, il parvint comme il put à s'écorcher la main, la main qu'il brandirait sur les plateaux télé le lendemain. Déjà, pendant l'assaut, pendant la débandade, ses pensées moulinaient pour établir précisément les éléments de langage qu'il transmettrait à ses troupes.

Grâce à Internet, les images des attaques se répandirent immédiatement un peu partout en France ; en une poignée d'heures, d'autres villes, comme la veille, furent touchées à leur tour. Attaques éclair et autres raids poudre aux yeux permettant aux malins de piller les enseignes ou de désosser les distributeurs de billets. Les autres municipalités, souvent moins bien préparées à ce genre d'événement que Paris, y répondaient en retard, sans moyens, sans agents. L'inédit des violences y générait alors une exaspération grimpante parmi les habitants. C'était le cas à Saint-Étienne.

Et c'est ainsi que l'on vit, en quelques minutes, le trottoir situé face à la maison d'Étienne Vellard se vider de sa substance, les équipes se ruant vers l'info plus urgente. Bientôt, il ne resta plus qu'une dizaine de journalistes, et puis enfin personne. Patrice Farinot décida toutefois de patienter quelques minutes supplémentaires avant de s'animer. Soit Vellard profiterait du calme pour sortir, soit sa garde se baisserait. Dans les deux cas, Farinot pourrait l'aborder selon ses intentions.

Vellard ne sortit pas. Farinot sonna à l'interphone incrusté au portique. Pas de réponse. Redring. Pas de réponse non plus. Il escalada la grille pour entrer dans le jardin. Les lumières allumées le rassurèrent un peu. La maison : une maison de ville en cube, ancienneté relative, crépi froid, la gouttière abondante qui déversait une eau propice aux moisissures. Aux abords des portes et fenêtres, un liseré tarabiscoté de briques et de pierres grises, hauteur limitée et ardoise noire. Il sonna à nouveau. Personne ne répondit. Une fenêtre ouverte fit naître des pensées clandestines chez Farinot. Il pensa à Trintignant hésitant dans la nuit à débarquer chez Anouk Aimée, se souvint de sa décision finale et poussa le battant. Intérieur en attente. Murs blancs, croûtes, tapis premiers prix, cuisine américaine. La lumière était allumée. Pas un bruit sinon le craquement du parquet flottant sous les pieds de Farinot qui commençait à regretter son choix. En face, un escalier en aggloméré amplifiait un couloir réduit vers l'unique étage. Précautionneusement, Farinot se dirigea vers lui. Malgré sa jeune carrière, ce n'était pas la première fois que son métier l'amenait du côté de l'aventure. Ce goût du trompe-la-mort, associé à un flair très aigu, bâtissait sa réputation. Mais des fragments dans l'air attisaient sa méfiance et, à mesure qu'il avançait vers l'escalier, ses sens en alerte lui faisaient craindre le pire. Il posa le pied sur la première marche. Elle craqua violemment. Hissé sur un pied, il allait poursuivre son ascension quand une voix derrière lui le lui déconseilla.

— Retourne-toi doucement, espèce de fils de pute.

Farinot s'exécuta. Le gros sac à dos disparut doucement pour faire place au visage du journaliste. Étienne Vellard le braquait d'un .22 long rifle.

— Foutu pour foutu, je pourrais tout autant te buter, tu sais. Je ferai croire que je t'ai pris pour un voleur. Tout ce qui arrive, c'est à cause de toi et de ton petit nez qui se fourre là où il faudrait pas. Tu crois que je t'ai pas reconnu ?

Il n'en menait pas large, Farinot, devant ce psychotique sous empire alcoolique qui pensait n'avoir plus rien à perdre. Il s'efforça pourtant de garder tout son calme.

— Doucement. Je suis venu ici pour vous proposer un marché. Je peux vous donner les moyens de vous venger contre le gouvernement puisqu'il vous laisse tomber. Si vous me tuez tout de suite, vous passerez pour un fou ; il n'est pas difficile de faire croire à l'opinion qu'on ne saurait être tenu pour responsable du comportement d'un fou. Mais si vous m'écoutez, l'exécutif se retrouvera dans la même barque que vous. Et alors il sera plus difficile de vous ignorer, de vous minorer. Vous me suivez ? Alors, parlons du Delaware, vous voulez bien ?

**

Il n'était pas bien tard, mais les échanges obtus accentuaient la fatigue. Interrompant les débats, des câbles apportés par huissiers informaient le Président furieux de la situation un peu partout en France. Le cabinet d'Auvenanian couvrait le ministre de l'Intérieur : s'il ne répondait pas lui-même, c'était qu'il était occupé à gérer la situation en continu. Le Président le soupçonnait de prendre du bon temps – mais à quoi bon ? Les événements prenaient une ampleur inédite, l'intervention du lendemain une dimension américaine, un discours d'impeachment ou quelque chose du genre. Les conseillers d'Havas observaient un silence travaillé à l'école. Bresson, par habitude, cherchait à intervenir sur le fond. Comme le Président ne l'écoutait pas, il se mit à étudier sa silhouette qui, cou pendant et cheveux rares, grossissait de jour en jour depuis le début de la crise. Sur une table, du café et des rafraîchissements gardaient leur opercule car personne n'y touchait. Une heure qu'ils étaient là, et rien n'avait encore été décidé. Tous restaient suspendus à la parole du chef. Difficile d'apprécier la gravité du temps à l'aune des commentaires serrés distillés çà et là par le Président à ses interlocuteurs téléphoniques. Enfin, il raccrocha, nettoya ses lunettes, eut l'air un peu ailleurs, se ressaisit pourtant et, se tournant vers Bresson, décida :

— On peut commencer.

— Voilà la situation, pour que vous vous fassiez une idée : l'affaire Rouault n'occupe déjà plus les esprits. Le vrai problème, désormais, ce sont les émeutes. Ce n'est pas la paix romaine, au-dehors, tant s'en faut. Les journalistes vont tout balayer sauf la politique. Il faudrait trouver une stratégie englobante qui vous permette de bien dissocier l'affaire politique des violences. Parce que si l'amalgame s'impose dans les esprits, nous sommes cuits. J'avais le service de l'opinion au téléphone tout à l'heure et les journalistes se persuadent qu'on est en plein dans les années de plomb. Il faut relativiser absolument.

— Vous aurez du mal à relativiser la situation si elle se prête à décréter l'état d'urgence.

— Ne sois pas ridicule, Philippe, l'état d'urgence, ça n'a rien à voir avec ça. On ne va pas faire comme Chirac et Sarkozy en 2005 et décréter l'état d'urgence pour nous donner des airs importants. Il y a des élections dans moins d'une semaine, c'est incompatible.

— Justement, Monsieur le Président. L'état d'urgence est incompatible avec le bon déroulement des élections. Or, nous vivons actuellement un état d'urgence manifeste. Les élections arrivent au plus mauvais moment. Peut-être faudrait-il envisager de les reporter, le temps que le climat s'apaise ?

Havas numéro 1 se croyait Talleyrand.

— Vous imaginez le tollé ? On me compare déjà à un petit dictateur pour des raisons que j'ignore, si je reporte les élections – ce que je ne suis pas sûr de pouvoir faire, de toute façon –, les conséquences seraient dramatiques politiquement. Ce ne seraient plus des émeutes, mais une révolution qu'on risquerait d'essuyer. Revenons plutôt à notre volonté d'apaisement. Il faut que je fasse une annonce. Quelque chose visant à moraliser l'exercice politique.

— Les limites de ce genre de dispositif ont été démontrées par l'affaire Cahuzac. Il faut une annonce forte.

La voix de Bresson ne portait plus. Havas s'engouffra dans la brèche.

— Comme le report des élections. Je vous assure que c'est une option à considérer. Quand bien même vous seriez désavoué par le Conseil constitutionnel, vous gagneriez un mois, deux peut-être, pour reconstruire l'image du gouvernement dans l'opinion.

— Et j'ajouterais, pour suivre mon collègue, que vous effaceriez votre propre image, jugée souvent trop tendre, pour y substituer celle d'un dirigeant énergique qui prend des décisions courageuses. Repensez à 2012 – le capitaine dans la tempête, ça a bien failli payer pour Sarkozy : pourquoi ne pas reprendre le schéma à votre compte ?

— Monsieur le Président, ne faites pas ça. Même si les circonstances s'y prêtent, vous feriez un acte de déni du suffrage démocratique qui, pour beaucoup de citoyens, même abstentionnistes, constitue le seul lien qui les rattache encore à la vie politique. Le report des élections serait utilisé par l'opposition contre vous pour dénoncer la dérive clanique du pouvoir et la préservation des acquis partisans au détriment de la volonté populaire. Vous en prendriez plein la gueule et les émeutes redoubleraient. C'est la pire option. Tenez-vous-en à votre ligne : les affaires judiciaires concernent la Justice, les émeutes l'Intérieur, vous

vous maintenez un cap pour sortir la France de la crise économique et financière. Vous imposez aux contradicteurs les questions de fond que vous souhaitez aborder. Et concernant les événements actuels, vous exhortez la population à canaliser son mécontentement par le vote et non par la violence, et entendez prouver dans les urnes dimanche prochain que les violences et les débordements ne sont que le fait d'une minorité active et ne traduisent pas l'état d'esprit général de la population.

— Tu fais des phrases trop longues, Philippe, je suis fatigué. Mais tu as probablement raison.

Le vent tournait. Havas numéro 2 changea de stratégie.

— Toutefois, si vous me permettez, Monsieur le Président, j'aimerais attirer votre attention sur les facilités garanties par l'état d'urgence pour appréhender les agitateurs qui instrumentalisent les émeutes. Si la situation se maintient comme telle, vous n'aurez probablement pas le choix.

Havas relayait consciencieusement les souhaits de l'Intérieur. Si l'état d'urgence venait à être décrété, le ministre régalien pourrait assigner à résidence toute personne dont l'activité s'avérerait dangereuse pour la sécurité et l'ordre publics. Y compris des journalistes ? Le Président n'était pas dupe. Mais la raclée électorale annoncée précarisait son avenir dans ce palais qui, tout compte fait, ne lui déplaisait pas. Il écouta ainsi les avis de l'un et celui des autres. Comme de bien entendu, c'est tout seul qu'il prendrait sa décision.

Auvenanian s'éclipsa dans la nuit. Sous une pluie redoublée que des éclats lointains troublaient par intermittence, Elliott Perèz, les cheveux plaqués sur le front par l'humidité, avança jusqu'à la porte que le ministre venait de franchir. Il la rattrapa de justesse avant la fermeture. Activant la minuterie, il se mit à chercher l'amas de boîtes aux lettres dans un coin abrité de la cour. Deux noms pour trois étages. Il les consigna tous sur un ticket de caisse qui traînait dans sa poche. Son équipement s'arrêtait là ; à l'opposé de Farinot, Perez ne concentrait pas sa vie autour de son métier – à vrai dire sa vie n'avait rien de concentrable. Le lendemain, il déterminerait chez qui s'était rendu Auvenanian. Un minimum de culture politique lui aurait suffi à savoir lequel des deux personnages faisait notoirement partie des cercles du ministre. Malgré ce handicap qu'il ne regrettait pas, une intuition lui laissait penser que l'hôte de ce soir-là aurait de l'importance, qu'il était le fusible entre lui et l'argent. Il aurait pu se tromper ; il ne se trompait pas. Elliott Perez n'avait jamais été aussi proche de conclure son enquête. Son manque de savoir-faire et son intelligence moyenne seraient-ils suffisants pour le détourner du but ? Ou peut-être simplement faudrait-il s'en remettre à la fatalité. Lui n'imaginait rien, ne se projetait pas. Il quitta la cour en se demandant combien de temps le compte à rebours tournerait encore avant explosion générale – il espérait se situer suffisamment loin du foyer central à l'heure zéro. Mais déjà revenaient les contingences habituelles : nulle part où dormir. Impossible de rentrer jusque chez ses parents. La pluie. Impensable pour impensable, c'est au bureau qu'il se rendit pour s'allonger un peu, en manière d'heures sup.

**

Farinot sort indemne de chez Étienne Vellard. Il a bu un cognac en signe d'amitié. Dans une heure, Vellard se tirera une balle dans la bouche, mais Farinot l'ignore. Vellard lui a transmis des documents secrets – des documents cachés sous des lattes de parquet qu'il gardait sous le coude en attendant la perquisition. Ces documents sont divers : certains attestent que les sommes versées par les hommes d'affaires à l'ancien maire excèdent très largement les 700 000 euros découverts à Jersey. D'autres font état d'un compte ouvert à la Bank of America, dans le Delaware, sans précision du montant déposé. Mais c'est la date qui intéresse Farinot : elle coïncide avec un voyage présidentiel. C'est d'ailleurs cela qui a décidé Vellard à lui fournir tout le dossier. Faire chier le Président : une sinécure. L'adjoint a refusé de dévoiler la provenance de tout ce fond. Quoi qu'il en soit, Farinot va devoir vérifier, dans le détail, chaque document, avant de les rendre publics. Pour l'heure, il cherche un hôtel dans le centre-ville. Il entre dans une petite auberge, prend une chambre et insiste pour qu'on lui délivre une facture. Au même instant, la 22 long rifle de Vellard éparpille son cortex déjà mal agencé en étoiles organiques dont la fine pellicule réfléchit la lumière sur les murs et au plafond.

La maison de ville se couvre de couleurs.

MARDI

Les émeutes, les émeutiers, les incidents, les casseurs, les destructions, six cents voitures brûlées, le message politique ; l'affaire Rouault et ses rebondissements, le suicide de Vellard, les émeutes à nouveau, les témoignages, les réactions en France et celles à l'étranger ; pauvre Jean-François Copé, si courageux d'avoir bravé les foules ; communiqués, contre-communiqués, Sylvain Auvenanian dans la mire ; les commentaires, l'état de siège ? Les élections à venir, les cotes de popularité ; Perez suivait de près sa nouvelle cible, les émeutes, les émeutes, pas de mort heureusement ; Auvenanian reçut des menaces d'assassinat arrosées de farine pour imiter l'anthrax, on en parla un peu, on en parla beaucoup ; Perez hésita, désœuvré, à forcer la porte de sa cible mais manqua de courage et s'abstint finalement ; Farinot vérifia et termina bredouille : les fonds n'étaient plus là, impossible de savoir qui était responsable de leur déplacement ; le juge Bergollet constata le suicide d'Étienne Vellard et demanda à être dessaisi du dossier ; Bresson tenu de s'expliquer sur la lettre de démission – Bresson s'expliqua. Puis Bresson poursuivit le Président dans les couloirs nacrés du palais présidentiel pour le convaincre encore de ne pas suivre l'avis des saboteurs d'Havas ; le Président, courant partout, préparait son grand oral du soir. Une rude journée résumée brièvement pour votre bon confort. Conclusion générale : les choses n'allaient pas bien.

19 h 30. Le chef de l'État, accompagné d'une équipe resserrée, prit place dans la berline qui le conduirait au siège de France Télévisions. Une promenade parisienne dans l'odeur cirée du cuir, escorte et route de velours. Entre chien et loup, entre loups surtout grâce aux vitres teintées qui minaient les moraux, les quais de Seine à toute allure, les radars muets – la République exemplaire à l'épreuve des pervenches. Dans la voiture, Bresson, Havas Worldwide et deux insignifiants observaient un silence perclus de presque interventions. Bresson, tapotant sur l'écran tactile de son portable, envoyait précisions et recommandations au présentateur. Supplique pour limiter la casse. Concentré sur ses notes, l'œil épais sous la lunette, le Président prenait ses airs boudeurs. Il brisa la glace sans pour autant lever les yeux :

— C'est bien, c'est très bien, Philippe, tes remarques sur la Syrie. Dommage qu'elles ne servent à rien.

Et de tourner la page. Ambiance festive. Le chauffeur se taisait lui, qui, le nez hors du guidon, aurait sans doute prodigué les conseils les plus avisés.

L'arrivée : cinématographie migraineuse, alternance d'accélérés et de ralentis. Dépose-minute, parking, on passe vite sur les préliminaires, comité d'accueil aux manières enjôleuses, 1,65 mètre tout en dents et raie à gauche pressés de dire bonjour et de serrer des mains. Le Président, d'abord, puis les autres par ordre décroissant d'intérêt. On se connaissait bien, on le faisait sentir mais la tension, palpable, n'avait rien d'habituel. Le Président, sourire crispé, sourire quand même. Ils descendirent au sous-sol. Un petit buffet dans le couloir attirait l'œil des visiteurs – la République honora les petits-fours d'une main boulimique. Miam miam miam. Taches de graisse sur les documents, poignées spongieuses. Pour se concentrer, le Président s'isola dans sa loge. Bresson voulut rentrer mais la porte se ferma. Il resta prostré quelques secondes, en quête d'une contenance contre l'humiliation. Puis il s'en retourna dans la salle principale à l'affût du présentateur qui discutait avec son équipe. Là encore, en retrait, attendant son tour, il se sentait minoré, frappé d'indifférence. Havas prenait ses aises dans des fauteuils en cuir tout devant les écrans, glissant des mots secrets aux oreilles des journalistes de passage. Arrivèrent alors les experts : Lenglet, Duhamel rentrant le ventre, Jeff Cohen. Roulements d'épaules et de tambour. Ils trimballaient leurs dossiers comme d'autres des lunettes à verres non correcteurs : pour se donner un genre. Salutations rapides et les tests plateau. Le public avait été trié sur le volet. Un refroidisseur de salle distillait ses recommandations : pas d'applaudissements, de la tenue, du sérieux – on n'était pas là pour le spectacle (mais pour l'audience). Une émission réglée pour ne jamais parler de politique – des chiffres, des graphiques, la volonté confrontée au carcan libéral. Tout ça était su, on s'en accommodait. Bresson parvint à attirer l'attention du présentateur.

— Ne nous mets pas trop dans la merde. Le sujet Rouault, c'est bien, mais ne pousse pas. Les émeutes, pareil : la situation est gérée, n'accentue pas le trait, les gens vont prendre peur.

— Philippe, je fais mon travail, moi : tu connais notre façon de procéder, notre but c'est d'informer, pas de générer des réflexes partisans. On est à cinq jours des élections, on va forcément parler des sujets qui fâchent. Après on n'est pas là pour se livrer au pugilat. Tu as eu les questions, hein ? On ne les excédera pas. Rassuré ? Bon je dois aller au maquillage. Tu devrais t'installer avec les autres qui le fixaient du regard.

L'éternel recommencement d'une scène identique. Fatigant même à raconter. Pendant ce temps, des spots institutionnels, faute de pub, faisaient patienter les téléspectateurs.

Retour dans le marais. Elliott Perez et Andrea Areggiani, à bonne distance derrière Charles Kaufman, directeur d'une banque d'affaires et ami de Sylvain Auvenanian, exerçaient une surveillance aléatoire. Ne leur manquaient que le journal à l'envers, l'imperméable et le chapeau pour parfaire leur déguisement de détectives d'opérette. Mais l'homme, sorti tardivement de la Défense, se contentait d'observer une routine entêtante. Andrea répétait : « *C'est chez lui que nous devrions aller* » et, déjà, Elliott regrettait la solitude. Il ne s'était pas senti de taille à ménager toutes ses obligations – assurer sa mission pour Bresson et pour Brigitte Rouault sans pour autant abandonner trop visiblement la fabrication du documentaire. La présence d'Andrea donnait le change au patron : bien sûr qu'ils travaillaient toujours dans le même sens et en équipe ! La peur dominait, celle de tout rater, une rengaine connue. Mais un surplus de confiance venait l'équilibrer. La pluie ne désarmait pas. Parfois, des fumigènes dépassaient des immeubles. Il y avait tout de même chez Elliott une exaltation de l'incongru, une impression en suspension sous les seaux d'eau qui s'abattaient, il se sentait projeté ailleurs, sur écran façon Bogart sans doute, dans cette alterréalité qui lui plaisait un petit peu. Dans la solitude, il aurait pu appréhender tout à fait cette sensation que la présence d'Andrea ternissait d'anodin, ramenait au train-train d'une logique implacable tout au bout de laquelle s'agitait la fiche de paie. Elle incarnait l'époque avec une telle aura que sa silhouette muette suffisait à enterrer toute prétention au rêve. Kaufman, plusieurs mètres devant, promenait de boutique en boutique son costume de flanelle et sa mallette Dupont abrités sous un parapluie noir qui se déployait à intervalles réguliers. Des airs de fin de race tirant sur l'Albert Grimaldi.

Où cela pouvait-il les mener ? Elliott n'entrevoyait pas nécessairement de finalité à ce petit manège. Il suivait les instructions illogiques comme un soldat ses supérieurs, adviendrait ce qu'il adviendrait. Mais Andrea, déjà, se lassait de la filature.

— Ça ne nous mènera nulle part. Moi, je vais chez lui, je m'emmerderai moins. Toi, tu fais ce que tu veux.

— Tu es malade.

— Écoute, il habite au premier, on casse un carreau et c'est fini. Manu a besoin de montrer des images à LCP, il faut qu'on lui ramène quelque chose.

— On ne va pas s'introduire chez les gens, c'est illégal et c'est dangereux ! Ces types ne rigolent pas, tu sais. Il doit y avoir une alarme en plus. Je ne m'embarque pas là-dedans.

Il agitait ses mains ouvertes devant lui.

— Tu fais vraiment ce que tu veux.

Elle était partie. Elliott demeura un moment sur place, privé de parapluie, conscient de son inutilité. Il poursuivit derrière Kaufman.

— Monsieur le Président, j'aimerais qu'on évoque les émeutes qui secouent en ce moment la France. D'abord quelles solutions comptez-vous y apporter ? On sait que beaucoup de Français s'émeuvent de voir que le ministère de l'Intérieur est placé sous la tutelle de Matignon où vous venez de nommer Sylvain Auvenanian. Pouvez-vous nous confirmer que le gouvernement a la pleine mesure de la situation ?

— Ah parce que vous en doutez ? La tutelle a été décidée de manière transitoire pour assurer la continuation de l'action publique en pleine crise et éviter justement qu'un changement de ministre ne désorganise nos services.

— Vous parlez donc de crise ?

— Appelez ça comme vous voulez, mais je suppose qu'on peut parler de crise, oui.

— Vous envisagez donc que celle-ci puisse durer ?

— Écoutez, il y a des crises longues, des crises courtes, mais toutes nos équipes sont mobilisées pour régler celle-ci au plus vite.

— Pensez-vous, dans ces conditions, que les élections, prévues dimanche prochain et dont on parlera plus longuement dans la deuxième partie de l'émission, pourront se dérouler normalement ?

Ne fais pas ça, ne fais pas ça, ne fais pas ça, pensait Bresson. Havas se contentait d'arborer un visage satisfait.

— Nous en discuterons demain au Conseil des ministres, mais si cela s'avérait nécessaire, nous n'hésiterions pas à décréter l'état d'urgence. Et dans ces conditions, je prendrai la responsabilité de reporter les élections pour qu'elles puissent se dérouler dans les meilleures conditions.

— Vous n'excluez donc pas un report ?

— Je n'exclus rien, la décision sera prise collectivement demain en fonction des informations dont nous disposerons.

Liqué-stupé-faction chez Philippe Bresson qui voyait déjà les boucliers brandis par les défenseurs opportuns de la démocratie représentative. C'était digne du chef : pas d'annonce concrète, mais des propos sujets à toutes les polémiques. Le Président pourrait toujours évoquer le droit au logement, c'est ailleurs que les tweets et les communiqués puiseraient leur inspiration. Les constitutionnalistes en branle-bas de combat s'épancheraient en commentaires ronflants que leurs titres universitaires brinquebalants légitimeraient, autant d'énergie gâchée à saper la majorité qui ne pourrait de toute façon se tenir à cette décision. À quoi bon défendre un président contre lui-même ? On dirait de Bresson qu'il avait mal géré cette crise politique, on l'accuserait de ne pas s'être montré suffisamment convaincant sans chercher à comprendre qu'il n'y était pour rien. Le goitre s'agitait à la télévision.

— Mais revenons à l'affaire Rouault. Beaucoup critiquent le rôle de l'État dans la conduite de l'instruction. On parle de dissimulation concernant le rapport du légiste, notamment. Y a-t-il eu une intervention de la part de l'exécutif pour amoindrir l'impact de cette affaire, dissimuler des choses au public ?

**
*

Un échafaudage parcourait la façade. À l'étage, une fenêtre ouverte à l'espagnolette. La tentation était vive. Elle tenta de sonner, sans succès. Elle hésita, n'hésita plus, gravit les échelons pour gagner le balcon aménagé de mobilier colonial. Du goût, que voulez-vous. Et elle, que voulait-elle ? De l'argent, un avoir, des relevés bancaires, une manière de faire plaisir à Manu. Elle força la fenêtre. Lumières éteintes et pas feutrés. L'insouciance suffisante pour défaire les fils trop visibles de cette scène de polar à héros horrifiant. Il n'y avait pas de coffre, mais des papiers nombreux sur l'écritoire Louis XVI et quelques belles chemises pour les emmitoufler. Elle ouvrit le tout. Ah, des papiers administratifs ! Oh, des factures ! Tiens, des notes de frais. Quelques billets dans les tiroirs – pas de quoi crier au miracle. Elle fouillait de la manière la plus désordonnée possible, sans penser à la porte qui pouvait bien s'ouvrir ou aux caméras éventuellement présentes. Sans penser non plus que l'informatisation des flux financiers dématérialisait l'objet de ses recherches ; elle fouillait pour fouiller. Selon les canons de l'enquête documentaire, le document papier valait bien tous les mails. Manu lui-même insistait là-dessus. Elle s'offrit même le luxe, une fois le verrou ouvert, de récupérer en contrebas son matériel de tournage pour graver quelques images en lumière naturelle. Invraisemblable de professionnalisme. C'est amusant, le sentiment de légitimité. C'est assez variable : Andrea était prête à contredire les lois pour se conformer à celles du métier telles qu'on les lui avait décrites. La rébellion dans les cadres. C'est amusant.

Quand il perdit de vue Kaufman et son taxi, Elliott pensa d'abord prévenir sa collègue et néanmoins ennemie. Quelques secondes d'hésitation

plus tard, leurs mauvais fonds respectifs le poussè-
rent à y renoncer. On a les héros que l'on mérite.
En avançant cette fois-ci de quelques minutes, on
retrouve donc Charles Kaufman au bas de son
immeuble. Il s'aventure dans la cour où les plantes
se gorgent du trop-plein de pluie qui participe à
l'ambiance infecte de la capitale. Il récupère son
courrier, le trie rapidement, s'arrête sur une lettre
lui témoignant du déplacement des fonds, brûle le
document, détruit le document avec facilité – en
achetant sa mallette, Kaufman s'est aussi procuré
un briquet Dupont, bien qu'il ne fume pas et ne
s'en serve que pour impressionner les escorts rus-
sophones qu'il promène à l'occasion. Il jette le
reste de cendres dans la poubelle jaune et monte
les escaliers qui le séparent de son duplex. Il
n'allume pas la minuterie car les halos nocturnes
suffisent à éclairer les marches devant lui. Kaufman ouvre sa porte et surprend Andrea Areggiani
plongée avec intérêt dans la pochette intitulée Personnel. Sentiments contradictoires : *Qui est cette
petite conne ? Tiens, une femme seule chez moi.*

— Tiens, une petite conne seule chez moi. On
peut savoir ce que tu fous le nez dans mes
dossiers ?

Andrea avait bien des talents : un certain sens
d'elle-même et de la séduction, une forme d'auto-
préservation parfois très étonnant, mais s'il est
une chose dont elle ne disposait pas, c'était bien de
l'intelligence nécessaire pour se sortir de là.
D'abord, elle força son accent.

— Je, je suis désolée. Je cherchais des informations. Je voulais, je ne voulais pas…

— Qui t'envoie ?

— Je me suis envoyée toute seule.

— Très bien, c'est tout ce que je voulais savoir. J'appelle la police parce que les histoires d'immigrés et de cambriolage ça ne m'intéresse pas.

Une porte de sortie plutôt intéressante. Elle n'en profita pas. Reprenant son français plus parfait que le vôtre :

— Non, non, écoutez, on va s'arranger. Je suis journaliste, voyez, j'ai ma carte de presse. Je cherchais des documents. J'ai joué, j'ai perdu, je suis là où je ne devrais pas être et j'ai un peu peur. Je n'ai rien trouvé qui puisse...

— Quels documents ?

Andrea Areggiani raconta tout ce qu'elle savait. C'est amusant, le sentiment de légitimité. C'est assez variable. Kaufman appela la police directement sur son portable. Auvenanian envoya sa garde rapprochée.

***

Perez tentait de joindre Patrice Farinot. « *Bonjour, vous êtes bien sur le répondeur de Pascal Farinot, journaliste*... » Une emphase particulière réservée à l'intitulé de la profession. Il laissa deux messages. Il cherchait à le joindre pour tout ou bien pour rien. Peut-être pour parler. Il se sentait désespérément dans la merde. Pas la moindre piste qui aurait pu le rapprocher de son rêve argentin, pas la moindre idée de la manière dont il fallait s'y prendre. Il se confrontait autant à ses limites qu'à celles, absentes, d'un monde trop compliqué pour qu'il puisse en saisir tout à fait le fonctionnement. À prétendre au cynisme, à jouer les journalistes, il avait pu s'insérer quelque part, occuper un rôle plus ou moins défini, mais là, tout se brouillait. Il aurait bien voulu boire un petit quelque chose pour que tout se brouille davantage, mais son salaire exsangue le lui interdisait. Il retrouva la Fiat Doblo dans le parking immense du boulevard Henri-IV, s'assit au volant, redescendit, la raya sur la longueur à l'emplacement de l'inscription Docuprod. La trace se décelait à peine. Il démarra et se mit à rouler pour se donner un genre. Il tourna sur les Champs et assista, statique derrière la vitre sale, au saccage de la plus belle avenue capitaliste du monde. Ils étaient des centaines de petits banlieusards ou juste d'inoccupés à piller FNAC, Swatch, Drugstore, Nespresso, Yves Rocher, Monoprix, Sephora, Adidas, Louis Vuitton, Weston et tous les autres. Il ne put accéder à l'avenue elle-même puisque des CRS chanceux d'être à l'arrière s'occupaient également de la circulation. C'était une vraie émeute, fumigènes et mortiers face à l'Arc de Triomphe scintillant, un événement aussi peu réel qu'une pluie de grenouilles. Elliott assistait à cela, le moteur à l'arrêt, se demandant vaguement si le site officiel des Champs-Élysées relaierait l'information, essayant de deviner l'heure à laquelle les équipes de nettoyage seraient tirées du lit pour permettre au commerce de reprendre ses droits, refusant en tous les cas de céder aux injonctions de plus en plus musclées du CRS de garde qui finit par matraquer son capot et son toit pour le convaincre de décoller. Les lacrymos s'attaquèrent à sa glotte, à ses yeux, il restait immobile ; puis, machinalement, il enclencha la clé et tout redémarra. Et puis... Et puis le patron avait insisté sur un point et un seul : le matériel devait être impeccablement rangé après chaque tournage. Cela faisait partie de l'engagement. Le monde pouvait s'arrêter de tourner, mais pas l'activité des petites entreprises.

Patrice Farinot ne répond pas au téléphone car il est entendu par la police. Sa visite nocturne pose beaucoup de questions. C'est qu'on voudrait savoir ce que Vellard et lui se sont dit qui pourrait expliquer son drôle de suicide. C'est qu'on est échaudé par la mort de Rouault et qu'on aimerait ne pas en rajouter une couche. Mais voilà, Farinot est un vrai journaliste et le secret des sources, fussent-elles décédées, la prévalence du scoop et le sens du devoir s'opposent au bon déroulé de cette déposition. Patrice Farinot n'est pas loin de se retrouver en garde à vue, d'autant que le commissaire qui le reçoit n'aime pas particulièrement les journalistes, ni les jeunes, encore moins les boy-scouts. Ça y est : il est en garde à vue.

Le reste de l'intervention présidentielle sombra dans l'oubli avant même son déroulement. Bresson sur son portable recevait des nouvelles de violences aggravées et devinait déjà la décision « *collégiale* » qui serait adoptée le lendemain en Conseil des ministres. Le Président, content de sa formule vaguement alarmante et vide de substance, sortit du plateau après avoir échangé quelques mots avec les journalistes. L'émission s'était achevée avec une demi-heure de retard pour faire la part belle à l'interactivité, incarnée par des tweets choisis pour leur ressemblance aux questions usuelles avec ce je ne sais quoi d'informel et donc de populaire – car on ratissait large. Et ils défilaient tous sur le bas de l'écran, entrecoupés parfois de citations tronquées ou de mots jugés chocs. « *Et vive la politique* », avait dit l'animateur pour clore le débat. Le retard avait permis aux responsables politiques mobilisés pour réagir de peaufiner la haine qu'ils mettraient dans leurs termes. Morceaux choisis.

Copé : « *Alors que le peuple est à feu et à sang et réclame une vraie démocratie, le Président annonce son intention antidémocratique d'annuler des élections que tous les sondages lui prédisent défavorables. J'en appelle à un sursaut citoyen dans la rue, puis dans les urnes car ces élections auront lieu, ça je vous l'affirme.* »

Marine Le Pen : « *Alors là, c'est un comble. Depuis quarante ans, depuis quarante ans, le PS n'a de cesse qu'il ne prétende que nous représentons un danger pour la démocratie et aujourd'hui le Président, le président de la France, parle d'annuler une élection ? Mais, ôtez-moi d'un doute, nous sommes en France ou dans une république bananière ?* »

Nicolas Dupont-Aignan : « *Les Français ne s'y tromperont pas. On essaie de leur voler leur scrutin, mais nul doute qu'ils seront nombreux à se mobiliser contre cette décision anticonstitutionnelle.* »

Jean-Luc Mélenchon : « *C'est l'histoire des Trois petits cochons qu'on nous refait, là. Il s'est construit une maison en paille pour y exercer ses plans de rigueur et le souffle de la révolte l'abat. Alors il se réfugie dans sa maison en bois en proposant l'état d'urgence. Mais nous soufflerons dessus, monsieur Calvi, nous soufflerons dessus. Et, bientôt, mes camarades, nous construirons une vraie maison démocratique, en briques celle-là.* »

François Bayrou : « *Ce soir, et je le dis en toute sincérité, je suis inquiet pour l'avenir de mon pays, la France, que j'aime plus que tout, et dont je sens la démocratie vaciller.* »

Même la majorité se désolidarisa de l'annonce présidentielle – c'est qu'il y avait des postes à conserver. « *Une décision précipitée* », entendait-on ici ou là. Au ministère du Travail où il se rendit à pied mais sous bonne garde, Philippe Bresson exigea qu'on lui ouvre une fameuse bouteille de bordeaux. La plupart des grands crus avaient été vendus pour renflouer les caisses.

Les informations se bousculent dans le bureau vide de Sylvain Auvenanian qui est retourné place Beauvau pour superviser l'action policière. Minute après minute, les différents préfets l'informent de la situation dans leur juridiction. Ses deux agents de la DCRI ont embarqué Andrea Areggiani et tout son matériel pour un interrogatoire dont les procès-verbaux resteront secrets. On ne la verra plus jusqu'à la fin de cette histoire. Une partie de vous s'en réjouit. L'autre ressent un début de frustration : rassurez-vous, il n'est pas impossible que cette affaire ressorte, mettons pendant la campagne présidentielle. Auvenanian est débordé par la situation, n'aime pas cette impuissance, ne s'en émeut pas dans l'excès. Il a dépêché la quasi-totalité des policiers et des gendarmes sur les lieux des cassages. Désormais, il s'intéresse surtout au nombre d'interpellations – ce seront les seuls chiffres que le grand public retiendra le lendemain matin. Pour l'heure, on culmine à soixante. Il lui en faudrait dix fois plus. Il le dit aux préfets, ou plutôt il le hurle. Auvenanian n'a pas suivi l'intervention présidentielle, ou alors distraitement. Ha et Vas l'ont régulièrement informé de la progression des débats. Il s'est réjoui de constater que le fiasco annoncé tenait toutes ses promesses. Auvenanian concentre désormais tellement de certitudes qu'il habille le bureau de sa seule présence. C'est peut-être à cela qu'on reconnaît un vrai présidentiable.

MERCREDI

« — ... *le journal d'Hélène Carmin.*

— *Plus de neuf cents interpellations dans toutes les grandes villes de métropole, cette nuit, à la suite des incidents qui ont mené à la destruction d'une centaine de commerces. On dénombrerait trois mille véhicules incendiés selon le ministère de l'Intérieur. Et on écoute tout de suite le Premier ministre au micro de nos confrères de RTL.* »

Elliott reçut un appel de son père, sur les coups de 7 heures.

— Tu as découché, ahah, c'est bien, c'est bien. Non, je ne m'inquiétais pas. Je t'appelle parce que deux flics sont venus ce matin. Ils te cherchaient. Ce matin, c'est-à-dire à 6 heures tout de même.

La radio occupait l'arrière-plan sonore. Depuis la visite des deux hommes, il était resté accroché au poste de peur que le nom de son fils ne soit mentionné. Que faisait-il vraiment ? Peut-être aurait-il dû s'en inquiéter plus tôt.

— Donc il est assez possible qu'ils viennent te chercher à ton travail. C'est en rapport avec ton sujet du moment ? Tout roule d'ailleurs à ton travail ? Tu en parles si peu que…

Elliott prit peur. Sur le canapé de Docuprod, avant même l'arrivée du patron, avant même d'avoir la pleine conscience du monde qui l'entourait, des risques qu'il courait, de sa fatigue intense, il prit peur. Et sa peur toucha dès lors tous les objets environnants – son téléphone ? Sur écoute ; son ordinateur ? Surveillé. Elliott prit peur parce qu'il n'était destiné qu'à la fête et à l'oisiveté quand de légers ajustements moraux l'avaient incité à s'enquérir de choses dont il n'avait que faire. Elliott prit peur aussi parce qu'il ne savait ni où fuir, ni s'il fallait fuir, ni même s'il désirait échapper aux emmerdes. Il prit peur de se voir trentenaire adolescent, sans l'ombre d'un avenir dans une société où tout lui échappait, il prit peur en comprenant qu'il avait exercé un métier qu'il ne maîtrisait pas, au milieu de personnes qu'il ne connaissait pas, se prétendant lui-même quand tout son être, en bloc, voulait se dissocier, échapper aux angoisses et aux incapacités qu'on lui avait léguées comme un présent du ciel. Elliott prit peur aussi car tout autour de lui n'était qu'amas de peur, du bureau du patron aux flics en arrivage, des administrations au monde du travail, de l'avenir au passé et surtout le présent qui soudain lui semblait insoutenable associé à ces choses qu'il avait en horreur et qu'on appelait les gens. Elliott prit peur enfin car il se savait lâche. Peut-être prit-il peur d'avoir volé au Président une célèbre figure de style. Alors, ne sachant que faire de rester ou partir, il s'en remit aux dieux auxquels il ne croyait pas et, se voyant ridicule, se força à cesser ses simagrées stériles. Sans divinités alentour, il se sentit seul, ce qui n'était pas un mal. Il repensa aux films, aux heures d'exaltation, à la manière dont, parfois, il était parvenu à s'extraire de sa vie pour lorgner vers la fiction. Il repensa à tout ça en se dirigeant, machinalement, vers le bureau du patron. Combien de fois avait-il vu la comptable imbécile et prompte à la délation composer les huit chiffres du coffre de l'agence ? Les chiffres. Les chiffres et rien d'autre. Le premier essai fut le bon. Le téléphone professionnel du patron reposait à côté des toutes petites liasses et de la carte bleue. Quelle heure ? Il avait tout son temps, du moins se le répétait-il. Il réunit ses pièces comme un joueur de Cluedo plutôt sûr de son fait et se connecta à un site de voyages. Il choisit à dessein le vol direct le plus cher, s'offrit une première classe, attendit le SMS de confirmation gavé de certitudes, entra enfin le code – l'Airbus décollait à midi. Elliott n'emporta pas tout le liquide avec lui, mais une juste part. Il envoya ces quelques mots à Brigitte Rouault : « *Les fonds sont chez Kaufman de la banque Kaufman. Je ne peux plus rien y faire.* » Il s'apprêtait à abandonner aussitôt son portable quand une pensée soudaine le fit se raviser. Cherchant dans la mémoire du téléphone, il retrouva le numéro de Mathilde, hésita sur la formulation, et, pour crâner, lui adressa ces mots : « *Ça y est, l'avion arrive. Trois ans de retard, c'est long. J'espère que tu vas bien.* » Le silence rompu après trois ans d'absence pour confirmer la fuite. La boucle était bouclée qui fit sourire Elliott. Tant pis si elle avait changé de numéro. Ce n'était plus son problème.

Il s'en alla à pied par l'entrée secondaire en enjambant des gravats au déblaiement éternellement ajourné.

***

10 heures.

« *Monsieur le président de la République.* » Les ministres se levèrent comme un seul homme. Personne n'avait dormi, préparant son argumentaire de désapprobation ou suivant les événements sur les radios intarissables. Parler d'émeutes ou d'incidents ? Pas encore de guerre civile. On refaisait l'Algérie en France française, la torture en moins.

Air grave et voix aphone :

— Asseyez-vous. J'imagine que vous avez tous une opinion à propos de l'état d'urgence et du report des élections.

Murmures.

— Moi aussi, j'en ai une. Elle n'était pas définitive mais les événements de la nuit m'ont permis de l'affirmer clairement. Nous allons décréter l'état d'urgence et reporter les élections. On ne peut pas les maintenir alors qu'il existe des risques réels – et je m'en réfère à Sylvain qui pourra vous procurer les enquêtes réalisées par ses services – que des débordements apparaissent. Je vous demande donc de réserver votre opinion à la sphère privée et de ne pas en faire étalage, comme certains ont pu l'esquisser hier soir, dans les médias. C'est plutôt une bonne nouvelle, vous échappez tous au remaniement d'après élections. Du moins temporairement. Les affaires courantes ?

— Mais, si je puis dire, Monsieur le Président, permettez-moi, en toute amitié, cela va de soi, de, comment, de vous rappeler que les, comment, statuts constitutionnels impliquent que les élections soient entérinées plus de quinze jours à l'avance en France... Ce serait une première en France. Avez-vous bien tout considéré ? Pour ma part, je ne souscris pas à cette idée.

— Élisabeth, Élisabeth, Élisabeth. Tu comprends bien que ce n'est pas le problème, là. Tu comprends bien que j'ai un sommet européen dans quinze jours où je dois négocier un effort commun avec l'Allemagne pour intégrer un volet croissance dans les dispositions européennes ; tu comprends aussi que soixante-dix personnes ont été blessées cette nuit, que ça va recommencer, que la presse internationale en parle, et que je ne peux pas me permettre de laisser mes gentils concitoyens se faire molester un jour de vote si je veux avoir la moindre crédibilité sur le plan diplomatique, parce que, n'en déplaise à Bercy, ce n'est pas grâce aux simples efforts budgétaires que nous parviendrons à sortir de la crise. Tu le comprends ? Parce que si tu ne le comprends pas, tu n'as rien compris à l'action que nous menons et il serait sage que tu fermes ta gueule en Conseil des ministres.

Les ministres ne mouftèrent plus. La loi sur le logement était en bonne voie d'avancement.

Cohue à la sortie ; zéro déclaration.

« *Et le CAC 40 en net recul ce matin, peut-être la conséquence du climat social…* »

Comme à la Bourse, où l'entreprise ne serait jamais cotée, Docuprod essuyait un vent de panique. Pas d'Andrea ni de Perez, une caméra manquante, et les enregistrements vidéo qui montraient Elliott ouvrant le coffre à jouets. Le directeur des programmes de LCP était déjà en route pour un prévisionnage. Et Manu, le patron, qui n'avait rien supervisé, prévoyait, humiliante, la cessation à venir de ses relations commerciales avec la chaîne publique. Où donc était Perez ? Il avait pris la précaution d'effacer l'historique de ses mouvements virtuels – et la conseillère bancaire ne répondait pas. La comptable essayait de la joindre en continu, rappel après rappel, on la rappelait plus que Johnny au Stade de France (et pourtant Dieu sait si, pas plus tard que le week-end passé, la comptable avait battu des mains et donné de la voix pour qu'il remonte sur scène jouer « L'Envie »). Le pire, dans ce calvaire, c'était les employés qui, eux, se train-traînaient sans se douter de rien. Reconnaître le vol, c'était s'exposer aux moqueries, à la mutinerie, laisser certains d'entre eux applaudir le fugitif. Ne rien dire du tout revenait à laisser libre cours à toutes les théories dont certaines dépasseraient de loin la réalité. Dans *Le Management pour les nuls*, il n'était pas fait état d'un tel cas de figure. Il fallait les voir tous ces pions qu'il manipulait, les accouplant parfois pour des projets bidon, dans une fourmilière habitée par la peur où il régnait en despote ; la privation de salaire valait déportation. Que d'imagination manquée, que de projets petits bras, que d'envies faciles. Le patron ne s'en rendait pas compte, puisqu'il était des leurs – certes, avec plus d'argent. Et son patron à lui arrivait en voiture. Parvenu à ce stade, on disait des patrons qu'ils étaient des amis :

— Ah ! Christian ! Tu es là !

C'est long, une garde à vue. C'est long, c'est fatigant, les questions s'enchaînent, il faut y répondre plutôt précisément car sinon elles reviennent. Farinot avait eu l'occasion de suivre bien des affaires. Il avait vu les responsables de Mediapart répondre aux incessantes questions d'une commission d'enquête après les aveux de Cahuzac, mais il lui semblait bien que l'attitude du commissaire tournait ici au harcèlement. Et puisqu'on admettait le suicide de Vellard, pourquoi ce traitement ? Il avait transmis à son directeur de la rédaction les documents fournis par l'adjoint de Rouault, mais les vérifications laissaient à désirer. Sortir l'affaire ou pas ? Il aurait voulu suivre l'avancée des travaux. L'information se fait en marchant. Il fallait feuilletonner les révélations pour voir les réactions, estimer les menteurs, faire vivre le site. On avait besoin de lui, là-bas, mais il était coincé. Peu à peu, l'énervement montait, s'emparant de ses fins de phrases qui s'élevaient dans les aigus et dans les décibels. Il ignorait, bien sûr, que ses collègues avaient publié un communiqué pour dénoncer sa garde à vue, signé par des pointures. Même Jean Daniel était sorti du placard à naphtaline pour témoigner de son soutien. Mais l'annonce du report occultait parfaitement cet élan de solidarité professionnelle.

Farinot avait bien vu : dans les locaux de sa rédaction, on s'écharpait sur le timing. C'était bien sûr la clé ; sortir l'information avant les élections et s'exposer aux accusations d'opportunisme partisan. Attendre la fin du scrutin et ne pas accomplir son devoir citoyen. Le directeur de la rédaction ne parvenait pas à trancher. La blancheur IKEA du décor un peu loft, cette sobriété étudiée pour donner mal à la tête jurait avec l'animation de ces discussions stratégiques. L'absence de Farinot se faisait durement sentir. Lui seul aurait pu décider si, en l'état, il jugeait le dossier suffisamment complet. Ses recherches complémentaires n'avaient rien donné et le directeur, quand il contactait ses sources ministérielles, se confrontait à un mur de silence. Au fond de lui brûlait cette envie de pourfendre un pouvoir corrompu aussi vite que possible, d'amener la lumière aux personnes éloignées des cœurs de décision, comme un gourou moderne fournirait à ses ouailles qui n'ont rien demandé une vérité céleste. Vous l'aurez compris : on ne tarderait plus à publier.

Elliott Perez arriva à Roissy à 10 h 30. Il avait pris soin de s'éloigner de Bagnolet avant d'emprunter un taxi G7 qu'il paya aux frais de Docuprod. Quarante-cinq euros plus tard, il entrait dans l'enceinte bruyante et salement blanche du deuxième terminal où des annonces déshumanisées n'annonçaient rien d'audible sinon le bouillonnement intérieur d'un serveur saturé. Là, des gens identiques venus de tous pays se bousculaient beaucoup, pressés de rentrer chez eux ou de partir ailleurs, vers un lieu où d'autres individus tout aussi similaires se bousculeraient aussi. Chariots, bagages, billets normalisés, mêmes cadeaux acquis au Duty free ; mais d'abord l'enregistrement, les questions, les détecteurs et les douaniers. Toujours pas de Luger : Elliott passa sans encombre. Il entra dans le temple du partout pareil, peluches, whiskies et cartouches un peu chères. Il s'assit sur un banc, acheta un journal, attendit en s'efforçant de ne pas prêter attention à ses contemporains.

Rétropédalage : J – 1. Les élus montèrent au créneau les premiers. Les questions au gouvernement se transformèrent en séance de tir. Les ministres ne voulaient pas y aller – ils y allèrent tout de même pour défendre des choix qu'aucun d'eux n'approuvait, mis à part Auvenanian qui absorba le tout par pirouettes successives. Premier ministre de l'Intérieur, il n'y avait d'yeux que pour lui. Grondements dans l'hémicycle : quand d'habitude chaque député évoquait les problèmes centraux de son terroir, cette fois-ci il ne fut plus question que de l'état d'urgence, du report annoncé, des défaillances du gouvernement ; et voilà des timides à lunettes, sans cheveux, retrouvant tout à coup des accents jaurésiens ; et voilà tout le banc des tradis catholiques, le nez dans l'eau bénite et dans la loi de Dieu, se faisant défenseurs des lois républicaines ; et les pochtrons, et les bourreaux de travail, et les bègues – tous, sans exception, avec une certaine verve, menaçaient de ne pas reconduire leur soutien à la majorité. Certains nouveaux députés, dont on sait qu'ils n'ont pas bien souvent le droit de faire entendre leur voix, grillaient leur précieuse question pour se fondre dans la masse des mécontents contents de n'être pas contents. Quant aux opposants, ils applaudissaient à tout rompre devant ces dissensions qui faisaient oublier leurs propres coups de poignard. Copé : céleste. Fillon : éloquent. Bertrand : pas encore mort. Dans le coin gauche de l'écran, la fille chargée de traduire les échanges en langue des signes se perdait en gesticulations de plus en plus obscures et dessinait une chorégraphie de l'apocalypse que seuls les initiés auraient pu reconnaître. D'ailleurs, tout était rouge dans cette assemblée pleine. Je ne vous ferai pas le coup des symboles à la con ou des dorures décadentes. En tout état de cause, personne ne regardait. Auvenanian, épinglé autant que sa cravate, sortait de son chapeau (bien qu'il n'en portât pas) les mots : *rassemblement*, *république*, *démocratie*, *transparence* et *union* – car il lui semblait bien qu'ils ne voulaient rien dire. Il était Federer au temps de sa splendeur, ne jouait que par automatisme dans cette cour de petits, ne réfléchissait pas à ses interventions, pensait au plat du jour ou bien à autre chose, le regard concerné, d'une intensité feinte, pour faire croire au parterre qu'il était bien présent. Sur le banc, fixant Bartolone agité au perchoir, Philippe Bresson en appelait à la solitude du désespoir, une comptine en tête pour contrer les harangues trop nombreuses des six cents enfants qui l'entouraient. Il se faisait l'effet d'un animateur de colonie coincé par des petits machins mauvais, tenu de les aimer et de dire aux parents – ici aux électeurs, aux médias, à la France – combien ils étaient éveillés.

Au-dehors, alors même qu'elles atteignaient leur but insoupçonné – une forme de chaos paralysé d'ambitions –, les violences se calmaient. Ce soir, les chiffres annoncés le matin se diviseraient par deux. Demain, par quatre, et ainsi de suite jusqu'à ce qu'un tsunami ou une nouvelle affaire accapare l'attention des agitateurs publics qui transmettraient alors leurs névroses toutes neuves à une population en mal d'aventures racontées.

**

C'est la toute première fois qu'Elliott Perez voyage en première classe. Il ne se souvient plus pourquoi il s'est enfui. Il n'a plus vraiment peur. Seuls comptent ces instants qui le rapprochent de son eldorado, les minutes en suspens, il en oublierait presque la déception certaine qui lui est réservée. L'avion décolle. C'est fait. Les hôtesses de l'air sont beaucoup trop prévenantes sous leur blondeur flashy – il se sent assisté, il ne se sent plus libre, mais si la privation ressemble à cette chose-là, il est prêt à se priver. Une coupe de champagne est posée sur sa table et le fauteuil de cuir se déplie à l'envi. Il s'enfonce dedans. Autour, des hommes d'affaires taciturnes ou surclassés jouent au roi du silence dans des costumes Gucci. Les hublots ne tremblent pas. Elliott quitte la France pour un ailleurs semblable où les clopes sont moins chères.

« *Et bien sûr cette enquête d'opinion très alarmante réalisée par IPSOS pour* Le Nouvel Observateur : *40 % des Français seraient apparemment prêts à voter pour le Front national lors du prochain scrutin municipal. Un score "historique" pour sa présidente, Marine Le Pen, au micro de nos confrères de RMC ce matin.* »

Le message d'Elliott Perez travaillait Brigitte Rouault. Elle connaissait Charles Kaufman par amant interposé ; Louis travaillait pour lui comme avocat d'affaires. C'est tout petit l'élite, tout le monde se côtoie. « *Tu as eu connaissance d'un arrivage de fonds, récemment, sur le compte de Kaufman ? Plusieurs millions disons ? Vérifie s'il te plaît.* » Charles Kaufman émergeant tout juste

300

d'un contrôle fiscal, il n'était pas exclu qu'il ait choisi de faire transiter l'argent sur les comptes de la florissante petite entreprise que son père fondateur lui avait léguée. Louis le lui dirait vite. Se remettre au travail. Elle était suspendue aux conclusions de Louis. Ce n'était pas sorcier pour lui d'avoir accès aux comptes – un petit arrangement avec la légalité, et encore, ça restait à prouver. Pour ne pas se disperser, elle déplaça deux rendez-vous clients prévus en fin d'après-midi. Le téléphone n'avait pas le temps de sonner qu'elle décrochait d'un bond, toujours déçue d'entendre la voix de ses collègues. La tête à ses histoires en bouclant ses dossiers, Brigitte Rouault commit des erreurs, oublia d'intégrer des sommes de paramètres à ses devis clinquants, zappa une réunion primordiale, renversa son café sur un document important. Bah ! C'est son subalterne qui essuierait les plâtres.

Démobilisé de tout, exténué, impuissant, Philippe Bresson se décida à prendre ses nouvelles fonctions à bras-le-corps. Il commença par faire connaissance avec toute son équipe qui, jouant au plus mignon, lui avait prémâché des dizaines de synthèses concernant les dossiers cruciaux du ministère. Confortable entrée en matière. Des réformes importantes entreraient en vigueur tout au long de l'année et les événements avaient fait prendre du retard à l'action ministérielle. CSG, accords-cadres, synthèse après synthèse, il voyait s'amoindrir le goût de l'aventure et de l'action directe qui l'avait tant grisé pendant plus d'une semaine.

En bref, il s'emmerdait. Le retour au réel, presque une fin de carrière. Les mots défilaient avec leurs sens jargonnant agrafés tous en liasses sur papier recyclé ; un vertige bureaucratique. C'est le naturel de ses subordonnés qui le surprit surtout ; cette grâce presque sensuelle avec laquelle ils exécutaient sérieusement les tâches les plus pénibles. Car tout était pénible – sous couvert de pouvoir, on enterrait ici des têtes pseudo bien faites en leur donnant des jouets. « *Résolvez des problèmes, comprenez le fonctionnement administratif, et vous prouverez votre valeur.* » Pas le moindre espace de décision, pas la moindre impulsion à l'action, une coquille vide. Il se sentait le chef d'une armée sans courage, sorte de superviseur atterri par hasard au milieu du néant pour mieux l'organiser. Et les décors antiques accentuaient le contraste entre la fantasmagorie des arcanes et leur réalité, ce rien très agité. Une petite mort dans une nouvelle Navarre, un lieu honorifique. CSG, accords-cadres : y avait-il quelque chose à comprendre à tout ça ? Les noms des représentants syndicaux, branche par branche, noircissaient son agenda pour les semaines à venir. Qu'allait-il leur dire, pourrait-il seulement les écouter un peu ? Son incapacité à faire bouger la présidence virait tétanie – à quoi pouvait-il servir ? Il pensa à Rouault, à son suicide. Il s'était tenu là, face à ces mêmes personnes – ils partageaient les mêmes lectures à quelques jours de différence. C'était peut-être là qu'il fallait chercher les raisons de son geste, pas dans l'accablement ni même dans la revanche. C'était peut-être l'ennui qui l'avait abattu. Car dans ce monde figé où toutes les normes principales sont déjà balisées, on s'ennuie à prétendre modifier les législations faibles, à cacher son incompréhension des enjeux véritables en ne cessant d'aménager d'infimes dispositions dans les règles sociales. Rouault avait de la jugeote – et sans doute comprenait-il tout ça. Problème : le FN à 40 %. Solution : rééquilibrons la CSG. « *Tout est clair, Monsieur le ministre ?* » Le temps ne passait plus.

Sorti sous les huées de son exercice de tauroma-chie parlementaire, Sylvain Auvenanian se dirigea vers l'Élysée comme on embarque à bord d'un char pour anéantir un pays. Salutations rapides aux huissiers en faction, je connais le chemin, non : ne m'annoncez pas. Portes ouvertes en tambour. Le Président à son bureau avec quelques sous-fifres penchés sur des dossiers. Tête relevée, agacement.

— Je ne te propose pas d'entrer, tu l'as déjà fait.
— Où peut-on parler tranquillement ?
— Ici.
— Tranquillement.
— Ah ! Mise en scène, d'accord. Messieurs, pouvez-vous nous laisser ?

Pas un mot, pas un bruit, ils glissent sur le tapis direction autre part, abandonnent leurs stylos, leur contenance, leur fonction, les portes grincent. Auvenanian referme la fenêtre.

— Combien de temps t'a-t-il fallu pour en arriver là ? Quarante ans, pas loin, non ?

— Pas loin.

— Quarante ans pour construire quelque chose qui pourrait s'effondrer en une semaine à peine. Ça donne à réfléchir, non ? Sur le pouvoir, sur les rôles que l'on se croit en devoir d'occuper, sur beaucoup de ces choses qu'on n'interroge que trop rarement dans le feu de l'action.

— C'est une leçon de philosophie ?

— Tu es mal, là. Tu vas avoir besoin de moi pour survivre au climat.

— Tout le monde sait que tu veux ma place, Sylvain ; mais pour l'instant je l'occupe cette place et tu devras attendre. Attendre et prier pour que Matignon ne te tue pas.

— Tu as perdu beaucoup d'alliés : Rouault, Pauillac, tous tombés au champ d'honneur. En fin de compte, il ne te reste plus que moi. Qui compte, j'entends. Tu le sais, ça, que tu peux compter sur moi ?

— J'ai du travail, Sylvain.

— Tu ne devrais pas écarter ce que je te dis. Au contraire, ça peut t'intéresser. Je pense que tu vas comprendre. Et peut-être même transférer, du moins officieusement, quelques-unes de tes prérogatives à Matignon. Un sentiment, comme ça, dans l'air. Quelque chose de diffus.

— Je te fais raccompagner ou tu pars de toi-même ?

— Un point sur la situation avant toute chose : dans deux jours, trois maximum, allez disons lundi, des précisions sur l'affaire Rouault sortiront. Ces précisions, je ne te les détaille pas ; sache simplement qu'elles évoquent des comptes dans le Delaware ouverts à l'occasion d'un déplacement présidentiel. Autrement dit : avec la complicité du Président, qui aurait fait profiter à deux de ses ministres d'une occasion en or pour planquer leur pognon. Plusieurs millions d'euros. Ces informations sont dans les faits invérifiables. J'incline même à penser que leur publication représenterait un acte de diffamation en bonne et due forme. Mais voilà : il y a des documents. Pas de preuve suffisante, mais un faisceau étayé. Et ces informations vont sortir. Elles feront l'objet d'une longue enquête, elles seront commentées, reprises, décryptées. Ceux qui, pour Cahuzac, criaient à l'innocence, risquent bien cette fois-ci de réserver leur jugement. Combien de voix absentes ne te défendront pas ? La solitude, en politique, ce n'est jamais bon. Mais heureusement tu sais que tu peux compter sur moi.

— Si tu veux me faire chanter, Sylvain, fais-le de préférence avec des faits réels, ça aura plus d'impact. Maintenant j'ai du travail. Tu dois sans doute avoir des collaborateurs à menacer dans ton ministère.

— Attention, attention, qui a parlé de chantage ? Je te parle d'entraide. Il se trouve, précisément, que la réalité de ces faits est extrêmement discutable, comme tu le faisais remarquer avec beaucoup de justesse. Ah, si, beaucoup de justesse, j'insiste. Pour que leur propagation s'arrête et que les accusations se retournent contre les accusateurs, il suffirait d'une preuve, une toute petite preuve indiquant par exemple que l'argent de Rouault et de Pauillac se situait ailleurs. Il se pourrait bien que je dispose de cette preuve. Elle pourrait tout à fait sortir à son tour pour mettre un point final à cette regrettable polémique. Tu vois que tu peux compter sur moi ! Mais il y a une contrepartie : l'élection présidentielle. Attends avant de répondre. Voilà, calme-toi. Réfléchis : de toute façon, tu n'as pas le choix. Laisse-moi y aller et tu partiras de manière honorable, accroche-toi et tu es bon pour perdre une sale campagne. Copé ne te fera aucun cadeau. Et derrière, c'est la Justice. Sans compter que les relations franco-américaines pourraient être durablement affectées par une rumeur de cette gravité.

— Je ne veux même pas savoir comment tu t'y es pris.

— Je ne comptais pas te le dire.

— On en reparle plus tard.

— Pas trop tard quand même. Bonne fin de journée, Président.

La porte s'ouvrit, grinça, puis se ferma. Le Président, très calmement, décrocha le téléphone. « Cédric ? Oui, très bien. Tu pourrais m'apporter le dossier Auvenanian ? Oui, les histoires de financement de la médiathèque ; à Cergy, exactement. Tu es toujours en contact avec la trésorière de section ? »

**

306

« *Allô, Brigitte ? Oui, il y a bien eu un arrivage assez massif, je te le confirme. Mais ça n'a pas de rapport avec ce que tu cherches, du moins je le crois. L'argent ne provenait pas du Delaware, mais d'un fonds de pension basé à Singapour. Oui, bizarre. Après, ce n'est pas anormal pour une banque d'affaires d'investir de l'argent là-bas. Rien d'extravagant a priori. C'est mon avis, oui. Je ne peux pas t'en dire plus en l'état.* »

De toutes les manigances qu'il avait menées de front au cours des deux dernières semaines, la préférée de Sylvain Auvenanian restait sans doute le mail de suicide ; un modèle de pastiche qui s'autosuffisait. Il savait que Bresson ne vérifierait rien, trop absorbé dans son catéchisme républicain pour s'attacher aux détails. Et sa croisade illustre pour sauver le Président avait permis à cette histoire montée de toutes pièces de voyager partout aux oreilles importantes. Il s'était contenté de jouer les chefs d'orchestre. Le suicide de Rouault – car il n'y était pour rien – lui procurait l'occasion de dominer l'échiquier, nourrissant toutes les polémiques sur une prétendue affaire d'État. Le rapport non divulgué : un coup de génie, vraiment. Le reste avait suivi : le départ de Pauillac, sa propre nomination, les émeutes et puis l'état d'urgence. L'exécutif fragilisé à son point de rupture. Entre-temps, les RG ouvraient et refermaient un compte à la Bank of America tout en rapatriant les vrais fonds détournés sur un compte invisible.

De quoi se ménager de véritables faux. Ne restait qu'à porter l'estocade. Sa rencontre avec Étienne Vellard, soi-disant pour lui apporter son soutien, lui avait permis d'interposer un homme de paille entre lui et les journalistes. Il lui avait donné les documents, sachant de quelle manière il les utiliserait. Si ça n'avait pas été Vellard, il aurait pu choisir Bresson. Ils étaient du même acabit. Mais Vellard, plus fragile, portait mieux le suicide. Toute cette mise en scène lui allait comme un gant. Auvenanian regrettait un peu d'avoir eu recours à ce procédé assez peu social-démocrate : le meurtre s'accorde mal avec le consensus. Bah ! Les regrets s'estompent vite. Il avait des choses à faire.

Mercredi, à la fois plus tôt et plus tard.

Elliott Perez achète un paquet de Philip Morris. Il insiste pour obtenir un emballage souple car cela correspond à l'idée qu'il se fait des coutumes locales. Son visa lui accorde trois mois de libre circulation, mais il n'a pas l'intention de se laisser emmerder par l'administration. Il baragouine une adresse au taxi qui l'emmène aussitôt vers un hôtel excentré. Le taxi fume malgré l'interdiction. Elliott l'imite. Les élections législatives ont eu lieu l'an passé, restent les spectres informes d'affiches verdies par l'humidité pour habiller les tôles de chantier. C'est un climat de paix. La fin de l'été approche. Des filles en robes longues se prémunissent encore contre les affres du temps – à trente ans, d'un seul coup, elles seront vieilles et laides. De la chambre de son hôtel, il hume le climat pollué, scrute les obèses à mulets et leurs empanadas, regarde défiler ce monde contre qui il n'a rien.

Pour un moment du moins, Elliott se sent chez lui.

Épilogue

« — *20 heures, les résultats du premier tour des élections. Raz-de-marée pour l'opposition parlementaire qui récolte 35 % des suffrages cumulés, devant le Front national de Marine Le Pen à 32 %. Le Parti socialiste arrive troisième, avec seulement 16 % des voix. Le Parti de gauche de Jean-Luc Mélenchon fait 5 % et l'UDI de Jean-Louis Borloo 4 %. C'est le meilleur score jamais enregistré par l'extrême droite au niveau national. Les réactions en plateau et les résultats ville par ville, c'est toute la soirée, ici, sur France 2. Comment comprendre ces résultats, Brice Teinturier ?* »

La révélation du scandale le dernier jour de la campagne officielle avait accentué une tendance annoncée depuis déjà plusieurs mois.

Elle entacha également la crédibilité du Président à l'international. Il ne parvint pas à se mettre d'accord avec Angela Merkel sur la marche à suivre pour sortir l'Europe de la crise. Celle-ci s'accentua au milieu de l'année. Le chômage atteignit la barre des 15 % en septembre.

En conséquence de ces mauvais résultats, Philippe Bresson sauta dès le mois d'octobre lors d'un « remaniement technique ». Il fut remplacé par un proche d'Auvenanian.

Des études se succédèrent dénonçant les méfaits sanitaires de produits agréables. On légiféra. La France entra enfin en croissance négative – puis on dit récession parce que c'était plus clair. Une énième enquête sur le moral des Français souligna leur pessimisme.

Docuprod pensa proposer à LCP un reportage sur ce thème. Ils n'eurent pas de réponse à leur proposition. La moitié des effectifs de l'agence fut licenciée en l'espace de trois mois.

On parla de Rouault, de Pauillac et des autres, puis on n'en parla plus car un des dirigeants de l'UMP avait blanchi de l'argent en l'investissant dans une société d'économie mixte. C'était tout nouveau.

On en parla beaucoup.

Puis on n'en parla plus.

Quant à Elliott Perez... Il n'y a pas d'ailleurs pour les hommes qui s'ennuient.

MERCI À

Marlène, pour sa relecture enrichie d'annotations
en rouge dans la marge ;
Jean-Baptiste qui annotait plutôt en noir ;
Lisa, Agathe et Anne-Sophie
qui n'ont pas mis d'annotations ;
mon père qui a fait semblant de lire ;
ma sœur pour l'expertise pénale ;
Ulysse pour son génie du titre ;
Yohan, Greg, Édith, Lise, Yvain, Christian,
Pierre-Louis, Maryse, Maëlle, Sarah
et à ceux précités pour tout cet alcool
que je n'ai jamais remboursé.

11000

Composition
FACOMPO

Achevé d'imprimer en Slovaquie
par NOVOPRINT SLK
le 3 janvier 2015

Dépôt légal janvier 2015
EAN 9782290083048
L21EPNN000314N001

ÉDITIONS J'AI LU
87, quai Panhard-et-Levassor, 75013 Paris

Diffusion France et étranger : Flammarion